DER TOTE VOM KOCHER

Schon als Kind beschäftigte die Autorin Tanja Roth ihre Deutschlehrer mit langen Aufsätzen. Nachdem sie im Hotelfach die verschiedensten Menschen beobachten konnte, begann sie Kurzgeschichten zu schreiben. Ihr Herz für die Ostalb entdeckte sie beim Kommunikationsdesign-Studium in Schwäbisch Gmünd. Nach Stationen in München, Orléans und Rom lebt sie heute in der Nähe von Stuttgart.

Dieses Buch ist ein Roman. Handlungen und Personen sind frei erfunden. Ähnlichkeiten mit lebenden oder toten Personen sind nicht gewollt und rein zufällig.

TANJA ROTH

DER TOTE VOM KOCHER

Ostalb Krimi

emons:

Bibliografische Information der Deutschen Nationalbibliothek
Die Deutsche Nationalbibliothek verzeichnet diese Publikation
in der Deutschen Nationalbibliografie; detaillierte bibliografische
Daten sind im Internet über http://dnb.d-nb.de abrufbar.

© Emons Verlag GmbH
Alle Rechte vorbehalten
Umschlagmotiv: tobid/photocase.de
Umschlaggestaltung: Nina Schäfer, nach einem Konzept
von Leonardo Magrelli und Nina Schäfer
Umsetzung: Tobias Doetsch
Gestaltung Innenteil: César Satz & Grafik GmbH, Köln
Lektorat: Hilla Czinczoll
Druck und Bindung: CPI – Clausen & Bosse, Leck
Printed in Germany 2018
ISBN 978-3-7408-0397-1
Ostalb Krimi
Originalausgabe

Unser Newsletter informiert Sie
regelmäßig über Neues von emons:
Kostenlos bestellen unter
www.emons-verlag.de

*Solange wir leben, sind unsere Seelen tot
und in unserem Leib begraben;
wenn wir aber sterben,
dann werden sie wieder lebendig.*

Heraklit

EINS

Seit Wochen hatte es nicht geregnet. Die Erde auf den Feldern war ausgetrocknet, und Risse durchzogen den Boden. Aber hier im Wöllsteiner Holz benetzte Tau die hellgrünen Blätter der Buchen, und unten im Tal lag der Bodennebel träge auf dem Kocher. Inzwischen hatte der Pendelverkehr eingesetzt. Die Hänge warfen die Motorengeräusche der Autos zurück, der Klang war zu einem vielstimmigen Konzert angeschwollen, das in der unwirklichen Stimmung einen eigenartigen Hall erzeugte. Bis spät in den Abend würde das Kochertal erfüllt sein vom Röhren der Motorräder, dem Brummen unzähliger Pkws und Lkws.

Die Sonne, die vor einer knappen Stunde erst aufgegangen war, konnte sie von hier aus nicht sehen. Feuchtigkeit hatte sich in Anitas sorgsam frisiertes Haar und auf ihre Haut gelegt. Sie zog den Reißverschluss ihrer Jacke hoch. Warum hatte sie überhaupt zugesagt? Und dann noch um diese Uhrzeit. Sie musste niemandem etwas beweisen. Statt morgens um sechs vor der Arbeit hätte man bestimmt auch einen Termin am Abend gefunden. Das war nur eine weitere Provokation von diesem unsympathischen Bergbreiter, der vermutlich gehofft hatte, dass sie die Prüfung unter diesen Umständen absagen würde. Doch Anita wusste, dass dem Mann das Gespür fehlte; dass er einfach falschlag mit seiner Einschätzung, was ihren Hund betraf. Und das würde sie ihm heute beweisen.

Der Hundetrainer gähnte mit offenem Mund, dann kramte er mit seinen Wurstfingern in der hinteren Hosentasche. »Von mir aus kann's losgehen.«

Anita beobachtete, wie er ein Tuch aus einer Plastiktüte zog und es ihrem dunkel gefleckten Mischling unter die Schnauze hielt. Falk schnupperte schwanzwedelnd, senkte seine Schnauze ins Laub und verharrte kurz. Dann legte er sich in die Leine.

»Er hat schon eine Spur«, bemerkte Anita und versuchte, mit dem Tier Schritt zu halten.

Bergbreiter zog die Augenbrauen hoch. »Das Testgebiet umfasst gut zwei Quadratkilometer. Mal sehen, ob er so lange bei der Sache bleiben kann.«

»Und das um sechs Uhr morgens.« Ob er den Wink mit dem Zaunpfahl verstand?

Schweigend folgten sie dem schlaksigen Jungtier über niedrige Brombeersträucher und Baumschösslinge. Und verließen das Waldstück wieder. Das Gelände fiel zum Feld hin ab, dann ging es wieder bergauf und zurück in den Wald. Sie kreuzten einen Wildwechsel, der Falk zum Glück nur für einen Moment ablenkte. Systematisch arbeitete sich der Hund durch das Gelände, seine Schnauze grub wie ein Pflug durch halb vermoderte Blätter, die der letzte Herbst übrig gelassen hatte. Anita fand, er machte seine Sache ziemlich gut.

Immer weiter ging es bergauf, und sie hatten schon eine Weile keinen Weg mehr gekreuzt. Dafür war das Fortkommen halsbrecherisch. Sie erreichten einen Teil des Waldes, in dem unter den hoch aufragenden Baumkronen fast keine Pflanzen wuchsen.

Falk jaulte auf.

»Ich glaube, er hat was«, rief Anita.

Doch der Hund hatte nur seine Spur verloren. Bergbreiter führte ihn mit missmutigem Blick zurück zur letzten Stelle, an der Falks Leine noch gespannt gewesen war, einer Ansammlung von Jungbuchen. Falk nahm wieder Fährte auf und wedelte begeistert mit dem Schwanz. Anita lobte nachdrücklich, um das Tier zu motivieren, und auch ein bisschen, um Bergbreiter darauf hinzuweisen, wie schnell Falks Auffassungsgabe doch war.

Gute zehn Minuten folgten sie dem Hund ohne weitere Vorkommnisse, dann erreichten sie eine Lichtung. Der typische Waldgeruch war hier besonders stark, eine Mischung aus Erde und Fäulnis, Boden, Rinde und Moos. Das bisschen Tau reichte tatsächlich aus, um die Pflanzen trotz Trockenheit sprießen zu lassen. Die Stelle kam ihr bekannt vor; waren sie etwa im Kreis gegangen? In diesem Moment drehte der Hund seinen Kopf nach links und legte sich noch stärker in die Leine.

»Ich wusste es!« Anita hielt die Leine fest und klopfte gegen die pulsierende Flanke des Rüden. Die lange Hundezunge hing bis auf den Boden hinunter, das Tier reagierte gar nicht, war vollkommen auf seine Fährte konzentriert.

An der folgenden Steigung legte der Hund so viel Energie an den Tag, dass er seine Besitzerin wie nebenbei hinter sich her den Hang hinaufzog. Mit leiser Genugtuung hörte Anita den Übungsleiter hinter sich keuchen. Eben war er über eine Wurzel gestolpert. Geschah Bergbreiter ganz recht, so abfällig, wie er nach dem Kurs über Falk geurteilt hatte. Sie hatte trotzdem an ihren Hund geglaubt und ihn zum Üben bei einer kleineren Gruppe angemeldet. Und die Arbeit mit den freien Mantrailern in Lorch hatte sich gelohnt, aber zu denen musste sie eben immer ein ganzes Stück fahren.

Ein Stück weiter oben waren alte Gebäude zu erkennen. Vielleicht die Turmhügelburg Leinroden, vermutete Anita. Besonders gut kannte sie sich in dieser Ecke nicht aus. Oder waren sie ganz woanders gelandet? Nein, die Burg lag weiter drüben, im Süden. Oft kam Anita nicht über Aalen hinaus; zu ihrem Auto würde sie nur deshalb zurückfinden, weil sie es zur Sicherheit nicht am Feldrand, sondern in Wöllstein bei der Linde abgestellt hatte. Andererseits war Bergbreiter an ihren Orientierungsproblemen nicht ganz unschuldig, denn anstatt bequem über die Feld- und Waldwege hatten er und sein Team die Spur durch die unwegsame Wildnis gelegt.

Falk bellte, stellte das linke Vorderbein an und drehte den Kopf zu ihnen. Dann gab er noch einmal alles. Anita achtete darauf, nicht zu stolpern, bis sie an den Rand eines tiefen Kraters kamen, der mitten durch den Wald verlief. Auf dem steilen Weg nach unten klammerte sie sich an den Fichtenstämmen fest. Dann ging es ein Stück an einem kleinen

Rinnsal entlang, bis sie schließlich einen betonierten Weg entlang einer Mauer erreichten. Schon kam ein Schild mit einer Muschel in Sicht, dahinter zwei Gebäude. Der Jakobsweg. Natürlich, die Jakobuskapelle. Hier war sie schon einmal mit dem Chor gewesen.

Der Hund war kaum mehr zu halten, er zog über den Kiesweg. »Halt!«, kreischte Anita und versuchte, ihr Gleichgewicht zu halten.

Doch dann löste sich ein Mann aus dem Schatten der Mauer. »Gute Zeit! Aufgabe gelöst, was meint ihr?«

Schwanzwedelnd schnupperte Falk an dem Unbekannten im blauen Overall und bellte noch ein paarmal, während Bergbreiter den schmalen Weg zur Kapelle ebenfalls erreichte. Die Sohlen seiner Schuhe waren voller Erdklumpen, die er im hohen Gras abzustreifen versuchte. Er schnaufte und ließ dann ein zustimmendes Grunzen hören. »Alles in Ordnung. Falk, willkommen in unserer Mantrailergruppe!«

Net g'schimpft isch g'lobt g'nug. Anita lächelte. Von wegen, der Anteil Herdenschutzhund würde alles zunichtemachen. Pah! Falk war ein geborener Personensucher. Was er brauchte, war nur eine echte Aufgabe – und nicht diese läppischen Kursübungen auf dem Vereinsgrundstück. Die unterforderten ein junges, dynamisches Tier wie ihn.

Anita schälte ein großes Stück Wurst aus ihrer Jackentasche. Doch der Hund hatte die Schnauze schon wieder auf den Boden gesenkt und zog hinüber zum sanft abfallenden Hang, der gleich hinter der Kapelle anschloss.

»Was zum …?«

»Falk!«

»Ich sag's ja, der Hund ist nicht für die Personensuche geeignet.«

Falk zog Anita hinter sich her und stoppte so plötzlich an der Böschung, dass sie gestürzt wäre, wenn der Hund sie nicht durch seine bloße Größe aufgefangen hätte.

»Oh du Köter, was machst du denn?«, zischte sie, die Wurst noch in der Hand. Sie warf einen Blick zurück zu den

Männern, die mit verschränkten Armen auf dem kleinen Weg standen und sie beobachteten. Falk beschnupperte den Kies zu ihren Füßen und zog sie dann in einen breiten Brennnesselteppich hinein. Anita stolperte und landete mitten in den wehrhaften Pflanzen. Weiter hinten flog krächzend eine Rabenkrähe auf.

»Wo will er hin?« Der Fährtenleger, ein sympathischer Mann mit weichen Gesichtszügen, hatte sie eingeholt und hielt ihr seinen Arm hin.

Anita rieb ihre brennenden Handgelenke und zog sich an seiner ausgestreckten Hand hoch. Inmitten der Nesseln hob Falk nun den Kopf und bellte, dann setzte er seinen Weg fort.

»Ich habe keine Ahnung, was das Vieh vorhat.«

Der Mann lachte, während Anita sich Laub und Erde von der Hose klopfte. »Das ist der Kangal-Anteil. Der macht das, weil er es für richtig hält. Im Herdenschutzhund steckt ein Entscheider.«

Genauso abrupt, wie Falk angezogen hatte, blieb er nun wieder stehen. Er bellte zweimal und blickte triumphierend zu ihnen herüber. Anita schnaufte und humpelte hinterher, um ihn unsanft am Halsband zu packen.

Sie erkannte nicht gleich, was es war, das Falk zwischen seinen Vorderpfoten bewachte.

***

»Wie siehst du denn aus?«

Eva drehte prüfend den Kopf zum Fenster, in dem sich ihre schlanke Figur spiegelte. Sowohl der blonde Pferdeschwanz als auch die blaue Bluse und die helle Leinenhose saßen, wie sie sollten. Im Dienst schminkte sie sich nie, also konnte nichts verwischt sein, auch wenn das Fensterglas natürlich keine Details zeigte.

»Dir auch einen guten Morgen, Gerhard.« Sie lächelte und stellte ihre Tasche ab.

»Du wirkst ein bisschen angeschlagen«, beharrte Gerhard

und beäugte Eva von seinem Platz hinter dem Schreibtisch aus.
Gut, vielleicht sah sie wirklich etwas müde aus. Leichte Augenringe zeigten sich schnell bei Evas dünner Haut, und ihre dunkelbraunen Augen betonten sie noch mehr. Gestern Nacht hatte sie mit Tom telefoniert und dabei die Zeit vergessen.
»Es ist Freitag und noch nicht mal acht Uhr morgens. Und meine Kaffeemaschine ist seit einer Woche kaputt.« Diese Version klang überzeugend genug, fand sie.
»Dann trink einen guten Sencha. Ist eh gesünder.« Gerhard war überzeugter Teetrinker, der die morgendliche Kaffeeabhängigkeit seiner Kollegin vermutlich nicht mal im Ansatz verstehen konnte. »Magst du?«
»Nee, lass mal.« Eva zog ihren Stuhl unter dem Schreibtisch hervor und überflog die Notizen vom Vortag.
»Setz dich gar nicht erst.« Gerhard streckte sich auf seine knapp ein Meter neunzig und fuhr mit den Händen durch sein grau durchsetztes Haar. »Gleich ist Besprechung. Willner *is in da house*, wie mein Sohn es formulieren würde.«

Der Besprechungsraum lag gleich neben dem Großraumbüro, das aktuell besonders eng besetzt war – Eva und elf weitere Kollegen teilten es sich während der Renovierungsarbeiten noch den ganzen nächsten Monat. Hinter der Glastür standen ein paar Kollegen, andere hatten sich bereits gesetzt, doch den Gesprächen war leider nicht zu entnehmen, was der Grund für diese kurzfristig anberaumte Versammlung sein mochte. Normalerweise wäre schon etwas durchgedrungen.
Eva warf einen sehnsüchtigen Blick zurück zur Kaffeemaschine, die auf der kleinen Spüle im Gang thronte. Doch dann entdeckte sie die eingedeckten Tische und setzte sich schnell neben Gerhard, der schon einen Platz gefunden hatte. Sogar Kekse hatte die Sekretärin neben die Kanne gestellt. Aber schlechter Präsidiumskaffee? Egal.
Die Nacht war viel zu kurz gewesen, der Wecker hatte zu

spät geklingelt und dann noch diese nervige Fahrerei über die B 29 von Gmünd nach Aalen. Da war der Abstecher zum Bäcker nicht mehr drin gewesen. Eva schob sich zwei Vanillekekse in den Mund und schenkte sich eine Tasse ein. Den Brötchenservice, der gegen neun in den Hof des Präsidiums kommen würde, verpasste sie vermutlich wegen der Besprechung.

Mit den Keksen zum Frühstück ging es ihrem Magen gleich besser. Der Raum vibrierte vom Gemurmel der Beamten. Eva schaute sich um. Die Pfingstferien waren vorbei und das Team tatsächlich wieder weitestgehend vollzählig.

»Nur Psychopathen trinken ihren Kaffee schwarz«, raunte Gerhard.

»Und Kollegen, die Sencha mit Milch und Zucker nehmen, sind ihre Opfer«, grinste Eva. Wobei für diesen Kaffee eine Milch-Zucker-Mischung vermutlich die bessere Entscheidung gewesen wäre, dachte sie, als sich der allzu bekannte miese Geschmack dieses Billigkaffees auf ihrer Zunge ausbreitete. Schnell noch einen Keks hinterher.

»Weißt du nicht, was los ist?«, fragte sie ihren Kollegen.

Gerhard nahm einen Schluck Tee und schüttelte den Kopf.

»Der Kriminaldauerdienst aus Gmünd hat vorhin angerufen. Was immer die hatten, es ist erst in die Kriminaltechnik gegangen.«

Eigenartig. Doch bevor Eva weiter darüber nachdenken konnte, trieb schon ein durchdringendes »Auf geht's!« auch die Letzten auf ihre Plätze. Kriminaloberrat Willner, der bullige Glatzkopf und Leiter der Aalener Mordkommission, schloss die Tür und ließ seinen Blick über die Häupter der Anwesenden gleiten. Ein Blick, der per se schon etwas Missbilligendes und Anklagendes hatte, auch wenn noch die steile Falte zwischen seinen Augenbrauen fehlte, die sich erst bei verzwickten Fällen einstellte.

»Guten Morgen.« Willner gab dem Kollegen aus der Kriminaltechnik ein Zeichen, den Beamer anzuschalten. Einen Moment später erschien ein unscharfes Bild auf der Leinwand.

»Was ist das?« Eva stopfte sich einen weiteren Vanillekeks in den Mund. Die waren aber auch lecker.

»Das, Meinedamenundherren, ist ein Finger einer linken Hand plus zugehörigem Gelenk. Teilskelettiert. Da es sich um den Daumen handelt, ist es ein sogenanntes Sattelgelenk. Aber das nur nebenbei. Der Besitzer ist leider momentan unauffindbar.«

Eva schluckte den Keks am Stück und bekämpfte den folgenden Hustenanfall mit einem großen Schluck des fürchterlichen Kaffees.

»Frau Brenner, etwas mehr Ruhe bitte!« Der Chef knipste seinen LED-Zeigestock an, und ein kleines rotes Licht umkreiste das Objekt auf der Leinwand. Das klumpige Etwas erinnerte erst an einen Daumen, wenn man das grünliche Grau durch Hautfarbe ersetzte. Doch als Eva noch genauer hinsah, erkannte sie den Fingernagel. An der Unterseite ragte etwas Fahles, Weißliches heraus, der Knochen. Das Fleisch hob sich dunkel ab. Da an der Wand das Größenverhältnis nicht stimmte, hätte es auch ein angefressener Hähnchenschlegel sein können, der ein paar Tage an der Luft gelegen hatte. Soweit sie es zuordnen konnte, deutete der Finger auf schmale Hände hin.

»Mann oder Frau?«, fragte Eva.

»Wir warten auf die Auswertung.« Der rote Punkt des Pointers wanderte um das Foto herum. »Diesen Teil einer menschlichen – männlichen oder weiblichen – Hand haben gestern Zivilisten – sogenannte Mantrailer – bei Abtsgmünd gefunden, besser gesagt ein Hund namens Falk. Steht hier zumindest.« Willner räusperte sich. »Der Fund ereignete sich an einem Hang bei der Jakobuskapelle und ehemaligen Feste Wöllstein am Rande des Kochertals, keine zwanzig Kilometer von hier.«

»Manhunter?«, fragte Gerhard, einen weiteren Keks mampfend. »Das ist doch beim Büchelberger Grat. Dort waren wir im Frühjahr wandern.«

Eva schaute Gerhard interessiert zu. Er schien tatsächlich

der Einzige zu sein, dem beim Anblick des halb skelettierten Fingers nicht der Appetit vergangen war.

»Man*trailer*. Mein Nachbar bildet seinen Hund auch aus«, erklärte Frau Schloh, die kleine Sekretärin mit der stets akkuraten grauen Dauerwelle. »Er soll dann bei der Suche nach Vermissten und Verschütteten helfen. So haben die Tiere eine Beschäftigung, die auch noch Sinn macht.«

»Wo ist der Rest der Leiche?«, fragte Eva.

»Die Meldung kam eben erst rein. Einen passenden Körper hat der Hund nicht gefunden.« Willner wiegte seinen haarlosen Schädel bedeutungsschwer von links nach rechts. »Und das ist jetzt der spannende Teil der Aufgabe: Gibt's einen Körper oder nicht?«

»Natürlich muss irgendwo der Körper sein«, meinte eine der Auszubildenden.

Sofort stand der Leiter der Mordkommission vor ihrem Tisch. »Ach so?« Er senkte sein massives Haupt bis kurz vor das Gesicht der jungen Frau. »Sind Sie ganz sicher?«

»Ja ... natürlich!« Ganz offensichtlich waren die Berührungspunkte der jungen Frau mit Willner bisher gering gewesen. Es gelang ihr sogar, einen einigermaßen entspannten Gesichtsausdruck zu behalten, während alle anderen im Raum den Atem anhielten. »Es muss irgendwo eine Leiche geben. Sonst gäbe es auch keinen Daumen.«

Eva hasste die Spielchen ihres Chefs und kürzte die Sache ab. »Die Frage ist die: Können wir ausschließen, dass jemand bei einem Unfall einen Teil seiner Hand verloren hat und ansonsten wohlbehalten ist?«

»Wo ein Finger ist, liegt irgendwo auch der Rest«, verteidigte die Auszubildende ihren Standpunkt.

»Nicht unbedingt.« Eva versuchte sich an einen früheren Fall zu erinnern. »Vor ein paar Jahren gab es einen Fund, da hat die Rems in Gmünd –«

»Noch vor Gmünd«, berichtigte Frau Schloh.

»Also, hat die Rems *vor* Gmünd eine Hand angeschwemmt. Zur gleichen Zeit wurde in einem Krankenhaus in Schwäbisch Hall ein Italiener mit massiven Blutungen und entsprechend fehlender Gliedmaße behandelt. Die Tat war vermutlich eine interne Bestrafung innerhalb eines Bandenkonflikts oder die Warnung eines verfeindeten Clans, der Mann hat es leider nie verraten. Auch nicht, wie die Hand ausgerechnet in der Rems gelandet ist.«

»Danke, Brenner.« Willner nickte Eva zu. »Wie gesagt, das Genmaterial wird derzeit mit Hochdruck untersucht. Vielleicht können wir den Daumen mit einer Person aus der Vermisstenkartei oder mit einer Klinikeinlieferung in Zusammenhang bringen. So oder so ist Eile geboten.«

»Wie lange lag der Daumen da schon?«, fragte Eva.

»Wir rechnen mit etwa einer Woche bei den derzeitigen Temperaturen und den im Fleisch gefundenen Fliegenlarvenstadien«, antwortete der Rechtsmediziner Dr. Gantner. »Wobei dies nur eine allererste Schätzung ist. Sie kennen das ja. Das Wetter ist zwar trocken, aber nicht heiß. Und wenn ein möglicher Toter – eventuell – an einem schattigen, kühlen Hang liegt, verzerrt das die Einordnung unter Umständen gewaltig. Aktuell nehmen wir tatsächlich an, dass ein größeres Tier den Finger ganz offensichtlich abgerissen oder bearbeitet hat.«

Eva hatte Mühe, den Ausführungen Gantners bei dem aufbrandenden Geflüster zu folgen. »Das heißt ...«

»Wenn wir denn von einem Toten ausgehen, wissen wir nicht, ob das Daumengelenk noch fest am Körper angebracht war und womöglich abgerissen wurde. Zuerst entfernen Vögel und andere Aasfresser die Weichteile. An die groben Stellen gehen sie erst, wenn alles ... nun ja, etwas vorbehandelt ist.« Gantner legte die Stirn in Falten. »Aber wir haben ja immer noch die Möglichkeit, dass die Hand oder der Finger bei einem Lebenden abgetrennt wurde.«

Willner kratzte sich unterm Hemdkragen. Nun erschien die steile Falte auf seiner Stirn, die zeigte, dass er selbst wohl nicht damit rechnete, den Rest des Körpers wohlbehalten aufzufinden. »Dann fehlt der gesuchten Person mehr als nur der Daumen, falls Kollege Gantner mit seiner Theorie recht behalten sollte. Vielleicht eine ganze Hand oder ein Arm. Womöglich gibt es eine nicht gemeldete Entführung. Wir schicken alle verfügbaren Kollegen zur Sondierung des Gebiets raus. Hubschrauber mit Wärmebildkamera fliegen gerade über das umliegende Gebiet von Sulzbach über Abtsgmünd bis nach Ellwangen.«

»Wärmebild? Nach dieser Zeit?«, fragte einer der Beamten.

»Gerade nach dieser Zeit. So ein Leichnam heizt sich wunderbar auf, jetzt im Frühsommer und wenn der Zerfall erst eingesetzt hat.« Dr. Gantner rieb sich die Hände.

Deshalb also hatte Willner so viele Mitarbeiter einbestellt. »Nicht sehr wahrscheinlich, dass es sich nur um einen abgetrennten Finger handelt«, flüsterte Eva.

Gerhard zuckte mit den Schultern. »Zieh dir am besten schon mal die Jacke an.«

***

»War ja klar, dass so was an einem Freitag passiert«, fluchte Eva, als sie in ihren Stoffschuhen durchs Unterholz hinter dem kleinen Ort Wöllstein stapfte. Und mit einer dünnen Strickjacke über der Bluse, von der sie gedacht hatte, dass die an diesem milden Frühsommertag vollkommen ausreichen würde – für einen Tag im Büro.

Obwohl Eva in dieser Gegend aufgewachsen war, hatte sie sich vom Sonnenschein am Morgen täuschen lassen. Wobei das Klima hier in dieser hügeligen Landschaft ein komplett anderes war als das ein paar Kilometer weiter in Aalen, das mit seinen tausendfünfhundertfünfzig Sonnenstunden im Jahr immerhin oberhalb des bundesweiten Mittels lag.

Gerhard mit seinen Wanderschuhen und der Allwetterjacke war natürlich vorbildlich gekleidet, wie für einen Ausflug des Fähnlein Fieselschweif. Dafür fehlte ihm die Kondition. Schon als es die erste längere Steigung oberhalb der Felder zu nehmen galt, begann er zu keuchen wie ein alter Fahrradschlauch. Dabei erzählte er doch so oft von den Familienwanderungen. Vermutlich verliefen die eher horizontal, immer mit Verbindung zur nächsten Einkehrmöglichkeit.

Eva fröstelte. Sie zog die Strickjacke enger um sich, was keinerlei Wirkung hatte, aber sich wenigstens nicht ganz untätig anfühlte. Die Jeansjacke lag derweil gut verstaut auf dem Autositz auf dem Präsidiumsparkplatz.

»Auf d'r Ostalb isch's emmer a Kittele kälter«, kommentierte Gerhard, der gebürtige Ostwestfale, in schlechtem Schwäbisch. Er deutete auf seine Jacke und zog die Augenbrauen mit einem unausgesprochenen Fragezeichen hoch, aber Eva lehnte dankend ab. In diesem Ding, das selbst an dem großen, dürren Kommissar schlackerte wie ein Fähnchen an einem Mast, würde sie aussehen, als ob sie sich eine Zeltplane umgelegt hätte.

Sie rief sich das Bild des Daumengelenks in Erinnerung. Schlank, fein, doch ob Frau oder Mann, darauf hätte sie nicht wetten wollen. Vielleicht eher der Finger eines jungen als der eines alten Menschen. Zum Glück aber wohl nicht der eines Kindes.

»Was meinst du, haben wir noch eine Chance?«, fragte Gerhard.

Eva zog die Stirn kraus. »Wenn es wirklich ein Opfer geben sollte, dann liegt es schon ein paar Tage.«

Hin und wieder merkte man, dass Gerhard noch die Erfahrung fehlte. Vor einem knappen Jahr erst war er vom Betrug zur Mordkommission gewechselt. Und doch, sie mussten nach wie vor alles in Erwägung ziehen, selbst eine Entführung. Wobei der Daumen im Falle einer Entführung vermutlich in einem Karton oder Umschlag aufgetaucht wäre und nicht durch bloßen Zufall an einem Hang oberhalb des Kochers.

Eva ging den nun betonierten Weg hinunter zu der kleinen Kapelle. Hier waren das Bellen der Suchhunde und die Stimmen der Beamten, die mit Spießen in die Erde stießen, besonders gut zu hören, ihr Echo hallte durch die Bäume und die tiefe Schneise jenseits des Weges. Wie viele Beamte wohl im Einsatz waren, wie viele Hunde? Der Sokoleiter hatte nach Rücksprache mit dem Präsidenten eine großräumige Suchaktion durchs ganze Kochertal bis fast nach Schwäbisch Hall ausgerufen.

Neben allen eingesetzten Kollegen entdeckte Eva auch einen Mann, dessen Schäferhund gerade das Haus vor der Kapelle beschnupperte. »Rettungshundestaffel Ostalb« stand auf dem Rücken der Weste. Sie ging zu ihm hinüber. »Sie gehören nicht zur polizeilichen Hundeführerstaffel?«

Der Mann schüttelte den Kopf. »Wir sind dazugerufen worden.«

Wenn man bedachte, dass es allein drei Hunde brauchte, um ein Haus zu durchsuchen, wurde einem erst bewusst, was für eine immense Leistung die Tiere bei einer großen Suchaktion brachten. Da waren gut und gerne fünfzig Tiere mit ihren Führern im Einsatz; eine so große Menge dauerhaft vorzuhalten, war nicht möglich und nicht einmal bei einem großzügigeren Etat sinnvoll. Die Zahl der Polizeihunde des Präsidiums Aalen reichte in den meisten Fällen aus, und bei einer Aktion wie dieser wurden sie auch von Kollegen aus den umliegenden Hundeführerstaffeln unterstützt. Doch da es neben Personenspürhunden auch Drogen-, Geld- oder Sprengstoffhunde gab, waren sie zusätzlich auf ehrenamtlichen Einsatz von außerhalb angewiesen.

»Wie viele Hunde haben Sie dabei?«, fragte Eva den Hundeführer. Gemeinsam gingen sie den schmalen Weg zur Kapelle vor.

»Von uns werden heute bestimmt zwanzig Tiere gestellt, zusätzlich zu denen der Präsidien. Thorvald und ich sind hier im Quadranten beim Schlössle eingeteilt. Schauen Sie, da unten bin ich aufgewachsen.« Er zeigte auf den Ort zu ihren Füßen.

Wöllstein, malerisch im Kochertal gelegen und nur ein Stück von Abtsgmünd entfernt. Das schlanke grüne Korn wogte im

leichten Wind auf den Feldern, und der Fluss mäanderte träge und glitzernd hindurch.
Wann war sie das letzte Mal hier gewesen? Längst vergessene Bilder aus einer vergangenen Zeit tauchten vor Evas innerem Auge auf. Ein lachender Niko am Rande des Felsens. Ihr zuliebe war er zum Wandern mit ins Rottal oder zu den Kaiserbergen gekommen. Er selbst kletterte gern am Rosenstein oder am Beutelfels und hatte jeden Winkel wie seine Westentasche gekannt. Kletterte er auch heute noch? Vermutlich nur beim Putzen der hohen Fenster in seinem schicken Vorstadthaus. Niko, der nie in die Stadt gewollt hatte, Katzen hasste und Jenny als langweilig bezeichnet hatte. Und der jetzt mit Jenny, zwei Kindern und einer Katze in Frankfurt wohnte.
»Wissen Sie etwas über die Kapelle?«, fragte Eva und kickte einen Stein weg, den der Hund interessiert beobachtete, als er den Weg hinunterrollte.
»Sogar Bischof Dr. Gebhard Fürst war schon hier. Die Jakobuskapelle wurde im 18. Jahrhundert von Einsiedlern restauriert«, erklärte der Mann, der sich offenbar nicht nur mit Hunden, sondern auch mit der Geschichte des Ortes gut auskannte. »Zuerst wohnten sie in den Überresten der Burg Wöllstein, die zuvor seit dem 13. Jahrhundert hier stand. Später haben sie aus den Steinen das Einsiedlerhaus gebaut. Es ist übrigens eines von nur zwei verbliebenen in Baden-Württemberg; das zweite steht am Bodensee.«
Das war wohl eher etwas für Gerhard. Eva schaute sich das Gemälde an der Kapellenwand an.
»Das Hühnerwunder, gemalt von Sieger Köder, einem katholischen Pfarrer und Künstler«, erklärte er. Eva lauschte der Geschichte, während der Hund sich eher für seinen kleinen gemalten Kollegen am unteren Rand des Bildes interessierte.
»Thorvald, das da ist Rocky, der ehemalige Hund des Messnerpaars. Sie haben das verfallene Eremitenhaus seit den Neunzigern restauriert.«
Eva schmunzelte und schaute sich noch einmal auf der

in den Berg eingelassenen Plattform um, auf der die Kapelle erbaut war. Dank der ausgebauten Straße war es ohne Probleme möglich, einen Toten mit dem Auto unbemerkt den Berg hoch zu transportieren, doch angenommen, ein möglicher Täter hätte ihn hier irgendwo abgeladen, so hätten die Hunde mit Sicherheit bereits angeschlagen. Eva ging die Anhöhe weiter hinauf. Auch hier, wo die geteerte Straße in einen breiten Kiesweg überging, schienen regelmäßig Autos zu verkehren.

Welches Geheimnis verbarg sich hinter dem Fund? Unfall oder Verbrechen? Und falls ein Verbrechen vorlag, wer mochte dahinterstecken? Nicht einmal die Organisierte Kriminalität war da auszuschließen, denn die war überall zugange, sogar im Kochertal oder im angrenzenden Welzheimer Wald. Zwar fehlte der direkte Zugang zu Fernstraßen, was die Umtriebe der Banden erschwerte, sie aber natürlich nicht völlig verhinderte. Es gab hier genug zugängliche Stellen, an denen man nicht gesehen wurde, wenn man es nicht wollte.

Vielleicht war alles auch viel einfacher, und der Finger stammte von einem verunglückten Wanderer. Es wäre nicht das erste Mal, dass einer den Abstieg nicht rechtzeitig geschafft oder die Orientierung verloren hätte. Und es mussten nicht die Kaiserberge, die Teufelsklinge oder das Steinerne Meer im Nachbarkreis sein; Vermisste und sogar Todesfälle gab es auch hier leider immer wieder. Mehrere Seniorenstifte wie Lorch, Oberkochen und das Albstift befanden sich ebenfalls direkt am Wald. Wie in dieser Gegend fast alles direkt am Wald lag. Doch der KDD in Gmünd hatte keinen Zwischenfall gemeldet, und die Wetterlage war gut.

Eva schrieb eine Notiz. Die nahe gelegenen Waldparkplätze sollten auf verlassene Autos überprüft werden, falls dies noch nicht geschehen war. Sie ließ ihren Blick über den Hang und die weiten Kornfelder des Kochertals bis hin zur Steigung des Büchelberger Grats schweifen. Ob in dieser oder in einer anderen Ecke, es gab weiß Gott bessere Orte als die Ostalb und die Hänge des Kochertals, um sich zu verlaufen.

Gerhard gesellte sich zu ihr und schüttelte bloß den Kopf. Keine Neuigkeiten. Inzwischen zeigte die Uhr halb zwölf. Trockenes Laub raschelte unter Evas Schuhen, im Gebüsch quiekte etwas, vielleicht eine Maus. Und wenn sie sich nicht täuschte, wurden sie aus dem Geäst der großen Eiche beobachtet. Mit Sicherheit wusste Gerhard ohne hinzusehen, welcher Vogel dort von seinem Ast herunterspähte. Aber auf eine seiner berühmt-berüchtigten Belehrungen hatte Eva keine Lust, deswegen würde sie den Teufel tun und ihn auf das Tier hinweisen.

Sie erreichten einen Steinquader, der im Nichts zu stehen schien. »Wozu gehört denn dieser Brocken? Die Ruine Wöllstein stand doch am Platz der heutigen Kapelle.« Eva schaute sich um und zog ihren Pferdeschwanz fest.

»So eine Festungsanlage bestand eben nicht nur aus einer Burg«, keuchte Gerhard, der nun die Hand ausstreckte, um den in den Stein eingelassenen Ring zu berühren. »Mesozoischer Jurakalk, der wurde als sogenannter Jura-Marmor viel beim Burgenbau verwendet. Wobei der nur in den Höhenlagen vorkommt. Sonst haben wir hier Stubensandstein und Keuper.«

»Meso… aha. Warum bist du eigentlich nicht Archäologe geworden?«

»Da verdient man ja noch schlechter. Von den Arbeitszeiten ganz zu schweigen. Nur der Zeitdruck ist der gleiche.«

Gerhard nutzte die Atempause. »Du wandelst übrigens auf Weltkulturerbespuren. Hier entstand womöglich die erste hoch entwickelte Kultur der Frühzeit. Die Ostalb, das Tor zur Moderne! Nicht weit von hier finden sich die frühesten Spuren eines hochentwickelten, sogar musisch beflissenen Volkes. Und nicht zuerst in Afrika, wie man lange vermutet hat, nein, hier auf unserer –«

»Okay, Kollege, verstanden.«

»Ich glaube nur nicht, dass wir gerade irgendwie weiterkommen.« Gerhard war in die Hocke gegangen und untersuchte einen länglichen Stein.

Eva zog ihre Strickjacke wieder enger. »Solange wir nichts

anderes haben … Sich systematisch von allen Seiten zum Fundort vorzuarbeiten kann so falsch nicht sein.«

»Es sei denn, ein Vogel hätte den Happen von ganz woanders hergebracht.«

»Laut Gerichtsmediziner gab es keine ersichtlichen Schnabelspuren am Knochen. Aber irgendjemand muss das Ganze ja abgetrennt haben«, überlegte Eva.

»Vielleicht hat der Vogel dem Fuchs seinen Happen entrissen.«

»Und wurde dann von dem Hund dieser Mantrailer gestört.«

Noch waren das alles reine Theorien. Die Vorstellung von einem weiteren Arbeitswochenende kroch durch Evas Kopf, die kühle Waldluft weiter durch die Maschen ihres Jäckchens. Fast hätte sie es vergessen – sie würde Tom absagen müssen. Am besten sie tat es gleich. Verdammt. Und das beim zweiten Date. Noch dazu konnte sie sich bei ihm wirklich vorstellen, dass es was werden könnte. Aber auf Evas Dienstplan war einfach kein Verlass. Vielleicht auch besser, dass er das bald erfuhr. Sie kramte ihr Handy heraus.

Der Schäferhund von vorhin schnupperte an ihrem Schuh, sein Herrchen beobachtete sein Tun mit stoischem Gesicht. Das Tier hob nur kurz den Kopf, als Eva sich an einem grob behauenen Stein abstützte und die Nachricht in ihr Telefon tippte, dann setzte es seine Arbeit fort.

»Und?«, fragte sie.

»Nichts Interessantes bisher.« Der Mann schaute auf die Uhr. »Thorvald braucht dringend eine Pause.«

Eva nickte. Die Tiere ermüdeten schnell und wurden dann geruchsblind.

Sie spürte sanfte Tropfen auf ihrem Gesicht. Die Sonne war nur noch als Schemen zwischen den schnell dahinziehenden Wolken zu erkennen, und schon wiegten sich die Blätter der Buchen in einer stürmischen Böe. Wetteränderung. Ausgerechnet jetzt, na prima.

Gerhard war derweil aus Evas Blickfeld verschwunden. Sie

entdeckte ihn weiter drüben am Waldrand. Er hatte sich inmitten eines Brennnesselteppichs niedergelassen und pflügte mit bloßen Händen durchs stachelige Grün. Um ihn herum flatterte zerrissenes Absperrband im Wind. Hier also hatte der Hund den Daumen gefunden. Eva ließ ihren Blick durch die Baumstämme des abfallenden Hügels und die darunterliegenden Felder streifen. Wer hier hochkam, tat dies bewusst.

Sie ging um das Absperrband herum und achtete auf ausreichend Abstand zu den Brennnesseln. »Und?«

Gerhard durchwühlte noch immer die Pflanzen, als ob seine Haut einen natürlichen Schutz gegen die Nesselhärchen hätte. »Der Finger wäre nie im Leben gefunden worden, wenn nicht der Hund hier gestöbert hätte. Äh, Eva?«

»Ja, Gerhard?«

»Du stehst in einem Zeckennest.«

War Gerhard in dieser Situation nach Witzen zumute? »Zeckennest? So was gibt's gar nicht. Die bauen doch kein Nest. Sind doch keine Vög…« Um sicherzugehen, warf Eva einen kurzen Blick nach unten. Ja, da waren viele winzige schwarze Punkte. Die sich ziemlich schnell ihre helle Leinenhose hocharbeiteten. Bestimmt fünfzig Stück, wenn man genau hinsah, und so zielstrebig. »Aber das sind doch nie im Leben …«

»Genau genommen bezeichnet man sie in diesem Stadium als Larven. Ihrem Appetit tut das jedoch keinen Abbruch.«

»Was für ein Quatsch! Das sind Spinnen. Sieht man doch.« Und vor Spinnen hatte Eva keine Angst. »Ganz eindeutig. Viele winzig kleine … oh nein.«

Sie löste sich aus ihrer Erstarrung, machte einen Satz und begann, wild auf ihrer Hose herumzuklopfen, um die Tierchen mit den Händen alle gleichzeitig von ihren Hosenbeinen zu streichen. Die Brennnesseln, die durch ihre dünne Hose hindurch brannten, registrierte sie nur am Rande. Nicht nur Gerhard, sondern auch Thorvald und sein Herrchen verfolgten das Spektakel interessiert aus der Distanz.

Einen Moment später sah es schon besser aus. Eva hielt

keuchend inne. Hatte sie alle? Von wegen. Immer noch gut zwei Dutzend der winzigen Tierchen erreichten ungeachtet aller Gegenwehr soeben die Knieregion. Nun konnte man auch die vielen, winzig kleinen Beinchen erkennen, die zielsicher nach oben strebten. Eva verlegte sich aufs Wischen. Erste findige Zecken nutzten die Gelegenheit und klammerten sich an ihre Finger.

»Weg mit euch! Hier gibt's kein Futter!«

Die Rufe hörte sie nicht. Eva hielt erst inne, als sie Gerhards starren Blick bemerkte.

»Wir haben ihn«, sagte er.

※※※

Aus der Ferne wirkte es, als schliefe der junge Mann friedlich inmitten des frischgrünen Farnteppichs. Doch der Anblick täuschte, dieser Träumende würde nie wieder erwachen. Kam man erst näher, roch man den Tod, sah die blasse, wächserne Haut und die Maden, die sich im Fleisch und um die Knochen herum wanden. Fliegen summten über dem Körper, der Leichengeruch war bereits stark ausgeprägt. Kein Wunder bei den frühsommerlichen, wenn auch noch kühlen Temperaturen.

Über dem Toten schlossen sich die Äste zweier Tannen locker ineinander wie ein Spalierbogen. Gab es einen bestimmten Grund, dass der Täter sich diesen Platz ausgesucht hatte? Diese Art der Bestattung hatte etwas Feierliches. Sogar die Spurensicherer schienen sich leiser zu unterhalten als sonst. Einzig das harte Klicken des Kameraauslösers vereinte sich mit dem Summen der Schnaken, die unter den Bäumen einen trockenen Platz gefunden hatten.

Eva zog den Reißverschluss ihres Schutzanzugs hoch und ging zu dem Toten hinüber. Der Regen hatte sich verstärkt und einen feuchten Schleier auf den Körper gelegt. Haut und Kleidung hatten bereits begonnen, die Farben des Waldes anzunehmen. Der Mann trug ein kariertes Hemd, eine Jeans und helle Turnschuhe, die im Gegensatz zur Oberbekleidung geradezu sauber schienen, zumindest befand sich keine Erde an den Sohlen. Ein weiterer Hinweis darauf, dass er seinen Mörder nicht erst hier im Wald getroffen hatte.

Er trug keinen Schmuck, nur sein kurzes, dunkellockiges Haar wurde von einer Art Haarreif gehalten und umfing das schmale Gesicht. Zumindest das, was davon übrig war. Nicht dass ein möglicher Mörder den Mann so zugerichtet hatte; das war es vermutlich nicht einmal. Nein, es war die Natur, die begonnen hatte, sich zurückzuholen, was zu ihr gehörte.

Wie vermutet lag der Tote schon ein paar Tage hier, und die Tierwelt hatte sich an den Weichteilen seines Gesichts gütlich getan. Die Lider waren abgefressen, die Augenhöhlen leer, das angetrocknete Blut an den Schläfen dunkel und verkrustet. Auf der rechten Seite fehlte das halbe Ohr, und eine Schnecke hatte eine silbrige Spur über die Stirn des Opfers gezogen. Eva atmete tief durch.

An der Kieferpartie des Mannes hatte etwas – ein Tier? – ganze Arbeit geleistet. Nicht nur die Lippen fehlten, sondern das komplette Fleisch bis hinauf zum Knochen des Oberkiefers. Weiße Zahnreihen hoben sich in ihrer Makellosigkeit gespenstisch ab vom geschundenen Rest und verliehen der Leiche das typische Grinsen, das sonst nur Totenköpfe auszeichnete.

In der Hand, die auf dem Bauch abgelegt war, hielt der Tote etwas, das wie ein zerfressenes Taschentuch aussah. Die Tiere waren offensichtlich für jeden Happen offen.

Ja, der Täter hatte sich ganz offensichtlich Mühe gegeben bei seiner Arbeit. Und wer auch immer den Mann auf dem Gewissen hatte, er hatte ihn nicht versteckt. Im Gegenteil. Allerdings gewann Eva, wenn sie sich den Ablageort anschaute, auch nicht den Eindruck, als habe der Mörder es bewusst darauf angelegt, dass die Leiche gefunden wurde. Dafür lag sie zu weit abseits der touristischen Strecken. Wie passte das zusammen?

Eine feierliche Aufbahrung im Freien also, aber Gäste

schienen nicht vorgesehen gewesen zu sein. Das bedeutete, der Mörder hatte den Aufwand für sich betrieben. Oder für den Toten. Eine Aufbahrung für das Opfer.

Eva versuchte diesen Druck in der Magengegend wegzuschieben. So fing es jedes Mal an. Sie sah sich um, doch niemand achtete auf sie. Zum Glück. Gut, es kam selten vor, dass sie ein Opfer so spät fanden, und auch erfahrene Beamte wie sie mussten dann schlucken. Aber es war nicht der Anblick oder der Geruch, der Eva aus der Bahn warf.

Erstaunlicherweise schien ausgerechnet Gerhard keinerlei Schwierigkeiten mit der Situation zu haben, auch wenn es für ihn die erste Leiche sein musste, die so zugerichtet vor ihm lag. Der Kollege stand etwas abseits und unterhielt sich mit einem der Spurensicherer. In seiner vorherigen Abteilung hatte er es mit Betrug zu tun gehabt. Mitunter auch eine Variante, Leben zu nehmen; wenn auch eine auf den ersten Blick elegantere.

Eva war inzwischen nass bis auf die Unterwäsche. Das Wasser zog sich schon ihre Socken hinauf, und auf dem Boden formierte sich die Feuchtigkeit bereits zu dünnen Nebelkissen. Der erste Regen seit bestimmt fünf Wochen; und er hatte mit Sicherheit wertvolle Spuren vernichtet. So wichtig er für Natur und Bauern war, das Timing hätte nicht schlechter sein können. Wenigstens war der Tote unter den Tannen ein wenig geschützt.

Einer der Neuen ging vorbei, und über den allgegenwärtigen, penetranten Leichengeruch schob sich eine Mentholwolke. Er hatte sich die weißliche Paste unter die Nase geschmiert, um den ärgsten Gestank abzuhalten. Eva beobachtete den jungen Beamten mit dem blassgrünlichen Gesicht aus den Augenwinkeln. Einmal und nie wieder verwendeten die Neuen das Zeug. Danach wussten sie nämlich, dass die Salbe höchstens ein paar Minuten lang half. Wenn überhaupt.

Das Magendrücken verstärkte sich. Ein Gefühl, das Eva kannte, aber eigentlich unterdrücken konnte. Woher war es ausgerechnet jetzt so schleichend gekommen? Da war rein gar nichts an diesem Tatort, das sie an das erinnerte, was damals passiert war. Überhaupt nichts. Eva ignorierte die Stimme der Psychologin, die in ihrer Erinnerung flüsterte. *Wie fühlen Sie sich? Ist es nicht noch zu früh, um wieder mit der Arbeit zu beginnen?* Sie ballte ihre Faust.

Nein, es war nicht zu früh gewesen. Es war genau diese Arbeit, die ihr half zu verarbeiten, was geschehen war. Daheim zu sitzen und immer wieder darüber zu sprechen, riss nur Wunden auf, die gerade im Begriff waren, zu verheilen. Eva schob die Bilder weg; sie würde jetzt nicht daran denken. Nicht im Moment und auch nicht später.

Wieder zwang sie sich, ruhig und tief zu atmen, wie so oft in den letzten Wochen. Durch die Nase ein und durch den Mund aus. Um sich abzulenken, beschloss sie, die Umgebung zu sondieren. Sie ging ein paar Schritte übers weiche, schwammnasse Moos und stellte sich die üblichen Fragen. Hat der Täter den Ort bewusst gewählt? Was fühlte er? Sie sog diese besondere Atmosphäre auf in diesem düsteren Waldstück, dessen Boden vermutlich nie einen Sonnenstrahl abbekam. Dieser Teil des Waldes am Rande der Limpurger Berge oberhalb des kleinen Örtchens Seelach war von Wirtschaftswegen durchzogen. Ein Täter konnte sein Opfer also ohne Schwierigkeiten hierherbringen, aber er musste sich auskennen.

»Was denken Sie, hat der Täter mit dieser Aufbahrung bezweckt?« Eva hörte die Stimme ihres Chefs und frisch ernannten Sokoleiters. Sie drehte den Kopf und entdeckte Willner im Gespräch mit dem Beamten, der den Toten gefunden hatte. Sie kannte den Mann nicht aus dem Präsidium, vermutlich handelte es sich um einen Kollegen von einem Revier aus der Gegend. Aschfahl war er im Gesicht, und dem Geruch und den Flecken auf seinem Revers nach hatte er sich übergeben. Nun, im Fall eines Falles behandelten Dr. Gantner und sein Team mit Sicherheit auch gern Lebende.

»Geht's dir gut?« Gerhard riss sie aus ihren Gedanken.

Eva drehte sich zu ihm um und sah ihn fragend an.

»Ich hab dich beobachtet.« Er musterte sie aufmerksam.

»Nördlingen?«

»Woher weißt du?«

»Ich hab nur die Abteilung gewechselt, nicht das Präsidium.«

Eva nickte. Klar, dass sich so etwas herumsprach, auch wenn nicht viele Kollegen sie offen darauf angesprochen hatten. Nach traumatisierenden Einsätzen galt das ungeschriebene Beamtengesetz: Krone richten, weitermachen. Mit den Polizeipsychologen musste man ausführlich über die Erlebnisse sprechen, aber mit den Kollegen teilte man nur das Nötigste. Ein jeder von ihnen knabberte schließlich an Themen, jeden von ihnen belasteten eigene Bilder.

Warum nur war ausgerechnet hier an diesem Fundort die Beklemmung mit ganzer Macht zurückgekommen? Es war doch über ein Jahr her. Eva setzte einen Fuß vor den anderen, um in Bewegung zu bleiben. Mal sehen, was Maik machte.

Ein paar Meter weiter ging sie neben dem hageren Fotografen in die Hocke, der sich gerade dem Gesicht des Toten widmete. Eva konzentrierte sich auf die Kamera und darauf, flach zu atmen. Ein Tierchen, das über ihre aufgestützte Handfläche krabbelte, lenkte sie ab. Zum Glück keine Zecke. Dieser hübsche schwarze Käfer mit der orangebraunen Zackenzeichnung durfte gern ein bisschen auf ihr herumwandern. Neugierig wedelte er mit den langen Fühlern und hielt kurz inne, wie um zu überlegen, wohin er nun wollte.

»Oh, ein Totengräber.« Die Kamera klickte.

»Ein was?«

»Schau mal!« Maik zeigte zuerst auf Evas Hand, dann auf das Ohr des Toten beziehungsweise auf etwas darunter. Als Eva genauer hinsah, entdeckte sie die kleine Bewegung im Boden. »Das da dürften seine Larven sein. Der Totengräber verbuddelt sein Aas nämlich üblicherweise, nur ist dieses eine Nummer zu groß für ihn gewesen. Aber schau mal da unten am Hals, da wo die Erde so aufgewühlt aussieht. Er baut kleine Kämmerle für seinen Nachwuchs. Und bei Bedrohung ...«

Der Totengräber konnte gar nicht so schnell mit den Fühlern wackeln, wie er von Evas Hand katapultiert wurde. Heute hatte sie wirklich Glück mit der heimischen Fauna. Sie wischte sich den Handrücken an der Hose ab. Darauf kam es jetzt auch nicht mehr an.

»... scheidet er ein giftiges Sekret aus.« Maik bedachte Eva mit rügendem Blick. »Ein sehr soziales Tier, sofern man das bei Käfern sagen kann.«

»An mir wird trotzdem nicht gebaut.« Eva verdrehte die Augen. Wenn Maik so redete, wirkte er wie eine Biologen-Version von Gerhard. »Wie alt mag er wohl sein, was schätzt du?«

Der Fotograf wiegte den Kopf hin und her. »Zwischen zwanzig und dreißig.«

»Genauer geht's nicht?«

»Kann man ohne Test schwer sagen, nicht mal Gantner will sich festlegen.« Das Objektiv surrte, als Maik wieder scharf stellte. »Da fehlt zu viel Info.«

Wieder fiel Evas Blick auf den rechten Arm des Opfers. Angewinkelt und wie arrangiert lag er über dem Bauch. Das, was Eva zuerst für ein Taschentuch oder ein Papier gehalten hatte, besaß einen Stiel und entpuppte sich somit als vertrockneter Rest einer vermutlich ursprünglich weißen Blüte. Der linke Arm des Mannes war auf den Waldboden heruntergerutscht oder von einem Tier gezogen worden. Eva drückte sich hoch, umrundete den Mann und schob den Farn zur Seite. Dort, an der linken Hand des Mannes, klaffte die Fleischwunde. Eva machte einen Schritt zurück. Sie war auf Fraßspuren vorbereitet gewesen. Aber das hatte sie nicht erwartet.

»Was für ein Tier ...«

»Füchse haben auch Hunger, Frau Kollegin«, erklärte Willner, der Eva offensichtlich beobachtet hatte, denn nun stand er neben ihr. »Waschbären kommen auch in Frage, die werden hier so langsam zur Plage. Vielleicht auch ein Dachs oder ein Wildschwein.« Er strich mit dem Schuh über die Erde. »Aber dann hätten wir eindeutige Spuren auf dem Boden. Ein Schwein bewegt sich genauso unauffällig wie Kollege Gantner.«

Eva ließ das Gesagte unkommentiert, um ihren Chef nicht zu weiteren Sticheleien gegen den wohlbeleibten, durchaus fähigen Leiter der Rechtsmedizin Hans-Werner Gantner zu animieren – der sich zum Glück bei einem der Einsatzwagen und damit außerhalb der Hörweite befand.

»Also, wo war ich? Rabenkrähen habe ich ebenfalls in der Nähe gesehen.«

»Da haben Sie als Jäger ja bestimmt ein gutes Auge«, bemerkte Eva trocken.

Immer noch musterte Willner sie aufmerksam. »Geht es Ihnen gut?«

Evas Augen wollten ausweichen, doch sie zwang sich, weiter standhaft Blickkontakt zu halten. Der Chef suchte nach einer Schwäche, so wie er es bei jeder Gelegenheit tat, seit sie zurück im Team war. Vermutlich sah er es ihr an, genauso wie Gerhard. Doch den Triumph würde sie ihm nicht gönnen.

»Haben Sie dieses Dingens in seinen Haaren schon bemerkt?« Gerhard gesellte sich zu ihnen.

Eva, er und Willner beugten sich von beiden Seiten über den Oberleib des Toten.

»Ein Haarreif«, vermutete Maik ohne großes Interesse.

Eva betrachtete das glänzende Material, das immer wieder zwischen den kurzen dunklen Locken verschwand.

»So sieht doch kein Haarreif aus!«, behauptete Gerhard.

»Ich habe es mir vorhin schon angesehen. Das goldene Ding geht rund um seinen Kopf herum«, murmelte Maik. »Hier ist es deformiert. Etwas hat daran herumgerissen. So war es jedenfalls nicht von Anfang an.«

»Und die verklebten Flecken?«

»Verkrustetes Blut. Vielleicht von einem Schlag.« Willner war sich nicht zu fein, auch ohne Handschuhe nach dem Kopf des Toten zu greifen. Das laute »Ts-ts-ts« von Gantner, der mit weiten Schritten herbeigeeilt kam, stoppte ihn aber. Mit maßregelndem Blick händigte der Rechtsmediziner Willner ein Paar Einmalhandschuhe aus seiner Tasche aus, dann beugten sich beide über die Leiche.

»Draht«, befand Willner.

»Das ist kein Draht, das sieht man doch. Es handelt sich um eine dicke Schnur. Aus Goldfäden.« Gantner strich die Locken des Toten beiseite. »Eine Borte?«

»Sieht eher aus wie eine Krone«, überlegte Eva. Inzwischen hatten sich alle Anwesenden hinter ihr, dem Sokoleiter und dem Rechtsmediziner versammelt.

»Eine Zierborte als Krone? Die Dinger gehören an Gardinen, nicht auf die Köpfe von Toten«, grummelte Willner.

Gantner zog seine fleischige Hand so plötzlich zurück, als hätte er sich verbrannt. Eva und die anderen sahen ihn an.

»Die Krone ist nicht ins Haar gesteckt. Der Mörder hat sie an seinen Kopf genäht.«

ZWEI

Die Sonne schickte ihre frühen Strahlen durch die Fenster des Polizeipräsidiums Aalen und wärmte den Laminatboden im voll besetzten Besprechungsraum im ersten Stock.

An die Tafeln waren Fotos des Toten gepinnt, der Beamer zeigte wechselnde Bilder des Fundorts der Leiche im südöstlichen Bereich des Büchelberger Grats und des Daumengelenks, das in genau sieben Komma sechs Kilometern Entfernung im Wöllsteiner Holz gefunden worden war. Drei Komma drei Kilometer Luftlinie. Fahrtstrecken zogen sich in diesem vom Kocher durchschnittenen Gebiet, und wer am Hang einmal hinter einem Traktor feststeckte und nicht überholen konnte, wusste ein Lied davon zu singen.

Die kleine Sonderkommission, die nun »Soko Prinz« hieß, war zu einer großen Soko gewachsen. Willner brachte die Kollegen, von denen die meisten am Vortag mit am Fundort des Toten gewesen waren, auf den neuesten Stand. Da das Präsidium zurzeit ausnahmsweise gut besetzt war, waren die meisten Soko-Beamten aus den eigenen Abteilungen rekrutiert worden, und so kannte Eva die meisten Gesichter, wenn auch nicht alle Namen. Auf Kaffee und Plätzchen mussten sie verzichten, da das Sekretariat samstags nicht besetzt war.

In langsamer Abfolge wurden an der Leinwand nun Detailbilder vom Leichenfundort und von der Obduktion eingeblendet. Eva fiel auf, wie schmal der Tote gebaut war. Dass seine Augen schräg waren, hatte sie vor Ort nicht wahrgenommen. Diese Kunst der Rekonstruktion beherrschte eben nur der Rechtsmediziner. Dr. Gantner und seine Kollegen hatten das Opfer nach der Obduktion wieder angezogen, hergerichtet und seine Hände über der Blüte aufeinandergelegt. Erst nach der Aufbereitung durch die Rechtsmediziner war zu erkennen, dass es sich um eine Lilie handelte, die der Tote mit auf seinen letzten Weg bekommen hatte. So war er also aufgebahrt worden, bevor die Natur begonnen hatte, ihn zu einem Teil ihrer selbst zurückzuverwandeln.

Zu gern hätte Eva mehr vom rekonstruierten Gesicht gesehen, aber so schnell waren die Kollegen natürlich nicht. Und der Gesichtsrekonstruktion waren Grenzen gesetzt. Wie oft lag man falsch bei der Wiederherstellung der Weichteile.

Immer noch war keine Meldung eingegangen. Wurde der junge Mann denn nicht vermisst? Wie ein unbegleiteter Flüchtling wirkte er nicht.

Als ihr Blick auf eine Nahaufnahme des Krabbelgetiers fiel, erfasste Eva wieder dieser Juckreiz. Verdammte Zecken. Gefunden hatte sie bisher nur noch zwei dieser winzigen Larven, eine in der Kniekehle und eine am Bauch, und die hatten sich leicht entfernen lassen. Dafür kribbelte es jetzt ständig an den verschiedensten Stellen. Möglichst unauffällig kratzte Eva sich hinterm Ohr.

»Die DNA-Tests laufen, und ein Kollege hat die Auswertungen der Vermisstenanzeigen.« Sokoleiter Willner schielte zur Tür.

»Und?«, fragten Eva und Gerhard gleichzeitig.

»Bisher leider keine eindeutige Übereinstimmung«, übernahm der angesprochene Beamte. »Es gibt zwei Vermisste, auf die die Beschreibung zutreffen könnte. Auswertung läuft. Die sind beide schon über ein Jahr verschwunden, einer in Köln und einer bei Dresden. Sie sind allerdings dem linksradikalen Spektrum zuzuordnen. Vermutlich findet man sie irgendwann wohlbehalten in irgendeinem besetzten Altbau oder bei einem G20-Gipfel wieder.«

Der Sokoleiter schaute auf die Uhr.

»Auf wen wartet der Willner?«, flüsterte Gerhard.

»Auf eine Eingebung?« Eva zuckte mit den Schultern. »Todesursache?«, fragte sie laut.

»Einwirkung stumpfer Gewalt.« Gantner hatte die Herrschaft über den Beamer übernommen und klickte sich durch die unappetitliche Abfolge von Bildern, bis er beim Hinterkopf des Opfers angelangt war, an dem Eva beim besten Willen keine deutlichen Spuren von Gewalteinwirkung mehr erkennen konnte.

»Angriff von hinten, was auf einen schwachen Täter und einen Hinterhalt hindeutet. Aber ...«, er machte eine Pause, »... Aufprallwinkel und Wucht des Hiebes lassen wiederum auf eine starke Person schließen, die in etwa die gleiche Größe hat wie das Opfer. Zu der Waffe selbst kann ich noch keine Angabe machen, außer dass sie keine scharfen Kanten hatte. Quetschungen deuten weniger auf stabiles, scharfkantiges Metall hin als auf etwas Weicheres. Einen Baseballschläger zum Beispiel, einen Ast ...«

»Tatort stimmt nicht mit Fundort überein«, merkte Willner an, der trotz seiner Stämmigkeit neben dem riesengroßen und vermutlich über hundertzwanzig Kilo schweren Kollegen unterging.

»Hatte der Tote zuvor Geschlechtsverkehr?«

Der Rechtsmediziner schüttelte den Kopf. »Nein. Aber fällt Ihnen sonst noch etwas auf?«

Die Krone? Der Fundort, die Aufbahrung? Dass man von außen keine wirkliche Einwirkung von Gewalt entdecken konnte, keine aufgeplatzte Wunde, keine Knochenstücke? Was meinte er?, fragte sich Eva.

»Keiner? Wer hat das Blut bemerkt?« Eilig klickte der Arzt weiter bis zu einer Detailaufnahme besagter Krone, die hier abgenommen worden war und in einem Nierenschälchen lag. Eva hatte die Naht ja am Vortag schon am Opfer in Augenschein genommen, das musste reichen. Jetzt, am frühen Morgen und mit leerem Magen, hatte sie Schwierigkeiten, diese Bilder zu betrachten. Wobei ein voller Magen wohl auch nicht hilfreicher gewesen wäre. An manche Dinge gewöhnte man sich eben nie. Und es waren nicht unbedingt die Bilder, es waren die Geschichten dahinter, die Dinge, die geschehen waren und über die sie im Moment nur Vermutungen anstellen konnten.

Das Gemurmel schwoll an. Schließlich seufzte der Arzt und schaute zu Kriminaloberrat Willner, dessen Aufmerksamkeit nach wie vor immer wieder auf die Tür gerichtet war. Er hatte etwas geplant, das merkte man auch am Ausbleiben der Spitzen, die die Kollegen sonst gern aufeinander abfeuerten. Doch Gantner schien es ohne Willners Mitwirken heute keinen rechten Spaß zu machen.

»Also, na gut. Die kleinen Wunden in der Kopfhaut haben beim Annähen geblutet.«

»Das heißt, er hat noch gelebt«, folgerte Eva.

»Genau«, bestätigte der Rechtsmediziner. »Ob der oder die Täter das allerdings wussten beziehungsweise beabsichtigt oder billigend in Kauf genommen haben –«

»Ich sehe keine Abwehrspuren.«

Der Arzt nickte gequält ob der Unterbrechung. »Frau Brenner hat recht. Wir nehmen an, dass er ohnmächtig oder bereits hirntot war.«

»Also gehen wir von einem Hinterhalt aus«, überlegte Gerhard. »Ein Überraschungseffekt, ein Gegner, der nicht gesehen werden wollte. Kein Handgemenge. Kannte er seinen Mörder?«

»Das gilt es herauszufinden.«

»Aber das kann doch gar nicht sein, dass niemand vermisst wird. Der junge Mann liegt seit etwa einer Woche im Wald«, warf eine Kollegin ein. »Kommt er aus einem anderen Land?«

»Vermutlich nicht«, antwortete Gantner. »Was den Todeszeitpunkt angeht, sind wir uns nicht sicher. Gewebeproben deuten darauf hin, dass er seit etwa sieben Tagen im Wald lag, aber zuvor schon tot war. Wie lange, das wissen wir nicht.« Er klickte zu einem Bild, das die Nahaufnahme des Rückens zeigte. »Aber ich vermute, dass es mehrere Tage waren, geschützt vor den Wettereinflüssen.«

»Und irgendwann wurde es dem Täter zu viel, und er hat ihn weggebracht.«

»Genau. Auch interessant, warum er den Leichnam womöglich so lange bei sich behalten hat.«

»Vielleicht dachte der Täter, dass er nicht tot ist, und hat ihn absichtlich dabehalten«, spekulierte Eva.

Gantner schüttelte den Kopf. »Nein, die Spuren sind eindeutig. Er war bereits längere Zeit tot, als er auf die Lichtung gebracht wurde. Vielleicht hat es dem Mörder auch sprichwörtlich gestunken.«

Ein paar Beamte kicherten. Willner war zum Fenster gegangen und schaute hinaus. Die Sehnen seines Stiernackens angespannt, spähte er nach unten in die Straße, um sich im nächsten Moment umzudrehen und mit großen Schritten den Raum zu durchmessen, vorbei an Tischen und Kollegen. »Na endlich!«

»Fehlt noch jemand?«, fragte Gerhard.

»Ich weiß von nichts.« Eva zuckte mit den Schultern.

Derweil begrüßte der Sokoleiter eine unsichtbare Person auf dem Gang. Dann schloss er die Tür, behielt die Hand am Griff und versicherte sich der vollen Aufmerksamkeit des Kollegiums. »Liebe Beamte, gebt fein acht, ich hab euch jemanden mitgebracht.«

Eine Frau mit kurzem dunklen Haar betrat den Raum. Ihre leuchtend blauen Augen fielen als Erstes auf, der dunkle Teint betonte sie noch mehr. Eva kannte sie nicht, sie sah auch nicht aus wie eine typische Kollegin vom LKA, sondern eher ... ja, wie wer eigentlich? Eine Vertrieblerin? Eine Motivationstrainerin? Sie warf einen kurzen Blick auf die Bilder an der Wand und wandte sich dann erst den Kollegen zu.

Die hellen Augen flogen über die Anwesenden, dann stellte sie ihre schwarze Ledertasche auf den Tisch. »Guten Morgen, Kollegen. PHK Regina Wernhaupt, LKA Stuttgart.«

»Das LKA wieder«, hauchte Gerhard in die erwartungsvolle Stille.

Eva schmunzelte in sich hinein. Der Auftritt passte so gar nicht zu den Stuttgarter Kollegen. Normalerweise gaben die sich größte Mühe, dezent im Hintergrund zu bleiben und mit ihrem Fachwissen maßgeblich zu unterstützen.

Sie musterte die sportliche Silhouette in der knappen Jeans und fragte sich, was diese Frau Wernhaupt sich mit ihrem Auftritt wohl gedacht haben mochte. Als Einzige hier trug sie

Absätze, und die Lederjacke endete genau an der schmalsten Stelle ihrer Hüfte. Als ob sie sich bei einem Tanzabend im Club, nicht auf einer Besprechung der Sonderkommission befände. Dass Willners Scheidung vor zwei Jahren ihm nicht gutgetan hatte, konnte man beobachten, aber dass er so ein Bohei um eine Unterstützung vom LKA machte, nur weil es sich um eine junge, attraktive Frau handelte? Hoffentlich hatte diese Wernhaupt etwas drauf.

Der Sokoleiter war sichtbar beeindruckt von der Frau, die in ihren Pumps mindestens fünf Zentimeter größer war als er. Der Umstand, dass sie sich selbst vorgestellt und nicht dem alten Platzhirsch den Vortritt gelassen hatte, schien ihm überhaupt nicht aufgefallen zu sein. Das hätte Eva sich mal leisten sollen. Stattdessen positionierte der Chef sich nun neben ihr, als ob sie sich schon ewig kennen würden. Er räusperte sich.

»Das, Meinedamenundherren, ist meine geschätzte Kollegin Regina Wernhaupt vom LKA«, wiederholte er unnötigerweise. »Wir kennen uns seit drei Jahren von den Ermittlungen gegen eine osteuropäische Brennelemente-Hehlergruppe. Als es eng wurde, hat sie mich nicht im Stich gelassen. Für diesen speziellen Fall habe ich sie wegen ihrer Erfahrung und ihres Fachwissens angefragt.«

Als es eng wurde, hat sie mich nicht im Stich gelassen? Eva wusste nicht, wovon Willner redete. Bisher hatten sie doch ein gutes Verhältnis gehabt. Willner, der harte Hund mit dem weichen Kern. Zumindest glaubte Eva, dass so etwas wie ein weicher Kern in ihm steckte, irgendwo ganz tief drin.

Nach ihren ersten Erfolgen vor über fünf Jahren hatte er Eva unter seine Fittiche genommen, wie er sagte, beeindruckt von ihren Fähigkeiten – und hatte ihr und ihrem damaligen Partner Björn freie Hand gelassen, auch wenn die Aufgabe unkonventionelles Herangehen erforderte. Nun gut, offensichtlich hatte er sie nicht in jeden Fall, an dem er arbeitete, eingeweiht. Besonders schmerzte es, dass er Eva wohl auch vor jenem Tag im letzten Frühjahr nicht in alles eingeweiht hatte.

Die Absätze der neuen Kollegin auf Zeit klackten über den Boden, als sie die Hände faltete und eine Art Verneigung vor den Kollegen der Sonderkommission andeutete. »Wie Sie wissen, ist das LKA zuständig für Terrorismus, Organisierte Kriminalität, Geldwäsche, Rauschgifthandel, Schleuser, Wirtschaftskriminalität und Waffenhandel, um nur einige Punkte zu nennen.«

»Hose und Bluse sitzen auch ein bisschen eng«, stellte Eva fest.

»Ach, ihr Frauen immer!«, raunte Gerhard ihr zu. »Beim Willner sitzt die Hose auch viel zu knapp, und da fällt es keinem auf.«

»Das hätte ich dem Chef gar nicht zugetraut!«

»Was? Dass er enge Hosen trägt?«

»Och Gerhard ...« Doch der hörte ihr schon gar nicht mehr zu, sondern hatte seine Aufmerksamkeit wieder auf diese LKA-Tante gerichtet, die weiter über ihre eigentlichen Aufgaben referierte. Störte es denn nur Eva, wie die sich zu profilieren versuchte? Immerhin ging es hier um Mord!

»Weiß doch jeder, was das LKA so macht«, kommentierte sie leise, damit es auch ja keiner hören konnte, und wunderte sich im selben Moment über sich selbst. Was hatte diese Wernhaupt an sich, dass sie Eva so reizte? Sonst kam sie mit jeder Unterstützung vom LKA prima zurecht und schätzte die Kollegen. Außerdem bescheinigte Eva sich eine große Entspanntheit fast jedem Lebensstil gegenüber, eine Eigenschaft, die man auf dem Land schnell erwarb. Leben und leben lassen, man konnte sich ja schlecht aus dem Weg gehen. Aber was war es dann? Neid darauf, dass sich die Neue ganz offenbar so gut mit Willner stand, während Eva ihm schon lange nichts mehr recht machen konnte?

»... aber deswegen bin ich heute nicht bei Ihnen.« Regina Wernhaupt schaute mit ihren auffallend hellen Augen erwartungsvoll in die – sehr leise – Runde. »Mein Spezialgebiet ist Bandenkriminalität. In letzter Zeit beschäftige ich mich zusätzlich mit dissozialen Persönlichkeitsstörungen. Kurt hat

mich heute Nacht angerufen und gebeten, gemeinsam mit Ihnen zu analysieren, in welchen Kreisen wir im aktuellen Fall die Suche nach dem Täter am ehesten intensivieren sollten.«
Kurt? War es möglich? Dieser alte Esel hatte ihr tatsächlich das Du angeboten – seine ältesten Mitarbeiter hier im Präsidium warteten seit über zehn Jahren darauf! Und wie bitte kam Willner auf Bandenkriminalität?

»Ich glaube, er hat sie eher wegen der Persönlichkeitsstörungen angefragt«, überlegte Gerhard, und Eva bemerkte, dass sie den letzten Satz laut gesagt hatte.

»Also vermutet er einen bestimmten Tathintergrund.« Sie hatte Mühe, sich zu konzentrieren, als die Wernhaupt darum bat, ein Bild des Opfers an die Wand zu werfen. Vor ihnen gewann das Foto des entblößten, schmalen Leibes in der Stahlwanne an Kontur, mit dieser langen, grob vernähten Obduktionsnarbe, die sich über den ganzen Rumpf bis hoch zum Schlüsselbein erstreckte.

»Haben Sie ein Bild von der Bestattung?«

Es klickte, und das Bild des Toten inmitten des unnatürlich grünen Farnbetts erschien. Die Wernhaupt legte eine Hand ans Kinn. »Was sehen Sie?«

»Erinnert mich spontan an eine Grablege wie die im Kloster Lorch«, warf Gerhard ein und erntete damit nur einen kurzen Blick und ein Stirnrunzeln von Miss LKA. Mit seinem Historienhobby konnte er bei ihr nicht punkten, immerhin.

»Wer macht so etwas?«, fragte die Wernhaupt stattdessen in den Raum.

»Wäre gar nicht auf die Idee gekommen, mir diese Fragen ohne die LKA-Tante zu stellen!«

»Tante? Eher eine Fee«, säuselte Gerhard mit verträumtem Blick.

»Bitteschön, wer fragt denn so etwas? Tätereingrenzung ist unser erster Ansatzpunkt.« Eva zog eine Schnute.

»Hm ...«

»Hörst du mir zu?«

»Ja, genau.«

Nicht mal der war immun. Vater von zwei Söhnen und seit Ewigkeiten mit seiner Carola glücklich, wie er stets betonte. Immerhin, einen Trost gab es. Die »Fee« würde nach ihrem Vortrag schnell wieder in ihr LKA zurückfliegen. Dieses Wissen beruhigte Eva ungemein. Sie schob ihren Stuhl nach hinten.

»Ist mal Ruhe hier vorne?« Willner funkelte Eva ärgerlich an. »Was ist Ihr Ansatz?«

»Ja, äh. Also. Der Tote wie bei einem Begräbnis aufgebahrt und geschmückt. Keine weiteren Spuren grober Gewalteinwirkung bis auf die Kopfverletzungen. Das wirkt für mich wie geplant, eine Art ritualisierte Bestattung.«

»Ja, genau«, bestätigte Gerhard.

»Ein Täter, der viel Mühe auf die Bestattung seines Opfers verwendet hat.« Die Wernhaupt nickte. »Vielleicht auch eine Tätergruppe. Eifersucht, Mutprobe, Initiationsritus, hier sind noch alle Würfel im Spiel. Vielleicht auch die Entschuldigung beim Opfer nach einer Affekttat.«

»Entschuldigung? Wieso das denn?«, fragte ein Kollege ungläubig. Soweit Eva wusste, hieß er Torben und war bei den Drogenfahndern.

»Hin und wieder gibt es Fälle, bei denen die Täter durch besondere Fürsorge im Umgang mit der Leiche versuchen, das Geschehene wiedergutzumachen. Bei mir ist eine Sicherung durchgebrannt, und nun liegt der Tote da. Lebendig machen kann ich ihn nicht mehr, also bestatte ich ihn wenigstens und zeige, dass mir etwas an ihm liegt.« Die Wernhaupt zwinkerte ihm zu. Hatte Eva da richtig gesehen?

»Haben Sie schon einen ähnlichen Fall gehabt?«, fragte Torben ehrfürchtig.

Wohl kaum. Die war ja auch nur ein paar Jahre älter als er. Eva verschränkte demonstrativ die Arme.

Die Wernhaupt schaute einen Moment lang ins Leere. »Nein, ich habe nur andere Vorfälle studiert. Es erinnert mich an einen Fall, bei dem der Täter mehrere junge Stricher ermordet hat. Beim Herrichten der Körper in ihren Gräbern gibt es eine entfernte Übereinstimmung. Er gab ihnen eine Malve und Efeu mit auf den letzten Weg.«

»Eine Malve, eine Bitte um Vergebung. Und Efeu für die Ewigkeit.« Nun endlich erhielt Gerhard ein anerkennendes Lächeln von seiner LKA-Fee.

»Was bedeutet die Lilie?« Rechtsmediziner Gantner drehte sich zu Gerhard um.

»Die Lilie ...« Gerhard straffte sich. »Die Lilie ist das Königssymbol schlechthin, die Blume der Reinheit und der Unschuld.«

»Und dazu die Krone. Nicht freiwillig aufgesetzt, sondern aufgezwungen.«

»Es waren zwei Königskinder ...«, intonierte Gerhard leise.

»Pst!«, zischte Eva.

Ja, die toten Stricher, keiner von ihnen älter als neunzehn Jahre. Eva erinnerte sich an die Meldung. Irgendwo in Mitteldeutschland, vor gut zwanzig Jahren. Wahrscheinlich saß der Täter für den Rest seines Lebens in Haft oder war in der Sicherungsverwahrung untergebracht. Trotzdem machte sie sich eine Notiz.

»Was wissen wir über das Opfer?«, fragte die LKA-Kommissarin.

Willner schüttelte den Kopf. »So gut wie nichts. Kein passender Vermisstenfall. Wir gleichen die DNA zur Stunde ab und wissen frühestens morgen mehr. Torben, bringst du Regina auf den neuesten Stand?«

Der junge Kollege nahm seinen Block auf und spulte die Informationen ab, die Eva und die anderen Sokomitglieder bereits kannten.

»Auf dem Wirtschaftsweg wurden Reifenspuren gefunden, am Toten vermutlich fremdes Genmaterial«, schloss er. »Die zentralen Fragen sind für uns: Wie kam die Leiche an diesen Ort, wo wurde sie vorbereitet, wie und vor allem wieso wurde sie so bestattet?«

»Das heißt, wir fangen ganz am Anfang an. Reifenprofile überprüfen ...«, überlegte die Wernhaupt.

»Der Regen hat uns vermutlich das meiste kaputt gemacht. Wir führen in der Gegend Stichproben durch und hoffen fürs Erste auf einen Erfolg bei den DNA-Spuren, die wir sichern konnten. So, liebe Beamte, los geht's!« Willner klatschte in die Hände, als ob es galt, eine Hundeschar zu motivieren, das Stöckchen zu apportieren.

»Eine Sache wäre da noch.« Die Wernhaupt neigte ihren Kopf hinunter zum Kriminaloberrat.

Die beiden flüsterten, dann ließ Willner seinen suchenden Blick über die Köpfe schweifen. »Ach ja, Frau Brenner, Herr Vollrath! Der Nebenraum wird ja noch renoviert. Würden Sie Ihrer Kollegin vom LKA ein Arbeitsplätzchen bereitstellen?«

***

»Ute!« Die tiefe Stimme ihres Vaters hallte die Treppe herauf.

Sie ignorierte den Alten und zog ein weiteres Stück der kunstvollen Bordüre nach. Dann wickelte sie das glitzernde Band um ihren Zeigefinger, fixierte die so entstandene Lasche mit ein paar Stichen und ließ sie auf den bereits vernähten Teil sinken. Wieder zog sie Bordüre nach. Der Tee vor ihr dampfte, und im Radio sang die Evanescence-Sängerin: »*I wish that you would just leave ... cause your presence still lingers here ... and it won't leave me alone ...*« Leise summte sie die Melodie mit.

»Ute! Wo isch des unnütze Gör denn scho wieder?«

In ihrem kleinen Zimmer im Obergeschoss stach sich Ute mit der feinen Nadel. »Mist!« Kater Bo, der zwischen ihren Füßen gelegen hatte, sprang erschrocken zur Seite und stellte das Fell auf.

Ute schaute einen Moment lang auf den kleinen runden Blutfleck, der sich auf der Kuppe des linken Zeigefingers gebildet hatte. Dann steckte sie den Finger in den Mund und streckte den Arm wieder aus, um das Radio lauter zu drehen. Viel lauter. »*... that time cannot erase. When you cried, I'd wipe away all of your tears ...*«

»Ute, komm jetzt! Die Schwei müsset gefüttert werda!«
Nichts zu machen. Die Stimme ihres Vaters setzte sich gegen alles durch, auch gegen die Musik. Ute schnaufte. Sie schob ihren Stuhl nach hinten und warf das Nähzeug auf den Tisch. »Ich komm scho.«
Holz knarrte, als sie die steile Treppe hinunterstieg. Unten wartete ihr Vater mit in die Seiten gestemmten Fäusten.
»Wiaschde Grodd, die Arbeit macht sich net von allein!« Er hob den rechten Arm und deutete einen Schlag auf ihren Hinterkopf an, doch die Hand verharrte auf halber Strecke.
Ute zuckte nicht einmal mehr zusammen. Seit seine Hüftprobleme so schlimm geworden waren, dass er nachts schrie, war er noch unerträglicher. Dafür konnte er mit seinen Schmerzen nicht mehr so hart austeilen. Nicht einmal den Gürtel konnte er noch schwingen, sodass es klatschte. Und trotzdem. Es wurde Zeit, dass der Alte endlich seinen OP-Termin bekam. Mit etwas Glück hatten sie dann fünf oder sechs Wochen Ruhe vor ihm. Mit Mutter wurde sie schon fertig.
»Ich hab d'r Christof im Ort troffa, der kommt nachher vorbei. Also, was der an dir findet …«
Ute zog die gelben Gummistiefel über und öffnete die Tür zum Stall gerade so weit, dass sie durchpasste. Schnell drehte sie sich, um sie hinter sich zu schließen. Es ärgerte ihn, wenn sie keinen Respekt zeigte.
Hinter der Tür erwartete sie der typische Gestank, dick wie eine Wand und ätzend wie Säure. In der Nase brannte es immer nur im ersten Moment. Als Bauernkind war Ute die Ausdünstungen der Tiere gewohnt, roch sie überhaupt nur noch, wenn sie so konzentriert auftraten wie hier. Denn selbst im Haus lag der Geruch überall in der Luft. Auf einem Schweinehof roch es eben so.
Die Schweine grunzten in freudiger Erwartung. Wenigstens die freuten sich, wenn sie kam. Sie machte Licht. Das Quieken der kleinen Frischlinge der dicken Emmi war zu hören, sie schmatzten an den Zitzen der Mutter. Ute öffnete

die Kiste mit dem Gerste-Weizen-Triticale-Gemisch. Der staubige Dunst kitzelte in ihrem Gesicht, als sie den Eimer hineinsenkte. Sie schüttete die Körner in den Trichter. Von dort aus verteilten sie sich in die jeweiligen Ausgabeschächte.

Sie schaute auf die Uhr. Mutter war schon auf dem Markt. In einer Stunde musste Ute los, um Futternachschub vom Großmarkt zu holen. Automatisch senkte und hob sie den Eimer und hörte, wie die Körner in die Öffnung prasselten. Wie wenn Regen aufs Scheunendach klatschte. Feiner Staub vermischte sich mit dem beißenden Ammoniakgeruch. Sie spürte gar nicht, wie die Tränen über ihre Wangen liefen und zusammen mit den Körnern in den Trichter fielen.

※※※

Im Großraumbüro hatte Eva sich mit der Enge am Schreibtisch arrangiert. Nun, eigentlich waren es Gerhard und Frau Wernhaupt, die sich arrangiert hatten, die überhaupt keine Probleme damit zu haben schienen.

Betont lange schaute Eva auf den Ordner, den die neue Kollegin quer über dem Tisch ausgebreitet hatte, um daneben genug Platz zum Schreiben zu haben. Er stieß an Evas Ellenbogen. Ihre verschiedenen Stapel hatte Eva zu einem aufgetürmt, um Platz für die Neue zu schaffen. Fraglich, ob sie darin noch finden würde, was sie suchte. Hoffentlich war der Wasserschaden im Nebenraum bald beseitigt, dann gäbe es genügend Platz, um Frau Wernhaupt an einem Schreibtisch ganz weit weg unterzubringen.

Eva überlegte, woher das ungute Gefühl kam. Vermutlich lag es an dieser Wernhaupt, die sich so massiv in den Vordergrund drängte. Jetzt musterte die sie auch schon wieder.

»Frau Brenner, bitte suchen Sie mir alle bekannten Täter mit APS, also diagnostizierter dissozialer Persönlichkeitsstörung, der Umgebung und sagen wir mal, der letzten fünfundzwanzig Jahre raus.« Der Ordner schloss sich, und die hohen

Absätze der Wernhaupt klackten übers Laminat, als sie in Richtung Gang strebte.

Eva verdrehte die Augen. »Es scheint, als hätten wir einen zweiten Willner bekommen. Komplett gratis und umsonst.«

»Diese Version ist deutlich attraktiver.« Gerhard schickte der neuen Kollegin einen langen Blick hinterher.

Alle aktenkundigen Psychopathen also. Wo in aller Welt sollte Eva am Samstagvormittag eine vollständige Liste herbekommen? Und überhaupt – wie aussagekräftig wäre eine solche Liste? Wurden derartige Persönlichkeitsstörungen denn überhaupt immer als solche erkannt und eingestuft, vor allem wenn jemand gleich bei der ersten Tat überführt wurde? Auf alle Fälle interessant, dann vermuteten Willner und die Neue den Täter also in diesem Bereich. Warum auch immer.

Eva suchte einen Moment in der Datenbank, dann wählte sie die Nummer des BKA. Als sie aufgelegt hatte, grummelte es in ihrem Magen. Hunger oder Ärger? Vermutlich beides.

»Das könnte die Gute doch selber wesentlich schneller erledigen, den Zugang zu den Datenbanken müsste sie ja haben.«

»Sind wir etwa eifersüchtig?« Gerhard schaute Eva über den Rand seiner Lesebrille hinweg an.

Das Klacken der Absätze wurde wieder lauter.

»Wie kommen Sie darauf, dass die Tat von einem Psychopathen begangen worden ist?« Eva konnte sich nicht zurückhalten.

»Haben nicht alle Mörder irgendwie eine antisoziale Störung?«, fragte auch Gerhard und setzte seine Brille wieder ab. In diesem Punkt war sogar er eitel.

Die Wernhaupt stützte beide Hände auf den Schreibtisch und sah amüsiert von der einen zum anderen. Musste sie dabei den Hintern so rausstrecken? Die Blicke des Kollegen am nächsten Tisch zumindest sprachen Bände.

»Kurt hat Sie beide als die hellsten Köpfe der Abteilung beschrieben.« Das Lächeln, das ihre Mundwinkel umspielte, wusste Eva nicht so recht zu deuten. »Vielleicht können wir noch etwas voneinander lernen.«

Auch die anderen Beamten hoben ihre Köpfe. Präsenz und Führungswillen hatte diese Wernhaupt, keine Frage.

»Also, sicher sind wir uns natürlich noch nicht«, erklärte die LKAlerin und richtete sich auf. »Als Kurt und ich die Bilder durchgesehen haben, da dachten wir, dass es sich um einen Täter handelt, der sich bewusst zum Töten entschlossen hat – oder der diesen Gedanken schon lange in sich trägt.«

Eine gewagte These. Eva öffnete den Mund, aber da holte die Wernhaupt schon wieder Luft und bedeutete ihr zu warten.

»Stellen Sie sich vor, Sie wurden erniedrigt, gequält, was auch immer. Sie fühlen sich, als ob Sie dem anderen ein einziges, letztes Mal zu viel Macht über sich gelassen haben. Jetzt ist es genug. Die Situation eskaliert. Ihr einziger Ausweg ist, das wissen Sie in dem Moment, den anderen zu töten, hier und an dieser Stelle. Sonst dreht sich das Hamsterrad weiter, und Sie finden diese Kraft womöglich nicht ein zweites Mal. Was tun Sie?«

Ihr Blick ruhte auf Eva, die sich unter so viel Aufmerksamkeit unwohl zu fühlen begann. »Was ich tun würde? Ich … ich würde das greifen, was mir am nächsten steht und auf ihn einschlagen.« Oft genug schon hatte sie Tatorte, an denen eine solche Gewalteskalation stattgefunden hatte, untersuchen müssen.

Die Wernhaupt nickte. »Pure Wut. Eifersucht, Neid. Eine Eruption. Genau. Und wenn Sie dagegen einen Plan gefasst haben, weil die Probleme schon lange überhandgenommen haben? Ihre Frau unterdrückt Sie Tag für Tag, Sie wollen und können nicht mehr, Herr Vollrath?«

Gerhard zuckte die Schultern. »Dann habe ich Zeit, in Ruhe zu planen, meine Spuren zu verwischen. Beruhigungsmittel? Warten, bis sie schläft, und ihr ein Kissen aufs Gesicht drücken? Strom in der Badewanne?«

»Fällt Ihnen etwas auf?« Regina Wernhaupt schaute in die Runde. »Taugen Ihre beiden Kollegen zu außergewöhnlichen Mördern, was meinen Sie?«

Vereinzeltes Kopfschütteln. Zum Grummeln in Evas Magen gesellten sich glühende Ohren. Nicht außergewöhnlich. Das musste sie sich vor allen von dieser Tussi sagen lassen! Und die Kollegen dachten offensichtlich ähnlich.

»Hat einer der beiden eine Idee geäußert, was mit den Toten nach deren Dahinscheiden geschehen soll?«

Wieder Kopfschütteln. Eva verstand nichts, Gerhard hing mit ebenfalls fragendem Blick an den Lippen der LKAlerin.

»Das, meine Damen und Herren, unterscheidet einen Mörder mit Gefühlen, wie sie bei jedem von uns hochkommen können, von einem Psychopathen – wie Sie, Frau Brenner, es nennen –, der in der Regel vollkommen empathie- und gewissenlos handelt und dessen Antrieb materieller oder Machtgewinn ist.«

»Diese Menschen handeln also berechnend und vollkommen emotionslos«, fasste Gerhard zusammen.

»Das ist eine weitverbreitete Fehleinschätzung«, wies die Wernhaupt ihn sanft zurecht. »Zu Emotionen wie Wut und Aggressivität können Menschen mit dissozialer Persönlichkeitsstörung sehr wohl fähig sein, allerdings sind sie vollkommen gefühl- und rücksichtslos anderen gegenüber. Ihr Hirnareal reagiert auch nicht auf Dinge, die anderen Angst machen.«

»Ich bin nicht ganz von der Sache überzeugt«, schaltete sich Willner ein. »Es gibt zwei, drei Dinge, die uns zweifeln lassen, aber ich möchte dennoch, dass uns Regina hilft, die Tat gleich zu Beginn auch auf diese Möglichkeit hin abzuklopfen.«

So langsam verstand Eva. Sie schaute hinüber zu den Bildern des Fotografen, die an die Bürotafel gepinnt waren. Der Tote auf seinem Farnbett, verfärbt, angefressen, und doch auf eine ganz eigene Art würdevoll. Wusste der Mörder, dass sein Opfer noch gelebt hatte, als er es so herrichtete, ja, sollte es vielleicht sogar noch am Leben sein?

»Ich denke, dieser Mord ist anders«, gab sie zu bedenken. »Das Annähen der Krone, die Lilie, das Bestatten des Leichnams. Eine zentrale Frage für die Bewertung eines Täters oder die Eingrenzung des Profils. Aber hätte sich ein empathieloser Täter für einen Einzelnen solche Mühe gegeben?« Eva überlegte. »Ich meine, hätte er nicht eher ein übergeordnetes Motiv, das sich nicht auf eine bestimmte Person bezieht?«

»So ist es.« Die Wernhaupt nickte. »Wovon wir ausgehen können, ist, dass der Täter beim Töten nicht aus einem Impuls gehandelt, sondern den Tod des Opfers nach längerer Planung herbeigeführt hat, vermutlich schon im Wissen, was er weiter mit ihm vorhat. Und genau deshalb möchte ich nicht ausschließen, dass der Täter eine Strategie verfolgt.«

»Heißt das, es könnte weitere Tote geben?«

***

Simon Bruhn schaute auf das Handydisplay und schob das kleine Gerät dann in seine Hosentasche zurück. Auf dem schmalen Bahnsteig drückte sich ein dicker Mann an ihm vorbei und grunzte nur verärgert, statt sich zu entschuldigen.

»Hey!« Simon ruderte mit den Armen, und als er aus dem Gleichgewicht geriet, wurde er sich seiner weichen Knie bewusst. Stella. Gleich würde er sie treffen. In diese geheimnisvollen kornblumenblauen Augen blicken. Wie sollte er das Gespräch eröffnen? Hoffentlich brachte er überhaupt ein Wort heraus.

Natürlich war das nicht sein erstes Date, und Stella auch nicht die erste Frau, die er übers Internet kennengelernt hatte. In letzter Zeit war es recht häufig vorgekommen. Die Richtige war nie dabei gewesen, aber irgendwie hatte diese Unverbindlichkeit auch ihre guten Seiten gehabt. Nicht so bei Stella. Ihre Art war so komplett anders als die der anderen Mädels. Irgendwie seltsam. Simon wusste eigentlich gar nicht so recht, wie sie ihn in ihren Bann gezogen hatte. Klar, Stella war hübsch, sehr hübsch sogar, ihre schrägen Augen über der sommersprossigen Nase hatten etwas Außerirdisches, die weißblonden Haare, die helle Haut und die vollen Lippen ... Ob er sie heute küssen würde?

Zum Übernachten hatte Simon nichts dabei. Wenn es sich ergab, ergab es sich, wenn nicht, dann nicht. Und meistens ergab es sich, er musste den Dingen nur ihren Lauf lassen. Sich nicht von ihr nervös machen lassen. Natürlich hatte er zur Sicherheit Kondome eingepackt, aber bei Stella wusste Simon tatsächlich nicht, wie es laufen würde. Und ob er bei ihr überhaupt wollte, dass alles so schnell ging.

Bisher hatte sie das Tempo vorgegeben, mit ihren Briefen, mit ihrer verträumten Art, mit der Frage nach seinen Sehnsüchten. Hatte Simon jemals zuvor einen Brief an ein Mädchen geschrieben? Außer damals in der Schule, mit dreizehn, an die französische Austauschschülerin, die ihm der Lehrer zugeteilt hatte. *Bonjour, qu'est-ce que tu aimes? Moi, j'aime le foot, la musique* ... Der Austausch war ein einziges Fiasko gewesen. Das Mädel schon eine halbe Frau, er noch der segelohrige Junge mit den viel zu großen Zähnen im hageren Gesicht.

Er grinste und prüfte seine Frisur im Fenster eines stehenden Zuges, während er wie vereinbart hinüber zu den Parkplätzen ging. Sein Handy vibrierte, und als er es aus der Tasche zog, rutschte es ihm fast aus seiner verschwitzten Handfläche. Nein, Stella war es nicht. Stattdessen zeigte das Display ein Bild von Samuel, seinem Kommilitonen, der sich während des Praxissemesters bei einer Hilfsorganisation in Chile auf dem Altiplano herumtrieb und mal wieder darüber informierte, wie er mit seinen *Compadres* vor einer malerischen Hütte saß und ganz offensichtlich nichts zu tun hatte, außer Matetee und *Borgoña* zu konsumieren.

Als Simon wieder hochsah, entdeckte er einen dunkelblauen Opel Combo auf einem der Parkplätze an der Straße. Eine mollige Frau mit schulterlangem braunem Haar winkte in seine Richtung. Er drehte sich um. Niemand da. Aber ihn konnte sie ja nicht meinen. Simon schaute die Bahnhofstraße entlang. Leider hatten sie nichts Genaueres ausgemacht. Nur Sonntag, vierzehn Uhr, Bahnhof Ellwangen, bei den Parkplätzen. Sein Auto stand ein wenig abseits im Wohngebiet hinter den Stadtwerken geparkt, vielleicht fiel der rostige Ford Fiesta dort unangenehm auf, aber was tat man nicht alles, um die Parkgebühren zu sparen. Und schließlich hatte Stella Simon ja angeboten, ihn abzuholen. Wenn sie ihn mitnahm, konnte er sie während der Fahrt auch besser in Augenschein nehmen. Ob sie überhaupt kam?

Wieder rückte die Braunhaarige im Combo in sein Sichtfeld. Nun war sie ausgestiegen und stand in der Vordertür. Warum schaute sie zu ihm herüber und winkte wie wild? Gut, Stella würde vermutlich auch aus dieser Richtung kommen, deswegen ging er weiter auf sie zu.

»Hallo Simon!«

Verdutzt musterte er sie. Die Frau strahlte ihn an, als würden sie sich schon ewig kennen. »Woher wissen Sie meinen Namen?«

»Ich bin eine Freundin von Stella«, rief sie gegen den rauschenden Verkehr an. »Sie schickt mich, um dich abzuholen.«

DREI

»Zwei Wasserweckle bitte, am beschda welche von geschdern. Und hen Se mir au no a Brot, vielleicht von vorgeschdern? I han's beschdimmt passend, wartet Se.« Die alte Frau kramte in ihrem übervollen Münzfach.

Keine Nachricht von Tom. Immer noch nicht. War er zu beschäftigt? Oder vielleicht beleidigt, dass Eva ihn wegen des Mordfalls versetzt hatte? Dabei hatte sie ihn gestern als Ausgleich zum Sonntagsbrunch eingeladen. Das wäre doch mehr als eine gute Entschädigung für Samstagabend gewesen, und immerhin ging es nur um ein zweites Date. Aber er hatte sich nicht gemeldet. Schaute er sich schon nach einer anderen um?

Eva hob den Blick von ihrem Handy. Die Bäckerin fokussierte sie bereits. Gemächlich schlurfte die alte Dame davon, um ihr Vor- und Vorvortagsgebäck im Korb des Rollwägelchens zu platzieren.

»Bitte Kaffee. Groß.«

»Ein Mehrwegbecher dazu?«

Eva dachte an ihre kaputte Kaffeemaschine und nickte.

Von hinten näherten sich hektische Schritte. Eva spürte warmen Atem in ihrem Nacken und drehte sich um. Ein junger, sehr dünner Mann trippelte dicht hinter ihr nervös von einem Fuß auf den anderen; der weißen Kleidung und den hohen schwarzen Stiefeln nach war er ganz klar als Reiter zu erkennen. Eva drehte ihren Kopf wieder nach vorn und machte einen Schritt zur Seite. Sollte er doch trippeln, wo er wollte, aber fremden Atem im Genick brauchte sie so früh am Morgen wirklich nicht.

»Wir habet neuerdings au Jumbo.« Die Verkäuferin wedelte mit dem normalen Mehrwegbecher, der an sich schon groß war, und in der zweiten Hand mit einem noch deutlich größeren. Nicht zu fassen. Vielleicht konnte die neue Kaffeemaschine noch warten. In diesem Becher blieb der Kaffee ja vielleicht sogar auf dem Weg von Gmünd bis ins Präsidium warm. Vorausgesetzt, der Inhalt hielt so lang.

»Jetzt entscheiden Sie sich doch endlich!«, drängelte der Reiter von schräg hinten.

»Wollen Sie vielleicht vor?« Eva rollte mit den Augen.

Er tänzelte an ihr vorbei und schnaufte demonstrativ. »Zu gütig. Eine Brezel!«

Die Bäckerin drückte derweil seelenruhig auf den Jumboknopf, erst dann packte sie dem Mann seine Brezel ein.

»Passt so.« Er schnippte siebzig Cent auf den Tresen und hastete mit seiner Papiertüte zur Tür. »Diese Hausfrauen haben Montagmorgens aber eine Menge Zeit«, motzte er.

»Der'sch net von doh.« Die Bäckersfrau schaute ihm mit stoischem Blick hinterher.

Sie und Eva beobachteten, wie der weiß Gekleidete in seinen ebenfalls weißen Porsche SUV stieg, der natürlich direkt vor dem Bäckereieingang den Gehweg blockierte. Als die Reifen quietschten und er mit einem Affenzahn durch die Dreißiger-Zone davonstob, konnte auch die Oma mit ihrem Rollwägelchen, die protestlos neben dem Wagen gewartet hatte, ihren Weg fortsetzen.

»Gibt's zum Kaffee auch richtige Männer?« Eva konnte sich die Bemerkung nicht verkneifen.

»Richtige Männer? Mir scheint, die sterbet aus.« Die Bäckerin seufzte.

Und die verbliebenen Exemplare schnappten sich irgendwelche Frauen, die nicht von unsicheren Dienstzeiten betroffen waren. Eva nahm den duftenden Kaffee entgegen und ging zu ihrem in der Rechbergstraße geparkten kleinen Fiat. Das Handy klingelte, und als sie versuchte, das Gerät aus der Jackentasche zu fischen, schwappte ein Schwung des heißen Jumbogetränks durch die schmale Deckelöffnung über ihre Jeans.

»Oh verdammt«, fluchte Eva ins Mikrofon.

»Ich liebe deine Begrüßungen, Schatz«, ertönte Gerhards Stimme. »Wo bist du?«

»Rechbergstraße. Fast schon in Aalen.« Eva klemmte das Handy zwischen Schulter und Ohr, spuckte in ein Taschentuch und begann, auf dem Fleck herumzureiben, während der Kaffee auf einem Begrenzungsstein vor sich hin dampfte.

»Du bist noch in Gmünd? Heieiei ... Dann bleib, wo du bist, ich hol dich ab. Wir machen einen Ausflug.«

Das klang nach einer Spur. Mit einem Schlag war Eva wach.

Sie setzte sich auf den Stein und ließ das morgendliche Treiben auf sich wirken. Der neu eingezogene Gemüsemann hatte noch geschlossen, räumte aber hinter den Schaufenstern frische Waren in die Körbe. Eine Mutter zog ihr Kind nebst französischer Bulldogge hinter sich her. Ein Lieferwagen setzte rückwärts in eine Einfahrt, aus der ein anderer gerade herauswollte. Der Einfahrende hupte, damit gleich mal klar war, wer sich hier im Recht wähnte. Wie ein Krebs, der unter einen Stein krabbelte und dort plötzlich von einem unerwartet auftauchenden Kontrahenten mit den Scheren in seine Grenzen gewiesen wurde. Die Fahrer kämpften statt mit Scheren mit dem lautesten Hupen. Der Lieferwagen zog den Kürzeren; er setzte zurück und legte den Verkehr auf der Straße lahm. Eva atmete die abgasgetränkte Gmünder Luft ein, die der einer Großstadt im Moment in nichts nachstand.

Keine Viertelstunde später hielt der anthrazitfarbene Daimler aus dem Präsidiumsfuhrpark neben ihr.

»Wie oft bist du geblitzt worden?«

»Dreimal. Sch... Strecke über die B 29. Wird Zeit, dass die Umfahrung bei Mögglingen endlich fertig wird.« Gerhard starrte auf Evas Becher. »Und wo ist *mein* Kaffee?«

Eva stellte ihren Becher vorsichtig in die Vertiefung in der Mittelkonsole. »Bleibt wohl keine Zeit, dir noch einen zu besorgen, oder?«

Gerhard ordnete sich Richtung Einhorntunnel ein. »Leider nein. Gestern Mittag ist endlich eine Vermisstenmeldung eingegangen, und bis zum Abend konnten die Kollegen unseren Toten mittels DNA-Test zuordnen. Wobei es auch so auf der Hand lag, dass es sich um ihn handeln musste. Beschreibung, Schuhgröße, Haare.«

»Gestern Mittag? Wolltet ihr nicht anrufen?« Eva hatte ein schlechtes Gewissen. Aber andererseits hatte der Chef nicht dazu aufgerufen, dass sie sich beim aktuellen Ermittlungsstand auch noch sonntags im Präsidium einfanden. Die Überstunden kamen so oder so zusammen, wenn ein Fall Tempo aufnahm.

Gerhard winkte ab. »Eine Handvoll Kollegen war da, das hat für die paar Aufgaben gereicht. Die Wernhaupt hat wirklich eine schnelle Auffassungsgabe.«

»Sie war auch da?«

Gerhard nickte ohne Vorwurf im Blick.

»Was hältst denn du von ihrer These, dass auf diesen Mord weitere folgen könnten? Und von diesem Psychopathengeschwätz?«, wechselte Eva das Thema.

»Finde ich interessant. Sie hat da ein Riesenfachwissen.«

»Also ich weiß nicht ... Ihre Hinweise auf einen möglicherweise abnorm veranlagten Täter, okay. Aber kann das nicht trotzdem ein ganz normaler Fall sein? Verschmähte Liebe, eine Kurzschlusshandlung, die dem Täter schon wieder leidtat, als das Opfer am Boden lag?«

»Sie hat gestern einen guten Einblick in das Seelenleben dieser Leute gegeben ...«

Na, Zeit zum Reden war offensichtlich da gewesen, dann konnte es ja nicht so schlimm gewesen sein. »Und du glaubst, die Wernhaupt hat wirklich den Durchblick?«

»Die hat echt was auf dem Kasten.« Gerhard setzte in Böbingen schwungvoll den Blinker nach rechts. Bevor sie fragen konnte, wohin es ging, schwärmte er weiter. »Stell dir vor, sie hat sogar ein paar Tage auf der Bodyfarm der Universität Tennessee verbracht. Gut, das Wissen über antisoziale Persönlichkeitsstörungen hat sie bisher auch aus Kursen, aber mit ihrer Erfahrung in der Bekämpfung der OK hat das schon alles Hand und Fuß. Ich mein, stell dir vor, jeder von uns ist mit zwanzig schon mindestens einem Psychopathen begegnet.«

»Nur einem? Ich hab mal gelesen, dass statistisch fünf Prozent der Menschen so veranlagt sind.« Ganz schön viele in einer Fußgängerzone.

»Man geht von etwa einer Million in Deutschland aus«, stellte Gerhard sein neu erworbenes Wissen zur Schau, »und sie tarnen sich sehr gut. Sie sind intelligent und können Empathie perfekt vortäuschen, wenn sie etwas wollen. Stell dir mal vor: Sozial erfolgreiche Psychopathen führen nicht selten Konzerne oder sind leitende Angestellte. Sie sind zielorientiert, abenteuerlustig und aufmerksam.«

Apropos sozial erfolgreich ... »War der Chef auch da?«

Evas schlechtes Gefühl nahm nicht ab, als Gerhard bejahte. Hatte Willner erwartet, dass sie auch auftauchte? Aber warum hatte sie dann keiner benachrichtigt?

»Willner hat mir über SMS Bescheid gegeben, nachdem der passende Vermisstenfall reinkam.« Weiter ging Gerhard nicht auf die Sache ein. Stattdessen klärte er Eva auf der Strecke durch Böblingen über die neuesten Entwicklungen auf.

»Unser Toter heißt Alexander Kanze. Dreiundzwanzig Jahre alt, gelernter Einzelhandelskaufmann und zuletzt Student der Betriebswirtschaftslehre an der Hochschule Neu-Ulm.«

»Ja, und wieso fahren wir dann über Landstraßen?«

»Seine Eltern wohnen in Bartholomä.«

»Wer hat ihn als vermisst gemeldet? Und wieso erst diesen Sonntag?«

Wie Eva es hasste, diese Außenseiterfragen stellen zu müssen. Hätte sie gestern ihrem Gefühl nachgegeben, außerplanmäßig doch im Präsidium vorbeizuschauen, wäre sie sich jetzt nicht so blöd vorgekommen. Aber nein, ihre Mutter hatte jetzt im Juni Brennholz bestellen müssen, weil der Winter ja immer so unvorhersehbar und früh kam. Und außerdem war das Brennholz jetzt einen Cent günstiger. Wenn die Tochter bei einer so wichtigen Aufgabe nicht half, wurde sie mit

Nichtbeachtung und Seitenhieben nicht unter einem halben Jahr bestraft.

»Seine Eltern organisieren einmal im Monat ein Essen für alle. Außerdem sollte er einen Schrank aufbauen. So läuft es wohl meistens, wenn die Kinder erst mal aus dem Haus sind.« Gerhard ordnete sich mit undurchsichtigem Blick Richtung Heubach ein.

»Grad dachte ich noch dran. Und wir überbringen den Eltern jetzt die Nachricht?« Na, das war ein rundum perfekter Start in die Woche.

»Nein, die Eltern wissen seit gestern Bescheid und haben den Kollegen auch schon die ersten Informationen gegeben. Wir schauen uns sein Umfeld an, und vielleicht ergibt sich noch etwas Wichtiges im Gespräch.«

Etwa zwanzig Minuten später erreichten sie Bartholomä. Das Haus der Kanzes lag am Feldrand, auf der Wiese gleich daneben blökten Schafe. Sie passierten Feen-Figürchen und bunte Glaskugeln, die zwischen Rosen und Zierbüsche gesteckt waren. Warmer Wind bog die Äste der Haselsträucher, eine Amsel flatterte neben ihnen aus ihrem Versteck auf und schimpfte.

»Alles ziemlich friedlich, oder?«

»Bis auf den toten Sohn, der mit aufgenähter Krone in einem Waldstück aufgebahrt wird.«

Der drahtige, recht kleine Mittfünfziger, der auf ihr Klingeln öffnete, stellte sich als Johannes Kanze vor. Seine Augen unter den gestutzten Augenbrauen waren rot unterlaufen, die Fältchen in den Augenwinkeln tief, doch er schien gefasst und sah halbwegs stabil aus.

»Lassen Sie doch die Schuhe an. Meine Frau ist im Moment nicht da. Sie ist zur Identifizierung abgeholt worden. Seit der Doktor ihr ein Sedativum gegeben hat, geht es besser«, spulte er Informationen ab.

»Wollten Sie sie nicht begleiten?«, fragte Eva und spürte Gerhards entsetzten Blick aus aufgerissenen Augen. »Bitte entschuldigen Sie meine Frage. Natürlich möchten wir Ihnen unser Mitgefühl aussprechen und herzliches Beileid wünschen ...«

»... aber leere Floskeln helfen einem Vater in dieser Situation leider nicht weiter. Das wollten Sie sagen, oder?« Herr Kanze versuchte ein Lächeln und bot ihnen einen Platz am Wohnzimmertisch an. »Da haben Sie recht. Nein, ich bleibe lieber zu Hause. Ich möchte Alexander so im Herzen behalten, wie ich ihn zuletzt erlebt habe.«

An der anderen Seite des Wohnzimmers stand ein Flachbildschirm auf dem Boden, zwei große Pakete lehnten an der Wand. »Der Schrank?«, fragte Eva.

»Ja. Alexander wusste noch nicht einmal, dass er mir helfen sollte. Und als er gestern am späten Vormittag anders als seine Schwestern nicht gekommen ist, haben wir begonnen, uns Sorgen zu machen. Das entspricht nicht seiner Art.«

Kanze legte die Hände übereinander und schwieg, seinen Blick auf den Boden gerichtet. Er wirkte kontrolliert, aber nicht kalt. Auf jeden Fall ein Mensch, der Gefühle selten zeigte. Seine gestreiften Samtpuschen jedenfalls passten wunderbar zum Rest der Wohnung, zu den hellgrünen Vorhängen und der Eckbank in gemütlichem Braun.

Eva bemerkte die Ordner im Schrank. Hier hatte jemand ein kleines Büro eingerichtet. Familienbilder hingen an den Wänden, die meisten an der hinter dem kleinen Flachbildschirm. Alexanders Schwestern hatten große Ähnlichkeit mit ihrem Bruder; beide wirkten zart und schmal, fast zerbrechlich. Alle drei wunderhübsch, mit diesem asiatischen Zug, den sie eindeutig von der Mutter hatten. Sie trug schwarzes Haar und hatte die schrägen Augen, die sie den Kindern vererbt hatte. Ihre Haut war hell wie die ihres Mannes. Auf einem anderen Bild lachte die ganze Familie in die Kamera, Mutter und Vater beide kleiner als ihr Nachwuchs, irgendwo am Strand mit der niederländischen Flagge im Hintergrund.

»Wann hatten Sie das letzte Mal Kontakt mit Ihrem Sohn?«, fragte Eva.

Kanze zuckte die Schultern. »Das wird mindestens drei Wochen her sein. Einmal im Monat versuchen wir, den Sonntag miteinander zu verbringen, sofern alle da sind. Alexander hatte viel mit seinem Studium zu tun, und nebenbei hat er beim Messebau gearbeitet.« Er schwieg einen Moment lang. »Die Kanze-Frauen sind besser im Kontakthalten als wir Männer.«

»Die Kollegen haben auch das bestimmt schon gefragt«, Gerhard räusperte sich, »haben Sie eine Erklärung, was Ihrem Sohn zugestoßen sein könnte?«

Kanze atmete tief ein und schien einen Moment lang mit sich zu ringen, dann schüttelte er den Kopf. »Seit er vor fast zwei Jahren mit dem BWL-Studium in Neu-Ulm angefangen hat, hatte er eigentlich wenig Zeit für Privates. Meinte er zumindest, wenn meine Frau nachgefragt hat.«

»Und sein Freundeskreis hier? Mit wem hatte er in letzter Zeit Kontakt?«, fragte Eva.

Kanze machte eine wegwerfende Handbewegung. »Viele sind der Arbeit wegen weggezogen, sind über ganz Deutschland verteilt. Er hat immer davon gesprochen, dass er bald mal eine Rundreise machen muss, um alle zu besuchen. Sein bester Freund Milo war noch da, aber der hat letztes Jahr ein Baby bekommen und ist mit seiner Freundin nach Stuttgart gezogen.«

»Hatte Alexander Streit mit irgendjemandem?«, übernahm Gerhard.

»In dieser Hinsicht ist er wie seine Mutter. Alexander war immer schon der Diplomat, der als Einziger seine Schwestern beruhigen konnte, wenn sie ihre Kämpfe ausgefochten haben. Sogar noch im letzten Urlaub.« Kanzes Augen glänzten feucht, als sein Blick in die Ferne ging. »Den haben wir gemeinsam auf Sardinien verbracht.«

»Was war Ihrem Sohn wichtig? Welche Interessen und Ziele hatte er?«

»Im Einzelhandel war er auf Dauer nicht glücklich, dafür war er zu ambitioniert. Alexander wollte selbst gestalten. Schon nach dem ersten Lehrjahr hat er sich informiert, wie er weiterkommt. Meine Frau als Marktleiterin hier im örtlichen Supermarkt hat ihn in seinen Träumen bestärkt.«

»Wissen Sie, mit wem er in Neu-Ulm zuletzt Kontakt gepflegt hat?«, fragte Eva.

»Er hat immer gejammert, dass er gar keine Zeit mehr hat. Sein Geld wollte er immer selbst verdienen.« Der Vater schnaufte schwer, als er aufstand. »Ich habe Ihnen die Fotos herausgesucht, um die Sie vorhin am Telefon gebeten haben.«

»Haben die Kollegen Ihnen denn erzählt, dass er auf einer Lichtung aufgebahrt wurde? Das könnte eventuell auf eine Beziehungstat hindeuten.« Gerhard erhob sich ebenfalls.

»Sie meinen die Blume und die Krone? Was weiß denn ich. Sinn fürs Feingeistige hatte er leider nie. Da ist mein Junge ganz der Vater. Damals in der Theatergruppe der Grundschule hat es ihn nicht lang gehalten.« Kanze öffnete eine Schublade am Telefonschränkchen und schrieb etwas auf einen Umschlag, dann ließ er einen Schlüssel hineinfallen und steckte die Bilder von seinem Sohn dazu.

»Wo hat Alexander während des Studiums gewohnt?« Eva nahm den Umschlag entgegen und besah sich eine Schwarz-Weiß-Aufnahme des jungen Mannes mit dunklen Locken und leicht schrägen Augen. Trotz des neutralen Blicks waren seine Züge angenehm und offen.

»In einer kleinen Wohnung in Nersingen bei einer älteren Dame. Ich habe Ihnen neben der Adresse auch die Nummer seiner Exfreundin Sammi aufgeschrieben.«

Seine Exfreundin … Eva suchte nach den richtigen Worten. »Bestand die Möglichkeit … Ich meine, hat Ihr Sohn vielleicht auch Männer getroffen?«

Kanze musterte sie mit zusammengekniffenen Augen. »Da fragen Sie am besten Sammi.«

Eva nickte Kanze zu, als sie die Treppen hinuntergingen. Das Letzte, was sie sah, war, dass der Mann die Nase hochzog. Ohne ein weiteres Wort des Abschieds schloss sich die dunkle Haustür hinter ihnen.

»Das war ja mal wieder ein echter Brenner.« Gerhard drehte den Schlüssel im Zündschloss. Der Motor heulte etwas zu laut auf, als sie in Richtung Steinheim abbogen. »Ich hab dir mit der Frage nach der Beziehungstat doch so eine gute Vorlage gegeben.«

Musste er jetzt auf ihrer Formulierung rumreiten? »Okay, war vielleicht ein bisschen holprig. Aber die Frage nach den Beziehungen seines Sohnes muss doch erlaubt sein, wenn wir den Mörder schnell finden sollen.« Eva hatte das Gefühl, dass sie sich nicht gegen Gerhard, sondern gegen ihr eigenes schlechtes Gewissen verteidigte. »Was ist denn schon dabei? Wir leben im 21. Jahrhundert.«

»Ein Vater, der eben die Todesnachricht seines Sohnes erhalten hat, will nicht unbedingt bei dieser Gelegenheit mit intimen Details konfrontiert werden.«

»Er schien mir stabil genug. Du würdest die Fragen, die dir wichtig erscheinen, dann wohl lieber nicht stellen, oder was?«

»Jetzt schalt nicht gleich auf Gegenangriff«, antwortete Gerhard in der ihm eigenen Seelenruhe, und wenn Eva nicht irrte, zogen sich seine Mundwinkel dabei ein winziges Stück nach oben.

Sie biss sich auf die Zunge. »'tschuldigung, du hast ja recht.«

»Gib mir das mal schriftlich«, murmelte Gerhard.

»Ja, aber ist doch wahr. Eine Bestattung mit Krone und Blumen. Was kann dahinterstecken?«

»Ich fasse fürs Protokoll zusammen: Wenn der junge Kanze schwul war, dann wussten seine Eltern das definitiv nicht.« Gerhard setzte den Blinker und fuhr auf die B 466 auf.

»Oder er kommt aus der Live-Rollenspiel-Szene«, überlegte Eva. Wenn das heutzutage überhaupt noch modern war.

»Mich interessiert eher, ob ihn an der Hochschule niemand vermisst hat.«

Als sie den Wagen vor dem Nersinger Mehrfamilienhaus parkten, lag die Siedlung wie ausgestorben da. Inzwischen zeigte die Uhr halb elf, die Leute waren bei der Arbeit.

Sie fanden Alexanders Namen auf keinem der Klingelschilder an der Straße. Es dauerte einen Moment, bis sie die unscheinbare Treppe hinunter zur Einliegerwohnung entdeckt hatten.

»Hier, das Klingelschild. Da unten hat er gewohnt?«

»Könnte auch das Treppenhaus zu einer Tiefgarage sein.« Gerhard stieg die betonierten Stufen hinter Eva hinab.

»Warum hast du unsere neue Kollegin eigentlich nicht mitgenommen?«

»Die wird noch ein bisschen ausspannen. Sie war ja gestern bis nach Mitternacht da.«

»Und woher weißt du das schon wieder?« Evas Hand mit dem Schlüssel verharrte vor der unscheinbaren Tür.

Gerhard zuckte mit den Schultern. »Ich war ja auch da.«

Na, die Neue animierte ihren Kollegen ja anscheinend zu Höchstleistungen. Wieder klopfte das schlechte Gewissen. Aber sie hatte genug Überstunden angehäuft, die sie vermutlich niemals abbauen können würde. Oder war sie etwa eifersüchtig?

Sie schob die Tür zu Kanzes Wohnung auf.

»Wirklich mini«, kommentierte Gerhard. »Die Familie schiebt ihm jedenfalls nicht alles in den Hintern. Lobenswert.«

Da schaute sich wohl einer Erziehungstipps für die eigene Brut ab. Gerhards Jungs hatten bestimmt auch nicht mehr lang, bis sie flügge waren.

Das Zimmer mit Klo und einer kleinen Dusche in der Küche ließ jedenfalls erkennen, dass Alexander ein ordentlicher junger Mann gewesen war. Die Wäsche akkurat zusammengelegt in einem Korb neben dem Schlafzimmerschrank, das Bett war gemacht, sauber angeheftete Zettel auf einer Pinnwand, eine Babykarte von seinem besten Freund Milo mit kurzem Gruß. Auf dem Schreibtisch standen drei verschiedenfarbige Ordner und ein zugeklappter Laptop.

»Vorbildlich, Frau Kollegin!«

Was schaute Gerhard sie dabei so herausfordernd an? »Ich weiß genau, welches Blatt auf meinem Schreibtisch in welchem Stapel und in welcher Höhe des Stapels zu finden ist.« Na ja, zumindest hatte sie das gewusst, bevor die Wernhaupt ihre strenge Sortierung durcheinandergebracht hatte.

Eva zog einen der Ordner hervor, während Gerhard sich das Schlafzimmer vornahm. Ihr Blick fiel auf das Telefon, an dem ein kleines Lämpchen blinkte. Sie drückte auf die Abspielen-Taste.

»Guten Tag, Herr Kanze, bitte melden Sie sich im Sekretariat der Fachhochschule. Sie haben heute den praktischen Test verpasst, und es ist aufgefallen, dass sie bereits seit zwei Wochen nicht mehr anwesend waren. Professor Hundt bittet Sie um kurze Rück- oder Krankmeldung.«

»Man vermisst ihn also schon eine ganze Weile.«

Die rauchige Stimme der Sekretärin wurde von einem fiesen Piepton abgeschnitten und der Tag ihres Anrufs von einer verzerrten Computerstimme auf letzten Montag festgelegt.

Gerhard streckte den Kopf aus dem Schlafzimmer. »Und sonst vermisst ihn keiner?«

»Wenn, dann werden sie es auf seinem Handy probiert haben.« Eigentlich ein Wunder, dass ein junger Mann noch ein Festnetztelefon besaß. Vermutlich war es eine Stiftung seiner Eltern.

Sie schauten sich weiter um. Die Einrichtung war unspektakulär. Kein Bild an der Wand, auch die Birne an der Decke hatte noch keinen passenden Lampenschirm gefunden. Vermutlich lebte Kanze noch nicht allzu lange in der Wohnung. An der Wand lehnte eine Schwarz-Weiß-Fotografie in einem A1-Bilderrahmen, die eine Häuserzeile in Kuba zeigte, die typischen Oldtimer im Vordergrund.

»Kondome!«, frohlockte Gerhard, als er eine Schublade aufzog.

»Na, das wundert mich jetzt aber bei einem Dreiundzwanzigjährigen.« Eva blätterte einen dünnen Stapel Unterlagen in der Ablage durch, ohne etwas Interessantes zu finden. Rechnungen, Kursunterlagen. Unwillkürlich sah sie zum Mülleimer. Leer.

Sie schaute an den Wänden entlang. »Ich glaube, die Idee mit dem Live-Role-Playing können wir knicken.« Jeder Geek hätte irgendwelche Utensilien in seinem Zimmer gehabt, Poster, Waffen, Regelbücher oder liebevoll arrangierte Figuren auf dem Regal. Genau wie die Mitbewohner in Evas alter WG. Sie schmunzelte unwillkürlich, als sie an die Elfenohren aus Latex dachte, die mit der Zeit klebrig geworden waren. Und die schaumgepolsterten Waffen auf dem Gang, die nicht einmal entfernt an echte Äxte und Schwerter erinnert hatten. Immerhin wäre kein Einbrecher unbemerkt geblieben, weil der Lachkrampf des potenziellen Diebes bei Entdeckung dieser Ungetüme alle aufgeweckt hätte.

»Hier gibt nichts Aufschluss darüber, was ihn interessiert hat.« Eva fand ein paar einzelne Jazz-Platten. Der Plattenspieler nahm ein ganzes Regal für sich ein. Na, immerhin etwas.

»Lass uns diese Sammi anrufen. Vielleicht wohnt sie ja hier in der Nähe. Ich frag mal, bis wann sie zusammen waren. Der Vater scheint sie zu mögen, wenn er sogar ihre Kontaktdaten hat.« Gerhard faltete den Umschlag auseinander, auf den Kanze die Nummer geschrieben hatte.

Evas Finger schlossen sich derweil um ein paar zusammengeheftete Blätter. Auf dem obersten prangte ein auffälliger Stempel. »Abgelehnt« stand da in roter Schrift. Wo war Alexander abgelehnt worden? Eva schaute sich die Seite genauer an, während Gerhards gedämpfte Stimme aus dem Nebenraum herüberdrang. Anscheinend hatte er bereits eine Verbindung zu Sammi aufgebaut.

Das Blatt war von Alexander unterzeichnet. Ein Beitrittsantrag. Im Adressblock war eine Adresse in Ulm angegeben, »Ulmensis liberitas«. Was für ein eigenartiger Name. Und im Stempel ein eigenartiges Logo, ein Wappen mit verschlungenen Buchstaben, die sie nicht entziffern konnte. Hatte er sich um eine Mitgliedschaft beworben? Offensichtlich.

Das Wappen war in vier Felder unterteilt. Ein Teil war blau-rot, im zweiten hob sich ein Zirkel vor einer Feder ab, im dritten die Silhouette eines Gebäudes, vielleicht einer Kirche. Natürlich, das Ulmer Münster. Und im vierten Teil hob ein kleines Tier seine Pfoten, ein Frettchen oder was auch immer das sein mochte. Unter dem Wappen stand in alten Lettern »Vade retro! – Nunquam retrorsum«.

Gerhard hatte das Telefonat beendet und kam ins Zimmer.

»Schau mal, Gerhard, ein Aufnahmeantrag für was ganz Seltsames.«

Er nahm ihr die Blätter aus der Hand. »Das ist doch nichts Seltsames. Der Zirkel und die Feder stehen für die Wissenschaft, und schau, die schöne Fraktur!« Er schwieg einen Moment. »Und dazu dieser anmutige –«

»Wie schade, dass ich bei diesem Vortrag dein einziges Publikum bin.«

»Doch auch dich dürfte interessieren, dass unser werter Herr Kanze junior hier den Ablehnungsbescheid für eine Burschenschaft in Händen gehalten hat. Für eine sehr alte Burschenschaft offensichtlich.«

»Burschenschaft? Gibt's so was heute noch?«

»Da merkt man, dass du selten in alte Universitätsstädte kommst«, dozierte Gerhard, als ob er den lieben langen Tag nichts anderes tat, als durch alte Universitätsstädte zu schlendern. Er widmete sich dem verbliebenen Ablagestapel. Doch offensichtlich fand er nichts mehr, denn er legte die Papiere gleich wieder zurück. »Die Universitätsplanungen auf der Ostalb stecken leider noch in den Kinderschuhen. Aber ich habe gelesen –«

»Haben wir noch Zeit?«, bremste Eva Gerhards Bildungsinitiative. »Lass uns dort vorbeifahren.« Immerhin war diese Burschenschaft eine erste mögliche Fährte.

»Ich muss noch Berichte schreiben«, wandte Gerhard halbherzig ein. »Andererseits, einmal unverbindlich …«

Sie packten den Laptop, eine externe Festplatte, eine Kamera und die Ordner in den Wagen. Gerhard rief für einen

Zwischenbericht im Präsidium an, während Eva die Adresse ins Navi tippte.

»Zwölf Kilometer, das machen wir quasi auf dem Rückweg«, befand sie. »Wie war das Gespräch mit Sammi?«

»Samira Khaledi ist eine nette junge Frau, die nichts von etwaigen homoerotischen Umtrieben ihres Ex bemerkt hat.« Gerhard drückte auf die Bremse, als sich ein Traktor aus einem Waldweg vor sie schob, als ob er über eingebaute Vorfahrt verfügte.

»Ach, und du darfst natürlich ganz unbedarft danach fragen?«

»Sie macht zurzeit ein Praktikum in Mutlangen.« Gerhard gab sich unbeeindruckt. »Und morgen kommt sie aufs Präsidium, da kannst du sie mit deiner unnachahmlichen Diplomatie selbst interviewen.«

»Mutlangen ... Erinnerst du dich noch an die Terrorwarnung?« Eva schmunzelte. Bestimmt hatte sich der Vorfall damals auch bis zu Gerhards alter Abteilung herumgesprochen.

»Terror in Mutlangen? Müsste ein paar Jahrzehnte her sein, oder?«

»Ich meine nicht die Raketenbasis auf der Mutlanger Heide.« Bei diesen Demonstrationen waren sogar Evas Eltern dabei gewesen. Die Bedrohung, sonst so weit weg und plötzlich so direkt vor der Haustür, hatte selbst Befürworter der Aufrüstung zum Nachdenken gebracht.

Der Traktor vor ihnen bog endlich in einen Hof ab. »Warst du eigentlich bei den Demonstrationen dabei?« Gerhards Jugend musste alterstechnisch genau in diese Aufrüstungs- und Protestperiode in den Achtzigern gefallen sein.

»Wenn ich zu diesem Zeitpunkt schon in Baden-Württemberg gelebt hätte, bestimmt.«

Daran hatte sie nicht gedacht, bestimmt war er damals noch in Paderborn gewesen. Bei Gerhards immer noch fast perfektem Hochdeutsch brauchte man eigentlich gar nicht zu fragen, wo er seine Jugend verbracht hatte.

Eva versuchte sich vorzustellen, wie es ausgesehen hätte,

wenn Gerhard zusammen mit anderen Alternativen mit Aufklebern und Fahnen bewaffnet vor dem Gelände protestiert hätte. So konservativ ihre Kollegen im Allgemeinen sein mochten – bei ihm wusste man nie, ob er nicht auch mit langem Haar und Anti-Atomsticker auf einem Bulli durch die Lande gefahren war, Carola im Hippiekleid auf dem Beifahrersitz.

»Warum lachst du?«, fragte er. »Erzähl endlich, was du meinst mit dem Terror in Mutlangen.«

»Das wird noch nicht lange her sein. Vielleicht ein, zwei Jahre. Jemand fand morgens eine Brotdose in seinem Vorgarten. Als er sie öffnete, trat schwarzer Staub aus. Da kam natürlich der Kampfmittelräumdienst.«

»Warum denn? Das ist ein natürlicher Zerfallsprozess. Habe ich schon des Öfteren erlebt. Und deswegen ruft wer die Polizei?«

Eva grinste. Wenn einer Erfahrung mit biologischen Kampfstoffen hatte, dann Gerhard mit seinen zwei halbwüchsigen Jungs.

※※※

Das dreistöckige Gebäude thronte inmitten gepflegter Rasenflächen und war eingerahmt von niedrigen, akkurat gestutzten Buchsbüschen.

»Klassizismus.« Gerhard nickte anerkennend. »Da sieht man, wo das Geld liegt.«

Eine gut situierte Gegend, keine Frage. Villen des gleichen Typs säumten locker getupft das gesamte Valckenburgufer, eine ruhige Straße, die sich sanft an der Donau entlangschlängelte. Dass es sich bei dieser Villa um ein Verbindungshaus handelte, erschloss sich nur dem geübten Auge.

Ein Emailleschild wies die Buschenschaft Ulmensis liberitas aus, dazu das ansehnliche Wappen, das auch einer Adelsfamilie gut angestanden hätte. Nur an das Frettchen konnten Evas Augen sich nicht gewöhnen. Sie erinnerte sich an das

Tier eines Nachbarn, das ihr vor allem mit seinen scharfen Zähnchen und diesem unbeschreiblichen Duft in Erinnerung geblieben war, weshalb der Nachbar das Tierchen Stinkie getauft hatte.

Auf dem kurz gemähten Rasen vor dem Haus standen drei Fahnenmasten, und weil kein Wind wehte, waren die Motive auf den Stoffen nicht zu erkennen. Den Farben nach war eines das Ulmer Stadtwappen, das zweite gehörte zur Burschenschaft. Das dritte konnten sie nicht zuordnen.

Eva spähte an der Hausfront nach oben. Ob jetzt um die Mittagszeit überhaupt jemand hier war? Sie umrundeten das Haus und zogen an einer Klingel mit Seilzug. Ein sonorer Gong meldete ihren Besuch. Eva drehte den Kopf und warf einen Blick auf die ruhig dahinfließende Donau. Am hier schmalen Ufer lagen ein paar Kanus auf dem Gras. Sie erschrak, als die Tür sich öffnete, ohne dass zuvor Schritte zu hören gewesen waren.

»Ja bitte?« Im Halbdunkel des Flurs zeichnete sich ein Mann mit rotem Haar und zauseligem Jungmännerbart ab.

»Wir möchten zur Burschenschaft, bitte.«

So schnell, wie die Tür geöffnet worden war, schloss sie sich auch wieder bis auf einen Spalt. »Da sind Sie hier falsch.«

»Ich glaube nicht, dass wir falsch sind.« Eva machte einen Schritt nach vorn.

Der Mann hatte offensichtlich damit gerechnet, denn die Tür bot keinen Widerstand, als Eva dagegendrückte. Stattdessen sah er sie mit spöttischem Schmunzeln an. »Dies hier sind die Räume der Verbindung Ulmensis liberitas.«

»Ihr Name?«, seufzte Eva. Wie sie diese Spielchen hasste. Sie hielt seinen Blick, nahm die rotblonden Wimpern wahr, den hellen Schimmer seiner Haut, die kleinen Äderchen auf den Wangen dieses noch jungen Gesichts, die auf das eine oder andere Glas zu viel hindeuteten.

»Tim Trassmann. Sollten Sie mir nicht auch Ihren verraten?«

»Eva Brenner.«

»Und Gerhard Vollrath.« Gerhard, der einen guten Kopf größer war als Trassmann, trat einen Schritt näher und blickte auf ihn hinunter, auf seine überaus liebenswürdige, aber durchaus präsente Art. »Können wir einen Moment reinkommen?«

Der junge Mann hielt ihnen schweigend die Tür auf. Als sie die Steintreppen im kühlen Flur hinaufstiegen, sah sich Eva seine Rückseite genauer an. Auch wenn der Bart nicht besonders akkurat wirkte, war sein kurzes kupferrotes Haar sauber frisiert. Er trug ein gebügeltes Hemd und darüber einen braunen Strickpullunder, der ein wenig um die Hüften spannte. Welche Rolle füllte er aus, Student oder doch eher Hausmeister? Und gab es bei einer Verbindung eigentlich so etwas wie Angestellte?

Als er ihnen im Vorraum des ersten Stockwerks einen Platz in der Sitzecke anbot, stand ein feiner Schweißfilm auf seiner Stirn. Gleich darauf verschwand er hinter einer Tür, um Getränke zu holen. Zeit, sich ungestört ein wenig umzusehen.

Das Mobiliar war alt, aber gepflegt, auch die Sessel, in denen sie saßen. Gerhard, der versonnen die Bilder an der Wand betrachtete, hätte das Inventar vermutlich als antik und teuer bezeichnet. An die Treppe schlossen aufwendige schwarz-weiße Bodenmosaiken an, die altrömische Kriegs- und Jagdszenen nachstellten. An den Wänden hingen Fotos und Gemälde von offensichtlich wichtigen Personen dieser Burschenschaft oder Verbindung oder was auch immer. Es sollte wohl traditionell wirken, wie die Männer sich in Szene setzten, aber Eva fühlte sich an einen Zirkus erinnert. Schultern zurück, Brust raus, mit ernstem Blick, und alle trugen sie die gleichen Farben. Blaue Mützen mit bordeauxrotem Abschluss und einem Bommel, oder wie immer das hieß, dazu eine Uniform, ebenfalls in Blau, mit kurzen knickerbockerartigen Hosen. Warum genau wollten junge Leute hier Mitglied werden, wegen dieses Pathos?

Zwei Säbel hingen neben einem verschlossenen Durchgang mit fast deckenhohen Türen. Und diese Decken waren sehr hoch. Davon, dass draußen ein schöner Tag war und die Sonne auf das glitzernde Wasser der Donau schien, bekam man hier drinnen nichts mit, weil niemand auf die Idee gekommen zu sein schien, bei all dem Pomp auch größere Fenster einzuplanen.

Trassmann stellte eine Karaffe mit Wasser und kleine Kristallkelche vor sie hin.

»Ein Frettchen ist kein Tier, das mir als Wappentier besonders würdevoll erscheint«, wagte Eva einen unverfänglichen Einstieg, der Trassmann gleichwohl ein bisschen provozieren sollte.

»Das wird ein Zobel sein«, mutmaßte Gerhard stattdessen.

»Nein, die Dame hat recht, es handelt sich tatsächlich um ein Frettchen«, bestätigte Trassmann. »Das Frettchen steht für wichtige Tugenden. Kühnheit, Verwegenheit, Mut.«

»Aber auch für List«, fügte Gerhard hinzu.

»Ob List eine Tugend ist oder nicht, liegt doch im Auge des Betrachters.« Er faltete die Hände. »Wie kann ich Ihnen helfen – benötigen Sie einen Aufnahmeantrag?« Dann wandte er sich Eva zu. »Frau Brenner, Frauen sind leider ausgeschlossen.«

»Schade. Wir hätten ein paar Fragen«, antwortete Gerhard.

»Sind Sie von der Presse?« Trassmann zog eine Augenbraue hoch.

»Ja«, antwortete Eva.

»Polizei«, antwortete Gerhard.

Ihre Blicke kreuzten sich.

»Noch neu auf dem Gebiet der verdeckten Ermittlungen?« Auf Trassmanns Lippen zeichnete sich ein feines, etwas überhebliches Lächeln ab.

Eva spürte, wie die Hitze in ihre Wangen stieg. »Wir möchten mehr über Ihre ... Verbindung in Erfahrung bringen. Für unsere Pressestelle.«

»Soso. Aha. Zuallererst: Jede Burschenschaft ist eine Verbindung, aber noch lange nicht jede Verbindung ist eine Burschenschaft. Wenn jemand für negative Schlagzeilen sorgt, sind das bestimmte Gruppierungen, hauptsächlich die sogenannten Deutschen Burschenschaften. Mit denen wir nichts zu tun haben.«

»Das heißt, Sie haben keine Probleme mit Ausländern, Frauen, Andersdenkenden, Nicht-Studierten, Homosexuellen ...« Neben Eva sog Gerhard hörbar die Luft ein. Sollte er doch. Sie sagte nichts Unwahres.

»Probleme? Die haben wir mit keiner Randgruppe.« Trassmann verschränkte die Hände ineinander, als ob er es darauf anlegte, besonders empathisch zu wirken. Hatte er bestimmt in irgendeinem Managerseminar gelernt. »Als Verein können wir allerdings selbst bestimmen, wer bei uns mitmischen darf. Und wenn wir nur ein Meter dreiundvierzig große, grünhäutige Liliputaner annehmen, dann kann uns das keiner ankreiden. Außerdem sind wir international vertreten. In die rechte Ecke können Sie uns schon mal nicht schieben.«

»Ich unterhalte mich gern mit Menschen, die Frauen als Randgruppe bezeichnen«, erklärte Eva fast freundlich. »Was war der Grund, Herrn Kanze abzulehnen?«

Für einen Moment entglitten Trassmann seine einstudierten Gesichtszüge. Doch einen winzigen Augenblick später hatte er sich wieder gefangen. Betont nachdenklich wiegte er seinen Kopf, schließlich stand er auf. »Da müsste ich nachschauen. Ich habe nicht jeden Grund für eine Ablehnung im Kopf. Sie entschuldigen mich für einen Moment.«

»Hast du das gesehen? Er weiß, von wem wir reden«, flüsterte Eva, als er hinter einer vertäfelten Tür verschwunden war.

Gerhard faltete die Hände und lehnte sich zurück. »Könnte doch noch interessant werden hier.«

»Trassmann ist 'ne ganz fiese Gestalt. Den nehmen wir gleich mit. Noch eine Kleinigkeit, dann –«

»Lass dich doch nicht von so einem provozieren.« Gerhard deutete zu dem Gruppenfoto an der Wand. »Stell ihn dir einfach in diesem Aufzug vor und mit so einem neckischen Hütchen auf dem Kopf.«

Eva musste gegen ihren Willen lächeln.

»Die sterben eh aus.« Er machte eine abfällige Handbewegung. »Nur noch zwei Prozent sind überhaupt in solchen Männerbünden aktiv.«

»Von Extremisten sind schon zwei Prozent zu viel.« Eva zeigte auf ein Gruppenbild, das sicher an die hundert junge und alte Mitglieder zusammen vor einem Schloss zeigte. »Ist doch wahr! Wir leben im 21. Jahrhundert, und dann hocken solche zu kurz Gekommenen hier in dieser dicken Villa, klüngeln rum und verschachern Jobs an ihre Kollegen, für die andere nicht mal die Gelegenheit haben, sich zu bewerben.«

»Zeigen Sie mir doch bitte einmal eine Firma, die nicht netzwerkt.« Trassmann war unbemerkt mit einem Ordner und einem losen Blatt zurückgekehrt. »Nichts anderes ist eine Verbindung, ob schlagend oder nicht. Die Altmitglieder stehen den Neuankömmlingen und Studenten mit Rat und Tat zur Seite. Zwei Drittel unseres Hauses bestehen aus Zimmern für Studierende. Wir helfen, aber wer nicht leistungsbereit ist, wird gerade als Verbindungsmitglied keinen Fuß in irgendeine Türe bekommen.«

Wieder lächelte Trassmann sein undurchschaubares Lächeln. »Hier, Ihr Mitgliedsantrag. Ich habe vorausgesetzt, dass Sie an einer ordentlichen Universität studiert haben.« Das ungesagte Fragezeichen hing in der Luft.

»Aber natürlich«, erklärte Gerhard schnell und nahm den Antrag entgegen, als ob er vorhin überhaupt nicht abgelehnt hätte. »Abschluss mit summa cum laude. Was ist Ihre Funktion hier, sind Sie einer der Füchse?«

»Oh, *Dr.* Vollrath. Bitte entschuldigen Sie. Nein, ich bin ganz normaler Corpsbursch mit meinen achtundzwanzig Jahren, eigentlich Fechtverantwortlicher, aber im Moment auch für die Neuen zuständig. Und genau deshalb habe ich auch nicht unbegrenzt Zeit für Besucher.«

Geschäftig blätterte er im Ordner und tippelte mit den Schuhspitzen auf dem Boden. Unter dem Tischchen war das eher zu spüren als zu sehen, gleichwohl bemerkte Eva auch die leichte Bewegung seines Oberschenkels. Bildete sie es sich nur ein oder war es Nervosität, die dieser Tim Trassmann mit Routine zu überspielen versuchte?

»Also, lassen Sie mich mal schauen. Ah, gleich hier vorne. Da haben wir es schon. Herr Kanze ist über Umwege zu seinem Studium gekommen, nach der Realschule, einer Lehre und dem Fachabitur. Wir nehmen generell nur Anwärter, die ohne Umwege zu ihrem Studium gekommen sind. Damit gehören wir bestimmt zu den Strikteren, aber das sind eben unsere Regeln.« Damit klappte er den Ordner zu und schaute von Eva zu Gerhard.

»Was können Sie uns sonst über den Anwärter sagen?« Eva blieb hartnäckig.

Trassmann spielte mit seinem Bartflaum und tippelte weiter. »Zu jedem Semesterbeginn bekommen wir bestimmt achtzig Bewerbungen, da kann ich mich an Einzelne nicht erinnern. Zumal die wenigsten persönlich abgegeben werden.«

»Was spielt bei den Bewerbungen die größte Rolle, denken Sie? Die Suche nach einem günstigen Zimmer auf dem engen Markt oder die guten Aufstiegschancen?«, gab sich Gerhard, pardon, Dr. Vollrath, interessiert.

»Wenn einer so denkt, hat er fast schon verloren. Wer zu uns kommt, sucht den Corpsgeist, die Herausforderung und den Zusammenhalt.«

»Und wie kommt man zu Ihnen?«, fragte Eva.

Trassmann lächelte. »Ausschließlich über Empfehlung. Wir vertrauen auf die Kontakte unseres Netzwerks.«

»Sie machen keine Werbung? Und das, wo es den Verbindungen allgemein so schlecht geht?« Gerhard vollbrachte das Kunststück, diese Frage ehrlich interessiert und ohne Zwischenton zu stellen.

»Nein.« Trassmann schüttelte den Kopf. »Es sei denn, Sie zählen die Feste an den Hochschulen dazu. Da sind wir natürlich präsent.«

Was immer das heißen mochte. »Sind Sie eine schlagende Verbindung?«, fragte Eva.

Er nickte und deutete auf die Säbel. »Ja. Wobei die Mensur kein archaisches Ritual ist, wie oft in der Presse behauptet wird. Im Gegenteil, sie hilft bei der Persönlichkeitsbildung. Notwendig ist eine saubere Kampftechnik. Disziplin, die sorgfältige Strukturierung in der Durchführung. Zudem können die Kontrahenten wählen, ob sie einen scharfen Säbel verwenden oder einen abgerundeten.« Trassmann zog abfällig den Mundwinkel hoch. »Aber dies ist ein Zugeständnis an die Neuzeit. Praktisch achtzig Prozent halten den alten Ritualen die Treue.«

Die Fragen hatten ihn wieder auf sichereres Terrain zurückgeführt, und da er ja einen Doktor vor sich hatte, schien er sich bei den Antworten Mühe zu geben. Eva fühlte, dass der Moment der Schwäche vorbei war. Ob sie ihn noch einmal aus der Reserve locken konnte?

»Und wo ist Ihr Schmiss?«

Trassmann lachte. »In unserem Haus haben, soweit ich weiß, nur drei Mitglieder in den letzten Jahren eine kleine Verletzung erlitten. Und wir kommen, zusammen mit den Alten Herren, auf immerhin über zweihundert Mitglieder. Verletzungen, die übrigens ausschließlich bei Unaufmerksamkeit zustande kommen. Bei der Mensur geht es nicht ums Verletzen oder Siegen, es geht darum, nicht zurückzuweichen und die Tugenden auszufechten.«

»Vade retro! – Nunquam retrorsum!«

»Gut aufgepasst, Dr. Vollrath.« Trassmann lächelte erfreut. »Das ist unser Leitspruch.«

Eva stupste ihren Kollegen an. »Dr. Vollrath, wir haben auch nicht unbegrenzt Zeit.«

Als sie aufstanden, ging der Corpsbursch plötzlich auf Tuchfühlung. »Hat Herr Kanze Sie geschickt?«

»Wie kommen Sie darauf?«, fragte Eva etwas perplex.

»Warum sind Sie denn sonst hier?« Sein Blick war nicht zu deuten.

»Recherchegeheimnis.«

Ob er wirklich dachte, dass Alexander sie geschickt hatte?

Oder war das nur ein Ablenkungsmanöver? Wenn sie ihn jetzt nach seinem Alibi fragten, verriete sie den Grund – vorausgesetzt, Trassmann wusste wirklich nicht, warum sie hier waren. Außerdem würde ihnen ein Alibi vermutlich nur weiterhelfen, wenn es über mehrere Tage ging. Denn es war schlichweg unmöglich, den Tatzeitraum auf wenige Stunden einzugrenzen nach der Zeit, die der Leichnam unter den Tannen gelegen hatte. Und vorher tagelang in einer geschützten Umgebung, sollten die Annahmen von Gantner und seinem Team stimmen. Es war besser, diesen Mann zuerst in Sicherheit zu wiegen und die Verbindung aus der Ferne zu überprüfen.

»Eine Frage noch.« Gerhard drehte sich auf der Treppe um. »Können Sie uns Ihre Aufenthaltsorte in den letzten zweieinhalb Wochen aufschlüsseln?«

Trassmanns Gesicht verschloss sich sofort. Eva dagegen musste erst einmal Luft holen. War Gerhard noch zu retten, dass er so früh alle Asse zog?

»Sie brauchen mein Alibi, ah ja ...« Trassmann zupfte an seinem Bärtchen und presste die Lippen zusammen, als würde er angestrengt nachdenken. »Nun, das dürfte die ganze Woche über relativ lückenlos sein. Ich notiere alle Termine im Kalender, erledige nach den Kursen die Buchhaltung der Verbindung, und übers Wochenende fahre ich gern zu meiner Familie nach Bayreuth. Wollen Sie meine Handynummer? Mein Bewegungsprofil müsste gut nachprüfbar sein.«

»Sag mal, was war denn das?« Eva versuchte, möglichst sachlich zu bleiben, als sie den Gurt anlegte. Mit Sicherheit beobachtete Trassmann sie, hinter einem der schweren Vorhänge vor Blicken geschützt.

»Falls du es vergessen haben solltest, werte Kollegin, wir sind dazu verpflichtet, das Alibi potenzieller Verdächtiger zu überprüfen.«

»Inwiefern bitte ist er denn potenziell verdächtig? Er hat Alexander Kanzes Bewerbung abgelehnt, das ist erst mal alles. Bewegungsprofil, ts ... Bei diesem Gesellen wäre ich gern noch etwas im Hintergrund geblieben, Herr Doktor!«, machte Eva ihrem Ärger nun richtig Luft, kaum dass sie außer Sichtweite waren.

»Och, komm, Eva. Besser als ›Wir sind von der Presse‹. Hast du seine Reaktion gesehen, nachdem du ihn nach Alexander gefragt hast?«

Eva versuchte sich zu beruhigen. »Ja. Das heißt, nein, eindeutig war sie nicht. So nervös wie er vorher war …«

»Du hast recht. Eigentlich hätte er sich verraten müssen.«

»Und dann noch diese Frage, ob Alexander uns geschickt hat. Entweder er führt uns komplett an der Nase herum …«

»… oder er denkt wirklich, dass Alexander uns geschickt hat.«

»Tja, so oder so weiß er spätestens jetzt Bescheid, dass der liebe Alexander uns gar nicht mehr geschickt haben *kann*. Wenn er nicht komplett verblödet ist. Verdammt, Gerhard!«

»Okay, vielleicht hast du ja ein bisschen recht. Das mit dem Doktor erzählst du aber nicht im Präsidium, gell?«

»Heute ermittelt für Sie: Dr. Vollrath, *natürlich* mit summa cum laude.«

Gerhards Teint rötete sich. »Ich habe mich vielleicht ein wenig verplappert. Für den Moment hatte ich vergessen, dass summa cum laude eine Auszeichnung ausschließlich für Doktoren ist.«

Gegen ihren Willen musste Eva grinsen. Sie nahm das Foto des Opfers aus dem Umschlag in der Mittelkonsole, welches Herr Kanze senior ihnen mitgegeben hatte. Alexander, dieser Student mit den leicht schrägen asiatischen Augen. Was für ein hübscher junger Kerl, wenn man ihn so sah. War etwas vorgefallen mit Trassmann, der sehr wohl zu wissen schien, wer der tote junge Mann war? Wie nur konnten sie an verlässliche Informationen über die Verbindung kommen?

»Ich kann den Typ nicht leiden.«

»Hat man gar nicht gemerkt, Eva.«

»Ist doch wahr. So ein schmieriger Kerl. Hat es wahrscheinlich sonst zu nichts gebracht …«

»Aber in seinem Umfeld ist er stark. Alle Gemeinschaften funktionieren doch so, über Zusammengehörigkeit und Abgrenzung.«

»Hast du deinen Aufnahmeantrag etwa gleich dagelassen? Herr Doktor.« Eva zog das Handy aus der Tasche, um die Überprüfung der Verbindung Ulmensis liberitas zu veranlassen. Vielleicht gab es ja bereits erste Hinweise, bis sie in der Tiefgarage in der Aalener Böhmerwaldstraße ankommen würden.

VIER

Im Präsidium fanden Eva und Gerhard sich in einem leeren Gang wieder. Aus dem Besprechungsraum drangen Stimmen, und Sokoleiter Kurt Willners Blick traf Eva, als sie durch die Glastür spähte. Eigentlich hatte sie ihn darauf ansprechen wollen, warum er sie gestern nicht informiert hatte, doch er winkte sie schon herein und deutete auf die Bilder in ihrer Hand. Jetzt und vor der versammelten Mannschaft war nicht der richtige Zeitpunkt, um den Chef zu fragen, warum er sie so offensichtlich überging. Bestimmt ging es um die erste Auswertung der Spuren vom Tatort, das hatte Vorrang.

Etwa zwanzig Augenpaare waren auf sie gerichtet. Eva schielte zur Tür, sie musste mal. Aber genau wie Essen oder Kaffee würde das warten müssen. Dankenswerterweise übernahm es Gerhard, die Kollegen auf den neuesten Stand zu bringen. Ganz offensichtlich hatte die Soko noch keinen Erfolg erzielt, sonst hätte der Chef ihren Bericht nicht sofort dazwischengeschoben.

Eva pinnte die Fotos, die sie von Herrn Kanze bekommen hatten, zu den anderen Bildern an die Tafel. Im direkten Vergleich trat der krasse Gegensatz der Bilder des toten Alexander zu denen des lebenden erst richtig zutage.

»Das ist also Alexander. Wir waren bei seinem Vater, haben alle verfügbaren digitalen Medien aus seinem Studentenzimmer mitgenommen und bereits eine erste Spur verfolgt«, berichtete Eva. »Und unser Gerhard hat über Nacht studiert und seinen Doktor gemacht. Das heißt, er stellt sich freiwillig für eine interne Recherche in der Verbindung zur Verfügung, bei der Alexander Kanze vor Kurzem eine Ablehnung bekommen hat.«

Die Kollegen klatschten. Mit Genugtuung bemerkte Eva, dass sich Gerhards Wangen röteten – ob es allerdings an der öffentlichen Bekanntmachung seines überaus erfolgreichen Blitzstudiums oder dem lauten Johlen der Wernhaupt in der ersten Reihe lag, erschloss sich nicht.

»Bedauerlich, dass mein Gesicht dort nun schon bekannt ist«, bemerkte er mit verschränkten Armen.

»Die sind doch immer wieder in den Schlagzeilen mit widerwärtigen Vorkommnissen«, warf Frau Schloh ein.

»Das war eine der Deutschen Burschenschaften. Die Ulmensis liberitas hingegen sei eine Verbindung und distanziere sich von solchen Vorgängen – behauptet ihr Mitglied Tim Trassmann«, berichtete Eva.

»Trotzdem hat sich Tim Trassmann mehr als auffällig verhalten und zunächst vorgegeben, nicht informiert zu sein, warum der Antrag von Alexander Kanze abgelehnt wurde«, ergänzte Gerhard. »Ist bei der Recherche schon etwas herausgekommen?«

»Wir haben Verbindungsmänner in verschiedenen deutschen Verbindungen.« Willner wurde sich des Wortspiels erst bewusst, als einzelne Beamte zu kichern anfingen. »Gleichwohl – Ruhe bitte – ist der Kollege, den ich vorhin angerufen habe, noch nicht mit Informationen an mich herangetreten. Er wird noch etwas Zeit brauchen, aber dann wissen wir womöglich mehr über Ihren Herrn Trassmann. Wobei ich nicht glaube, dass sich einer der Männer die Hände auf diese Weise schmutzig macht.«

»Hat Willner studiert?«, flüsterte Gerhard.

»Vielleicht damals beim Militär? Den könnte ich mir nur in einer schlagenden Verbindung vorstellen«, antwortete Eva.

Beim Sokoleiter musste man auf alles gefasst sein. Und vermutlich waren die sogenannten Verbindungsmänner den Einrichtungen auch eher zugetan, als dass sie ihnen kritisch gegenüberstanden. Aber so genau kannte sie sich da nicht aus, bisher war es dort ihrer Kenntnis nach noch nicht zu Todesfällen gekommen.

»Es handelt sich also um eine schlagende Verbindung?«, fragte eine Kollegin.

»Könnte auch eine nähende sein«, gluckste einer der Auszubildenden, allerdings nicht leise genug.

»Behalten Sie Ihre Kalauer für sich!« Willner beendete das aufbrandende Gemurmel mit einem Handwisch. »Bevor sich das hier zu einem dieser sinnlosen Scrum-Meetings entwickelt, die wichtigen Informationen. Kollege?«

Dr. Gantner trat nach vorne. »Wir haben erste DNA-Spuren ausgelesen, die direkt am Opfer und an seiner Kleidung gefunden wurden.«

Also gab es doch Neuigkeiten. Mit einem Mal war die Kollegenschaft mucksmäuschenstill. Gantner jedoch, der eher von der gemütlichen Sorte war, sortierte erst einmal umständlich die Blätter in seiner Hand. Eine Eigenart, die konträr zum Sokoleiter war und die dieser mit nachhaltigem Räuspern und ungeduldigen Gesten quittierte.

»Also«, Gantner schaute Willner über den Rand seiner Brille an, »wir haben Haare und Hautschüppchen am Opfer gefunden. Weitere Spuren klären wir gerade noch ab. Auffällig sind zwei Dinge. Wir haben Haare einer weiblichen Person und Hautschüppchen einer männlichen gefunden. Das muss nichts heißen. Aber es kann etwas heißen. Zumal die beiden Proben«, Gantner machte eine Pause und blickte in die Runde, »auf eine Verwandtschaft ersten Grades zueinander hinweisen.«

Ein Raunen ging durchs Kollegium. »Vielleicht Kanzes Familie?«, fragte jemand.

»Natürlich liegt es nahe«, der Rechtsmediziner hob seine Stimme, bis wieder Ruhe eingekehrt war, »dass es sich um Verwandte von Alexander handeln könnte, aber es besteht keinerlei Ähnlichkeit zur DNA des Opfers. Wir gehen also davon aus, dass es sich zumindest bei einer Probe um Genmaterial des Täters handelt.« Wieder blätterte er, seine Wurstfinger erschweren den Vorgang.

»Weiter«, drängte Willner.

»Keine der beiden DNA ist allerdings in der Datenbank verzeichnet.«

Das wäre vermutlich auch zu einfach gewesen. Zwei verschiedene Spuren ... Da die Spuren angeblich von Verwandten waren, noch dazu ersten Grades, fiel die Theorie eines mordenden Ehepaars weg, die ansonsten nahegelegen hätte.

»Ich sage es nur der Vollständigkeit halber, aber wir haben noch eine dritte Fremdspur am Opfer entdeckt. Und zwar Katzenhaare an der Jeans.« Gantner blätterte wieder. »Rückwärtig, das heißt, eine Wildkatze fällt weg.«

»Ein Fuchs vielleicht«, vermutete Torben.

»Füchse ...«, schaltete Gerhard sich in die Diskussion ein, »Füchse sind Hundeartige.«

»Gut erkannt, Herr Kollege. Die Frage ist also: Haben wir es mit zwei Mördern zu tun?« Gantners Blick schweifte über die Brille hinweg in die Ferne. »Im schlimmsten Fall sind die der DNA zugehörigen Personen ebenfalls tot, im besten die Täter.«

Willner ging diese Vorstellung seines internen Lieblingsgegners zu weit. Schließlich war ja *er* Leiter der Soko Prinz. Geschäftigkeit vortäuschend, schob er sich vor den Mediziner und diesen damit zur Seite. »Wenn Sie dann fertig wären? Ich würde gerne noch eine neue Information ausgeben. Regina?«

Eva und Gerhard setzten sich, die Wernhaupt ging nach vorn und pinnte ihrerseits drei Fotos an die Wand.

»Danke an die Kollegin Brenner für die Recherche«, sie drehte den Kopf zu Eva, »auch wenn ich das angeforderte Material dann doch nicht von ihr, sondern von den Kollegen vom BKA bekommen habe.«

Trotzig erwiderte Eva Wernhaupts Blick. Es ging also um ihre Aufgabe von Samstag, nach psychisch auffälligen Tätern der letzten Jahre zu suchen, die sie ans Bundeskriminalamt weitergeleitet hatte.

»Ist doch wahr, die haben die Daten dort alle im Rechner. Im Gegensatz zu uns«, grummelte sie, als Gerhard sie mit seinem aufmerksamen Blick streifte, der keinerlei Rüge beinhaltete.

Der Mann auf dem ersten Foto schien noch recht jung.

Ein unauffälliger Typ mit kurz geschorenem mausbraunem Haar, schmalen Lippen und gekränktem Gesichtsausdruck. Auf diesem Bild war er ein Teenager von maximal achtzehn, neunzehn Jahren; der Umgebung nach zu urteilen war er soeben verhaftet worden. Er hatte eine hagere, fast zerbrechliche Gestalt. Auf den beiden Bildern rechts davon war er gut zwanzig Jahre älter. Abgestumpft wirkte er auf beiden Fotos, die Lippen nur mehr ein Strich. Doch auf diesen neueren Bildern hatte er sonnengegerbte Haut, die Falten um die Augen im eingefallenen Gesicht waren tief wie bei einem Alten. Und er hielt sich aufrechter, hatte sehnige Haut und Muskeln aufgebaut. Eva fühlte Mitleid, was sie selbst ein wenig verwirrte.

»Holger Bentz, wohnhaft in Rotzell bei seinem Bruder«, verlas Regina Wernhaupt. »Zwei Morde an Schulkameraden 1988 und 1989 gehen auf seine Rechnung. Er bekam zehn Jahre Haft nach Jugendstrafrecht. Nach der Haftentlassung ist er zur Familie seines Bruders gezogen und lebt seitdem dort unauffällig.«

»Keine Sicherheitsverwahrung?«, fragte Gerhard.

»Nachträgliche Sicherheitsverwahrung im Jugendstrafrecht gibt es erst seit etwa drei Jahren«, antwortete Eva anstelle ihrer Kollegin. Beim Betrugsdezernat hatte Gerhard vermutlich nichts von dieser Änderung erfahren.

»Richtig«, bestätigte die Wernhaupt. »Er wird regelmäßig von einem Sozialarbeiter besucht, allerdings wurde ihm 1998 schon ein Unbedenklichkeitsgutachten ausgestellt. Hier heißt es, er könne mit seiner Krankheit umgehen und sei sich der Schwierigkeiten im Alltag vollstens bewusst.«

»Was wurde ihm genau vorgeworfen? Streit unter Klassenkameraden ist unter Umständen nachzuvollziehen.« Willner strich sich übers Kinn, ganz offensichtlich in Gedanken. »Hier von einem Intensivtäter zu sprechen, muss einen Grund haben.«

»Holger Bentz gab damals an, seine Klassenkameraden hätten den Tod verdient, weil sie ihn gemobbt hätten. Man geht aber davon aus, dass die Aussage nur vorgeschoben war, denn die Taten waren sehr detailliert geplant und durchgeführt. Aufschriebe lassen vermuten, dass er derartige Gewaltphantasien bereits seit Längerem hatte. Nur hat er sie zuvor an Tieren ausgelebt. Auf der Liste, die nach seiner Festnahme gefunden wurde, stand fast die gesamte Klasse. Er hätte sich immer weiter vorgearbeitet, wäre er nicht aufgeflogen. Die Kollegen haben ihn damals schnell entlarvt, das zweite Opfer war quasi noch warm.«

»Welche Krankheit wurde denn diagnostiziert?«, fragte Eva, klappte die Akte auf und schloss sie schnell wieder, denn die Bilder waren nichts für einen leeren Magen.

»Dazu muss man ein bisschen ausholen.« Regina verschränkte die Finger ineinander. »Dissoziale Persönlichkeitsstörungen können verschiedene Ursachen haben. Sie können genetisch entstanden sein, durch Krankheiten im Mutterleib, durch Vernachlässigung und Missbrauch. Dementsprechend verhält sich der erwachsene Mensch auch unterschiedlich. Manchen geht es nur um Geld und Macht, manche sehen überall Provokation und reagieren rein impulsiv, andere neigen erst unter Druck zu Gewaltausbrüchen, die dann allerdings verheerender sein können als bei Ersteren. Bentz zum Beispiel war ein typisches Mobbingopfer, hat scheinbar alles in sich hineingefressen. Ihm wurde eine ängstlich-aggressive Form attestiert, gemischt mit geringer Impulskontrolle. Er ist eigentlich ein schüchterner, deprimierter Typ, der seinen Frust vermutlich durch Allmachtsphantasien abbaut. Genau wissen wir es nicht, er hat uns nicht gesagt, warum er die Jungs so verstümmelt hat.«

»Das klingt nicht so, als ob es heilbar wäre«, warf Gerhard ein.

Die Wernhaupt verlas noch ein paar Informationen zu Bentz' Umfeld. Willner ordnete an, dass Eva und Gerhard die neue Kollegin unter ihre Fittiche nehmen und dem Herrn einen Besuch abstatten sollten.

Als sie den Besprechungsraum verließen, zwinkerte die LKAlerin Torben zu.

»Bleibt's bei heute Abend?«, fragte er sie.

***

Eva öffnete die Fahrertür und griff nach der Waffe, die sie im Holster unter ihrer Jacke versteckt hatte. Natürlich waren Bentz' Morde lange her, und der Mann war als ungefährlich eingestuft worden. Doch wie oft lagen sogenannte Fachleute daneben, wie oft täuschten intelligente Extremtäter ihre Umwelt, um im geeigneten Moment ihrem Trieb nachzugeben und wieder zuzuschlagen?

Auf Empathie konnte man bei den Tätern nicht hoffen, außerdem konnte sollte den Eindruck gewinnen, dass mancher Psychologe sich bei der Einschätzung vor allem auf sein Bauchgefühl verließ, sich durch Charme, Klugheit und Berechnung genauso täuschen ließ wie Nachbarn oder nahe Bekannte. Keiner konnte sagen, ob ein Täter wirklich verstanden hatte, wie er sich verhalten musste, um in Freiheit leben zu dürfen. Nachfühlen würde er das Leid der Opfer niemals können. So traurig das für die Täter war, deren Verhalten auch eine Vorgeschichte hatte, Heilung war wohl kaum möglich. Und anstatt die Umwelt dauerhaft vor ihnen zu schützen, wurde auf volle Haftanstalten verwiesen und darauf, dass jeder Mensch eine zweite Chance verdient hatte. Gegen die zweite Chance an sich hatte Eva ja nichts, aber noch war eben kein Gegenmittel gegen verkorkste Seelen gefunden. Die Opfer und ihre Angehörigen hatten keine Chance auf ein zweites Leben, und die zukünftige Bedrohung hing wie ein Damoklesschwert über ihnen.

Eva setzte sich hinters Steuer und beobachtete, wie Gerhard der neuen Kollegin die Tür zum Beifahrerplatz aufhielt. »Für Sie nehme ich mit dem Rücksitz vorlieb«, säuselte er.

»Sollen wir nicht mal so langsam zum Du übergehen? Ich heiße Regina!«

Eva starrte verdutzt auf die ihr entgegengestreckte Hand.
»Eva.«
»Ich bin der Gerhard«, schallte es von hinten.
Na, das fing ja schon wieder gut an. Wenigstens trug die gute LKA-Kollegin heute situationsangepasstes Schuhwerk. Trotzdem saß die Hose eng, glänzte das akkurate, kurze dunkle Haar, Make-up inklusive Eyeliner war perfekt aufgetragen. Eva vermied den Blick in den Rückspiegel. Und was war das eben mit Torben gewesen? Flirtete sich die Neue tatsächlich schon durch die Kollegenliste!
Eva drückte aufs Gas. Immerhin, mit ihrem Styling konnte Regina problemlos vom Dienst gleich zum Date übergehen. Warum konnte sie selbst eigentlich nicht so locker an alles herangehen? Welche Kollegin der Mordkommission hatte im Normalfall dafür Zeit, sich so herzurichten? Parfümduft waberte aufdringlich durch den Innenraum des Einsatzwagens, irgendetwas Blumiges mit pfeffriger Note. Gar nicht so schlecht. Eva nahm sich vor, am nächsten Morgen vielleicht wenigstens Ohrringe anzulegen.
Sie stoppte den Wagen an einer Metzgerei in Wasseralfingen. Bestimmt hatten auch die anderen seit dem Morgen nichts zu essen bekommen, und einen Kriminellen wie diesen Bentz besuchte man am besten nicht mit leerem Magen.
»Das riecht aber gut! Bestimmt fast so gut wie von unserem Präsidiums-Lieferservice«, freute sich Gerhard und biss in seinen Lkw*. Schließlich sicherte er sich auch das in Alu verpackte Brötchen, das Regina mit den Worten »Danke, ich bin Vegetarierin« abgelehnt hatte.
»Warum kommt dieser Holger Bentz für dich als Täter in Frage?«, fragte er zufrieden schmatzend. »Hat er ähnliche Rituale bei seinen Opfern vorgenommen, wie es bei Kanze der Fall war?«
Eva dachte an die Fotos in der Mappe und wollte ihrem Kollegen den Appetit nicht verderben.

---

* für Schwoba: der Läberkäs-Wecka, für Reig'schmeckte: das Fleischkäsebrötchen

»Bentz ist einer der guten Handvoll Intensivtäter, die im Moment im baden-württembergischen Raum in Freiheit leben«, erklärte die LKA-Kollegin und drehte sich zu ihm um. »Seine Taten waren eher von einer großen Wut geprägt, aber er hat seine Opfer, nun ja, auch verschönert. Posthum.«

Eva schaffte es nicht, die Bilder von den Wunden der Toten, die Bentz mit der Rasierklinge bearbeitet hatte, zu verdrängen.

»Und die anderen überprüfen wir nicht?«, mampfte Gerhard. Sein gefüllter Mund schien ihn nicht beim Sprechen zu stören, im Gegensatz zu Eva, der auf dem Vordersitz die Bröckchen um die Ohren flogen.

»Keiner der anderen hat in den letzten Jahren auch nur den kleinsten Bezug zur Region gehabt.« Auch Regina brachte sich aus der Gefahrenzone.

»Scheinen ja fleißig in aller Welt unterwegs zu sein, diese ehemaligen Täter.«

»Man kann sie ja nicht alle wegsperren, Eva.«

»Kann man nicht?«, fragte Eva und warf die zusammengeknüllte Alufolie in den Fußraum.

»Einige leben auch unter neuen Identitäten.« Regina bedachte sie mit einem langen Blick. »Wir überwachen manche, für die keine Sicherheitsverwahrung verhängt wurde, ja weiterhin. Wenn der Verdacht besteht, dass der Täter rückfällig werden könnte.«

Und mit den neuen Taten der ach so überwachten und ungefährlichen Ex-Täter bekam es dann wieder die Kriminalpolizei zu tun. Es war ja nicht nur bei den Jugendämtern so, dass die öffentliche Hand zu wenig Mittel bereitstellte, um Opfer zu schützen. Evas Finger krallten sich ins Lenkrad. Sie setzte den Blinker in Richtung Neuler ein wenig zu grob.

Nach kurzem Schweigen brachte Regina ihre Kollegen auf den neuesten Stand darüber, was in der Soko besprochen worden war, während sie Kanzes Umfeld durchleuchtet hatten. Alexanders Computer wurde derzeit von Spezialisten ausgelesen, Beamte untersuchten den kleinen verbliebenen

Freundeskreis, befragten Mitstudenten und Kollegen aus seiner Ausbildungszeit. Bisher mangelte es an möglichen Motiven. Es gab keinen Streit, keine Feinde. Da hatte sein Vater ihn wohl richtig eingeschätzt. Alexanders Handy würde hoffentlich noch gefunden werden.

Keine zwei Minuten, nachdem sie in die Rotzeller Hauptstraße eingefahren waren, befanden sie sich schon wieder auf der Verbindungsstraße Richtung Bühlerzell, denn sie hatten Holger Bentz nicht in seiner Wohnung angetroffen. Seine Schwägerin Dalia Bentz, deren zwei Kinder im Garten spielten, war nur sehr einsilbig auf die Fragen der Beamten eingegangen, hatte erklärt, dass Holger sich nichts mehr zuschulden kommen lasse und er sich hin und wieder länger in der Gerätehütte seiner Eltern aufhielte.

»Gerätehütte? Ein wenig komisch, oder was meint ihr?« Regina runzelte die Stirn.

»Vielleicht hackt er Holz für den Winter. Einen Job hat er ja nicht.« Eva dachte an die Brennholzbestellung ihrer Mutter. »So abwegig ist das gar nicht.«

Der Geräteschuppen befand sich laut Beschreibung von Frau Bentz irgendwo am Waldrand bei Hinterbüchelberg, nahe des Büchelberger Bachs. Da stieg das Navi aus; sie würden wohl suchen müssen.

Eva versuchte das Grummeln im Magen zu ignorieren. »Ich kenne die grobe Richtung. Wir fahren mal hin, und dann schauen wir weiter.«

»Dafür ist der Wagen doch gar nicht ausgelegt«, bemerkte Gerhard. »Außerdem hab ich gelesen, dass die Strecke Richtung Wegstetten wegen Waldarbeiten gesperrt ist.«

»So weit müssen wir gar nicht, glaube ich. Andere Frage: Sollten wir Verstärkung anfordern?«, überlegte Eva.

»Für was denn?«, fragte Regina. »Das ist eine standardmäßige Überprüfung. Der Typ hat sich die letzten zwei Jahrzehnte nichts mehr zuschulden kommen lassen.«

Eva war froh, das Lenkrad zwischen ihren Händen zu

haben. Auf diese Weise konnte sie das Zittern besser kontrollieren. Da war sie wieder, die Nervosität. Warum denn? Es lief doch alles.

Die Gespräche im Auto wurden zu Hintergrundrauschen. Eva folgte den Feldwegen, die sanft bergauf und bergab verliefen. Nein, dass alles lief, stimmte nicht. Sie wusste, woher ihre Unruhe kam, und sie musste es sich eingestehen, um das Gefühl in den Griff zu bekommen.

»Das kann doch nicht sein, dass der da draußen allein wohnt«, beharrte sie.

»Ich glaube, dagegen gibt es nichts einzuwenden.« Regina hob die Schultern.

»Das sehe ich auch so«, bestätigte Gerhard vom Rücksitz. »Dass er freiwillig Termine mit dem Sozialarbeiter oder Psychologen wahrnimmt, ist doch ein gutes Zeichen.«

»Sollte das stimmen, dass er die meiste Zeit in einem Geräteschuppen im Wald wohnt, ist das mit Sicherheit nicht mit den Statuten zu vereinbaren.« Eva blieb hartnäckig. »Da kann er ja machen, was er will. Das müssen wir unbedingt melden.«

»In Deutschland bekommt man bei einer bewohnten Gerätehütte vermutlich eher Probleme mit dem Brandschutz als damit, dass sich ein Mörder nach abgesessener Haftstrafe dort aufhält.«

Sie fuhren nun an der Ostseite des Waldes auf dem Büchelberger Grat entlang. Die Sonne stand auf der anderen Seite, und der Waldrand lag im Schatten. Wie Bentz wohl dort hauste? Wie konnte ein Mann die Einsamkeit in einer kleinen Hütte im Wald dem Zusammensein mit seiner Familie vorziehen? Das zeigte doch, dass er mit der Gesellschaft seine Schwierigkeiten hatte, nach wie vor.

Und warum hatte seine Schwägerin so abweisend auf die Beamten reagiert? War sie vielleicht sogar froh, Bentz wieder los zu sein? Mit Sicherheit war sie nicht erfreut gewesen, als ihr Mann den Bruder im Anbau untergebracht hatte. Einen Mörder, der Klassenkameraden umgebracht hatte, alle fast noch Kinder. Vermutlich war die Situation in den letzten Jahren, als eigener Nachwuchs dazugekommen war, unmöglich geworden. Ob man sich überhaupt vernünftig mit dem Mann unterhalten konnte?

»Also noch mal, für uns ist er erst einmal kein Verdächtiger. Laut dem Kollegen, der vorab mit seinem Bruder telefoniert hat, war Holger Bentz in seiner Wohnung, wobei wir den Tatzeitpunkt aufgrund des Leichenzustandes ja nicht auf ein paar Stunden eingrenzen können, das ist also schwammig. Aber die DNA-Spuren, die wir am Fundort gesichert haben, sind nicht polizeirechtlich erfasst, und seine sind in der Kartei. Es gibt keinerlei Übereinstimmung. Das heißt, das Einzige, was wir im Moment mit Gewissheit haben, sind Spuren von Verwandten ersten Grades. Und die Haare einer Katze«, fasste Regina noch einmal zusammen.

»Wobei Katzen nicht deliktfähig sind«, erklärte Gerhard ernst.

»Du hast ja einen humorvollen Kollegen!« Regina zwinkerte Eva zu.

Eva ignorierte das dümmliche Grinsen des humorvollen Kollegen im Rückspiegel, als sie das Auto auf einem Wirtschaftsweg direkt an einem Bach abstellten. Dicke Wolken zogen auf. Hoffentlich begann es jetzt nicht wieder zu regnen, der Boden war schlammig genug.

Tatsächlich entdeckten sie die Hütte gut hundert Meter weiter in einer Senke, versteckt hinter einer niedrigen Baumreihe aus Jungtannen. Sie gingen übers vermooste Gras.

»Wenn es nicht so dunkel wäre, könnte man hier doch glatt wohnen«, bemerkte Gerhard.

»Ein ganz schöner Weg von hier bis in die Siedlung nach Rotzell. Hat Bentz überhaupt ein Auto?« Eva steckte den Schlüssel in ihre Jackentasche.

»Ich glaube nicht. Der nimmt starke Beruhigungsmittel, da würde es mich wundern, wenn er eine Fahrerlaubnis hat.« Regina hatte die Akte gut studiert.

»Und wenn er die Medikamente nicht nimmt?«

»Zwingen kann ihn keiner. Er hat seine Haft abgesessen.

Schaut mal, überall Feuchtigkeit im Holz.« Gerhard ließ seinen Blick über die Außenwände der Hütte gleiten. »Ist da nicht Rauch zwischen den Ästen? Ein Kamin! Ob der wohl genehmigt ist?«

Tatsächlich war an der nicht einsehbaren Rückseite des Hauses nahe des Bachs nachträglich ein Kamin eingezogen worden. Durch die hohen Bäume hinter der Hütte sah man den Rauch nicht gleich, und die jungen Bäume auf der Seite dienten ebenso als Sichtschutz.

Eva versteifte sich. Tief ein- und wieder ausatmen. Nein, hier gab es überhaupt keine Verbindung zu dem Vorfall vor einem Jahr. Gut, das alte, verfallene Haus, die düstere Umgebung. Aber kein Hinterhalt. Und Bentz hatte keinerlei Ähnlichkeit mit dem damaligen Täter. Der Mann war tot, ihr Kollege Björn hatte ihn noch erwischt, als er schon am Boden lag. Bentz war ein ganz anderer Typ, sie waren in einer ganz anderen Situation.

Tatsächlich, Eva spürte, wie ihr Puls sich beruhigte. Und trotzdem. Würde sie stark genug sein, in einer ähnlichen Situation richtig zu reagieren? Überhaupt zu reagieren? Sie achtete darauf, die Atemübungen, die ihr die Psychologin gezeigt hatte, bewusst durchzuführen. Leise und unauffällig, nicht dass Regina gleich zu ihrem Kurt rannte und es ihm erzählte.

Wer wusste schon, was Willner ihr im Vorfeld erzählt hatte. Eva spürte, dass sie sich nicht mehr viel erlauben konnte, dass er ihr nichts mehr verzieh, egal, was sie sonst leistete. Geleistet hatte. Am Sonntag hatte er sie nicht zum Dienst geholt, ganz im Gegensatz zu Regina und Gerhard.

Regina klopfte. »Hallo, Herr Bentz. Sind Sie da?«

Alles blieb still. Fast ein bisschen erleichtert holte Eva tief Luft.

»Er ist ausgeflogen, wie es scheint.« Die Kollegin zögerte einen Moment, dann drehte sie am Knauf. »Abgeschlossen. Schade.«

»Was macht er hier? Sieht nicht so aus, als ob er an etwas

arbeitet.« Eva ließ den Blick über das Grundstück schweifen. Die Grenze zum Wald hin bildeten neben den Bäumen meterlange, moosbewachsene Holzstapel. Nur am Rand waren sie teilweise abgetragen worden, ansonsten war das Holz wohl schon über seine beste Zeit weg, keiner hatte es gebraucht.

Das Grundstück hatte bestimmt ein halbes Jahrhundert auf dem Buckel. Asbest-Wellblechverschnitte lehnten an einem Fichtenstamm, eine ausgemusterte Kühltruhe unter einem Busch diente vermutlich der Lagerung von irgendetwas, an das die Mäuse nicht herankommen sollten. Eva fröstelte. Doch bevor sie nicht sicher wussten, ob der Herr der Hütte nicht doch in der Nähe war, würde sie bestimmt nicht nachsehen, was darin lagerte.

Wieder klopfte ihr Herz schneller. Um sich abzulenken, machte Eva einen Schritt auf eins der fleckigen Fenster zu. Eine dicke braune Nacktschnecke bahnte sich ihren klebrigen Weg nach oben, wo auch immer sie hinwollte. Durch das dunstige Glas waren drinnen nur Schemen zu erkennen. Eva drückte die Nase gegen die Scheibe und meinte, eine Art Vorraum zu erkennen, doch die Formen nahmen keine Kontur an. Diffuses Licht wies auf eine offene Tür dahinter hin.

Sie hob den feuchten Deckel des hölzernen Regenfasses an und roch die modrige Feuchtigkeit, die sich auch auf ihre Hände legte. Doch außer Wasser, Schnakenlarven und zwei toten, aufgequollenen Spinnen war nichts in dem Fass, was nicht hineingehörte. Natürlich.

Über dem Eingang hing ein Windspiel. Gerhard, der die richtige Größe hatte, um es genauer zu betrachten, hielt bereits einen Teil zwischen seinen Fingern. »Holzrinde, geschnitzt, wie es scheint. Und die Federn gehören zu einem größeren Vogel, vielleicht auch zu verschiedenen Arten. Rotmilan und Eichelhäher, vermute ich. Und uh, das ist ein Knochen.«

»Nicht, dass er die Viecher jagt und isst«, witzelte Regina. Eva war sich da gar nicht so sicher. »Könnte durchaus sein.«

Wozu sollte er sonst die Steinschleudern brauchen, von denen gleich mehrere in verschiedenen Größen an einem Nagel hingen? Wie das Windspiel waren sie handgefertigt. Kunst machte er auch. Holzstelen, in verschiedenen Brauntönen bemalt, lehnten an der Hüttenwand. Es wirkte, als habe Bentz Lehm verflüssigt und die Pampe dann als Farbe verwendet. Am Boden lagen bearbeitete Specksteine. So beschäftigte er sich hier draußen also.

Eva ging in die Knie, um die eigenartigen Zeichen auf einem der Steine besser erkennen zu können. Sie strich mit den Fingern über die kühle, unebene Oberfläche. Runen waren es nicht, da war sie sich fast sicher. Es dauerte einen Moment, bis sich die Formen vor ihren Augen zu geometrischen Gesichtszügen verdichteten.

»Rudimentäre Fratzen, wie bei Künstlern eines Naturvolks.« Gerhard schaute ihr über die Schulter.

»Ein bisschen eklig. Sind das Zähne?« Regina hob einen der Steine hoch.

Bentz hatte oberhalb der wulstartigen Unterlippen Löcher hineingebohrt, die mit vielen spitz zulaufenden Holz- oder Knochenstücken versehen waren. Dadurch mutete das Gesicht wie eine der Drachenfiguren aus dem asiatischen Raum an.

Weiter drüben hing ein Fell über einem hölzernen Fensterladen. Ein Schafsfell war es nicht. Als Eva hinübergehen wollte, hörte sie ein leises Knacken. Sie drehte sich und ließ den Blick durchs Unterholz gleiten, über das Stück Wiese, das an den Wald anschloss. »Wer ist da?«

Stille. Gerhard trat einen Schritt nach hinten, Reginas Hand ging zum Holster. Eva nickte ihren Kollegen zu und drückte sich am Wasserfass vorbei zur Außenseite der Hütte. Der weiche Boden schluckte ihre Schritte. Im nahen Baum krächzten Vögel. Hatten sie das Geräusch gemacht?

Auch Eva führte die Hand an die Pistole unter ihrer Jacke.

Ihr Herz setzte einen Schlag lang aus, als ein Mann mit einem Satz neben ihr stand. Ausdruckslose kalt-graue Augen fixierten sie durch runde Brillengläser, während der Mund in dem schmalen Gesicht ein noch schmaleres Lächeln formte. »Na, erschrocken?«

Eva zwang sich, die Pistole loszulassen. Einatmen, ausatmen. »Kriminalkommissarin Brenner, guten Tag. Herr Bentz, haben Sie einen Moment Zeit für uns?« Sie streckte dem Mann ihre Hand entgegen und zwang sich, ihn anzusehen. Das Zittern verflüchtigte sich.

Bentz reichte ihr die linke Hand. Drückte er absichtlich so fest zu, oder fühlten sich nur die Schwielen in seiner Handfläche so eigenartig hart an?

Gerhard und Regina waren ebenfalls um die Ecke getreten. Sie wirkten wachsam, aber nicht erschrocken.

»Polizei?« Bentz schaute mit schrägem Grinsen in die Runde und entließ Evas Hand endlich aus seinem eisernen Druck. Seine Augen wirkten riesig in dem eingefallenen Gesicht. »Wo haben Sie denn Ihre Uniformen gelassen? Ist heute Ausgang?«

Eva beschloss, den Mann nicht darüber aufzuklären, dass Kriminalbeamte üblicherweise in Zivil unterwegs waren, sollte er das nicht wissen.

Holger Bentz musterte die Beamten, während er um sie herumging. Eva beobachtete ihn ihrerseits. Sein Blick war misstrauisch, distanziert. Ein eigenartiger Mensch. Er war ihr unsympathisch; auf eine unterschwellige Art, die sie sich selbst nicht erklären konnte. Ihr Bauchgefühl und schneller Herzschlag sprachen eine klare Sprache. Die Beine wollten möglichst weit weg von diesem Menschen, der Kopf zwang Eva, stehen zu bleiben. Eine Reaktion, die jeder Beamte im Einsatz kannte und gegen die sie und ihre Kollegen immer wieder kämpften. Und die ihr die Psychologin erstmals erklärt hatte.

Bei diesem Mann allerdings manifestierte sich ihr Gefühl besonders stark. Breitbeinig stapfte er an ihnen vorbei, machte auch ohne Worte klar, dass dies hier sein Revier war. Ein Raubtier, bereit zum Sprung.

Such seine Schwächen. Ja, Bentz wirkte mit diesem kalten Tunnelblick wie ein kampfbereites Raubtier, und sie war sich sicher, dass er alles Unwichtige um sich herum ausschalten konnte, wenn es ernst wurde. Und doch war klar zu sehen: Dieser Mann war angezählt. Dürr und eingefallen sein Gesicht, fehlende Fettreserven ließen die starren Augen weit hervortreten, was ihm ein habichtartiges Aussehen verlieh. Nur diese leicht schief sitzenden Brillengläser lenkten ein wenig ab. Doch auch seinem Blick wollte man ausweichen; es fiel schwer, ihn zu erwidern.

Wäre Bentz etwas anders gekleidet gewesen, er wäre in einer Fußgängerzone nicht unbedingt aufgefallen. Sein graubrauner Dreitagebart ließ ihn etwas wild wirken, ansonsten war er mit seinem Acht-Millimeter-Kurzhaarschnitt sauber frisiert. Die Tarnkleidung, bestehend aus olivgrünem Parka und ausgemusterter Armeehose, schlackerte um seine hagere Gestalt, doch ungepflegt wirkte sie nicht. Auch das Schuhwerk, graue Wanderstiefel, schien noch keinen Winter hier draußen mitgemacht zu haben.

Nur Bentz' Ernährungszustand gab auf den ersten Blick Anlass zur Sorge. Mehr als vier Prozent Körperfettanteil hatte er bestimmt nicht, Hals und Arme sehnig wie die eines Hungernden. Er wirkte ausgezehrter als auf den Fotos. Lag es an den Medikamenten, oder war er schlicht mangelernährt? Blieb er oft aus der Siedlung weg? Angenommen, er verbrachte die meiste Zeit hier draußen, dann würde ihm seine Schwägerin doch bestimmt jeden Tag eine Tupperschale mit Auflauf oder Sonntagsbraten hinstellen. So tickten die Leute hier.

Bentz öffnete die Tür, indem er den Knauf zu sich heranzog, während er gleichzeitig am unteren Rand gegen das Holz trat. Interessant. Verzogen, aber nicht abgeschlossen.

»Bei Feuchtigkeit klemmt sie manchmal.« Damit verschwand er, zog irgendetwas aus der Hosentasche und richtete sich einen Augenblick später wieder auf. »Ich kann Ihnen leider nicht anbieten, hereinzukommen, dafür ist die Hütte zu klein.«

Auch eine Art, sie abzuweisen. Eva versuchte, einen Blick ins Innere zu erhaschen. Dummerweise hatte Bentz die Tür nur so weit geöffnet, dass er den Spalt ausfüllte. Vermutlich aus voller Absicht. Doch während Gerhard ein paar Höflichkeiten mit ihm austauschte und Regina mit verschränkten Armen auf der anderen Seite durchs Fenster zu schauen versuchte, schien seine Aufmerksamkeit nachzulassen. Er drehte sich zur Seite, sodass Eva einen Blick hineinwerfen konnte.

Die Hütte wurde tatsächlich als Wohnung genutzt. Zweckmäßig ausgestattet zwar, aber auch geräumiger, als es von außen den Anschein hatte. Die Tür vom kleinen Flur zu einer Art Wohnzimmer stand offen. Unter achtlos hingeworfenen Kissen und einer Decke blitzte das Holz einer Palette hervor, davor stand ein Korb mit Brennholz – ganz offensichtlich für den illegalen Betrieb des Kamins, der wohl für die Wärme sorgte, die von innen durch die Tür drang. Mehr war leider nicht zu erkennen, denn jetzt drehte Bentz sich wieder und streifte Eva mit einem scharfen Blick. Wie die Tür zu öffnen war, wussten sie nun ja. Vielleicht konnten sie auch ohne Durchsuchungsbeschluss nochmals herkommen.

»Wohnen Sie immer in dieser Hütte?«, fragte Eva.

»Was meinen Sie denn?« Bentz setzte die Brille ab und wischte mit dem Ärmel über das beschlagene Glas. »Natürlich wohne ich in der netten Siedlung bei meinem Bruder, in der Wohnung, die er eigens für mich eingerichtet hat. Mit Kameras, die melden, wenn ich gehe, und melden, wenn ich wiederkomme. Als Schutz vor Einbrechern, meint er. Weil er mir nicht vertraut, weil mir keiner vertraut.«

»Warum so bissig?« Regina musterte Bentz angriffslustig. »Seien Sie dankbar dafür, dass Sie in Freiheit leben können.«

»Freiheit?« Er kniff die Augen zusammen und musterte sie von oben herab. »Freiheit? Warum sind Sie dann hier? Jede Woche klingelt die Polizei bei meinem Bruder. Wer hat mich denn heute wieder angezeigt, weil seine Gans tot über dem Zaun hängt oder jemand seinem Katzenvieh den Schwanz abgeschnitten hat? Und jetzt kommen Sie sogar schon hierher. Ich dachte, wenigstens hier habe ich meine Ruhe.«

»Wir werden Sie nicht lange stören«, versuchte Eva, ihn nicht gegen sie aufzubringen. Sie legte Mitgefühl in ihre Stimme. Immerhin sprach er mit ihnen. Das Letzte, was jetzt half, war, ihn mit provokanten Äußerungen in die Ecke zu drängen und so die kleinste Bereitschaft zum Gespräch zu beenden.

Und es schien tatsächlich zu funktionieren. Bentz baute zwar eine Barriere zwischen sich und ihr auf mit seinen verschränkten Armen, wandte sich ihr aber dennoch zu. »Seit ich entlassen wurde, bekomme ich Morddrohungen. Man wirft Steine in meine Fenster, spuckt aufs Auto oder durchsticht die Reifen meines Bruders. In den ersten Jahren haben sie noch mehr aufgeboten. Demonstrationen, Fackelzüge, Plakate, Brandstiftung. Scheiße im Briefkasten.«

Eva fröstelte, und diesmal lag es nicht an Bentz. »Wie funktioniert eigentlich das Zusammenleben mit der Familie? Hat keiner ... Vorbehalte?«

»Würden Sie denn anders reagieren, wenn ein Kindermörder in Ihrer Nachbarschaft einzieht?« Regina nahm kein Blatt vor den Mund.

Eva ignorierte den Einwurf. »Ich verstehe, dass das unangenehm für Sie ist.«

»Unangenehm.« Bentz lachte kalt auf. »Ich muss wohl akzeptieren, dass die Menschen Angst haben. Mein ›lebenslänglich‹ kann man wörtlich nehmen, es hat sich vom Knast auf das Leben draußen verlagert. Das Einzige, das helfen würde, wäre, wegzuziehen und ein neues Leben zu beginnen.«

»Und das dürfen Sie nicht«, schloss Gerhard.

Eva schaute zu Regina, die den Mund schon geöffnet hatte, aber sichtlich mit sich kämpfte, um nicht gleich wieder gegen den Mann zu schießen. Immerhin schien sie so viel Feingefühl zu besitzen, um zu bemerken, dass der Weg ihrer Kollegen erfolgversprechender war. Woher kam ihre plötzliche Abneigung?

»Doch, ich bin ein freier Mann. Ich kann hingehen, wo ich will. Im Anschluss an die Haft habe ich mich freiwillig in verschiedene Programme begeben.« Bentz blickte bitter hinüber zum Wald. »Und für was? Die Familien der Opfer trachten mir bis heute nach dem Leben, akzeptieren nicht, dass ich meine Schuld abgesessen habe. Und jetzt will ich einfach nur meine Ruhe.«

Nun, wenn Eva mit Geschädigten sprach oder mit Angehörigen, die ihr ganzes Leben mit der Trauer um einen geliebten Menschen leben mussten, der nie wiederkommen würde, relativierte sich jedes Mitgefühl mit dem Täter. Bei allem Verständnis für seine Situation.

Gerhard wischte mit dem Fuß über den moosigen Boden. »Wie lange wohnen Sie schon hier?«

»Die letzten Jahre. Wenn es zu kalt wird, ziehe ich für kurze Zeit wieder zu Bernd. Dalia, seine Frau, unterstützt mich und wäscht und kocht, dass ich nicht, wie sie sagt, verhungere und das Dorf doch noch das bekommt, was es will.«

Bentz verschwand hinter der Tür. Als er wieder auftauchte, hielt er ein aufgeklapptes Taschenmesser in seiner Hand. Sofort hatte Eva ihre Hand am Holster. Doch sie musste es sich eingestehen – es wäre zu spät gewesen, hätte Bentz sie wirklich angreifen wollen. Wieder zu spät.

Gerhard und Regina wirkten ebenfalls wachsam, doch für den Moment starrten alle auf Bentz' Rücken, denn der hatte sich schon wieder umgedreht und schien etwas hinter der Tür zu suchen. Spielte er mit ihnen?

Er wandte sich ihnen wieder zu, und nichts in seinem Blick deutete darauf hin, dass er sich etwas bei der Aktion gedacht hatte. Bentz lehnte im Türrahmen, in der einen Hand das Messer, in der anderen ein Holzstück, das im oberen Bereich bereits abgerundet war. Er beachtete sie nicht und begann, die Seiten des Holzstücks zu bearbeiten. Ritsch. Ratsch.

»Was wollen Sie nun von mir?«, fragte er in die Stille.

Eva löste ihren Blick von den Holzstückchen, die links und

rechts neben ihren Schuhen auf dem Boden landeten.«Wenn Sie hier wohnen, dann werden Sie viel im Wald unterwegs sein und kennen sich in der Gegend aus, oder?« Sie gab ihrer Stimme einen weichen Klang. Brücken bauen.

Bentz zuckte betont desinteressiert die Schultern, doch seine Augen durchbohrten sie. »Ein bisschen, natürlich.« Als ob er vermutete, dass sie es bereits wusste. Warum?

Eva rief sich die einfachen Waffen in Erinnerung. Er jagte. Bestimmt war der örtliche Jäger schon auf ihn aufmerksam geworden. Dachte Bentz, sie wüssten mehr über ihn? Es war das Beste, ihn darüber im Unklaren zu lassen.

Vielleicht kamen sie am schnellsten mit der Wahrheit weiter. »Es gab einen Mord in der Gegend, der … sagen wir, ungewöhnlich war. Ist Ihnen etwas darüber bekannt?«

Abwartend schaute Bentz in die Beamtenrunde. »Wissen Sie, eins hab ich mir geschworen. Ich werde kein Leben mehr nehmen. So sehr mir manchmal danach wäre.«

»In welchen Situationen wäre Ihnen denn danach?« Regina trat einen Schritt auf Bentz zu. Kein Meter trennte sie nun mehr von ihm, dem Holz und dem Messer.

Bentz machte einen Schritt zurück. »Was soll ich denn noch tun, dass Sie mir endlich glauben, dass ich mich geändert habe?« Das Schnitzmesser in seiner Hand zitterte.

Regina setzte nach und schob ihren Fuß in den Türrahmen. »Änderung, Herr Bentz, ist in Ihrem Fall nicht möglich. Das müssten Sie selbst ganz genau wissen. Wir müssten uns mal in Ihrer Hütte umsehen. Und brauchen Ihr lückenloses Alibi für die letzten zwei Wochen.«

Das Messer stand jetzt auf Bauchhöhe zwischen Bentz und Regina. Bentz' Gesichtszüge hatten sich wieder verhärtet, die Gläser seiner Brille waren beschlagen.

»Kommen Sie wieder mit einem Durchsuchungsbeschluss!« Sein Arm schoss nach vorn. Er erwischte Regina an der Schulter und stieß sie weg. Sie stolperte nach hinten. Die Tür schloss sich mit einem dumpfen Geräusch.

»Musste das sein?«, schimpfte Eva, als sie zum Auto zurückgingen.

»Das einzig richtige Vorgehen, wenn er sein wahres Gesicht zeigen soll.« Angriffslustig sah Regina sie an. »Das ist nicht der erste Psychopath, den ich erlebe. Aber der hat so was von Dreck am Stecken!«

»Ist das ein Messer im Bauch wert?«, ließ Eva weiter Druck ab.

Ein Eichhörnchen schaute alarmiert aus einem Haselstrauch heraus und suchte schnell wieder das Weite.

»Das Vorgehen bei unserem Toten ist ein ganz anderes als bei seinen Morden. Und sein Bruder gibt ihm ein Alibi«, gab nun auch Gerhard zu bedenken.

Gut, das Alibi war wohl hinfällig. Zumindest würden sie jetzt den Beweis benötigen, dass Holger Bentz wirklich über ein paar Tage am Stück bei seinem Bruder gelebt hatte. Was nicht sehr wahrscheinlich erschien. Und dann war Bernd Bentz ebenfalls dran, dafür würde Eva persönlich sorgen. Falschaussage, nur um das Bild aufrechtzuerhalten. Oder steckte mehr dahinter?

Sie kam nicht dazu, den Gedanken zu vertiefen, denn ihre liebe Kollegin ließ sich auf den Beifahrersitz fallen, als ob nichts gewesen wäre, und wischte die Erdklumpen mit einem Tuch von ihren Schuhen.

Auch ohne Reginas Provokation hatte sich Eva mehr von dem Gespräch versprochen. Aber was? Zu erfahren, was den Mann damals zu seinen Taten getrieben hatte, um besser mit dem absoluten Unverständnis umgehen zu können? Sie wusste aus ihrer eigenen Erfahrung doch selbst gut genug, dass Täter selten das Bedürfnis befiel, ihre Gedanken auf dem Silbertablett zu präsentieren. Geschweige denn, ihre Taten zu bedauern, sei es, weil sie sich selbst nicht mehr mit dem Geschehenen konfrontieren wollten, sei es, weil sie gute Lügner waren. Oder sei es, weil es ihnen schlichtweg egal war. Woher sollten sie selbst mit ihrem kaputten Verstand erfassen können, was sie getan hatten?

Nein, ihr war es um etwas anderes, weitaus Einfacheres gegangen. Die kleinen Details; Dinge, die dieser Mann ausdrückte, aber nicht sagte; winzige Facetten seines Selbst; Gesten, die mehr über ihn aussagten, als ihm lieb war. Wenn solche Dinge ihr Bauchgefühl komplettierten, hatte sie selten falschgelegen. Doch Bentz verbarg seine Emotionen vor der Außenwelt. Wer nicht in seine Seele sehen sollte, der kam nicht hinein.

Eva drehte den Zündschlüssel um. »Also wohnt Bentz hier und kommt ab und zu ins etwa acht Kilometer entfernte Haus nach Rotzell, um seine Wäsche machen zu lassen. Und was er hier so tut, bekommt keiner mit.«

»Bernd Bentz hat den Kollegen, der ihn angerufen hat, getäuscht. Es sollte wohl nicht bekannt werden, dass Holger nicht bei ihm, sondern hauptsächlich in dieser Hütte wohnt«, überlegte Regina.

»Jetzt macht mal kein Drama draus«, ließ sich Gerhard vom Rücksitz aus vernehmen. »Holger Bentz wohnt allein in einem abgeschiedenen Häuschen in einem Waldgebiet hinter Hinterbüchelberg, okay. Aber das macht er nicht, weil er höchst aggressiv wäre und sich verstecken will, damit wir ihn nicht wieder einkassieren und in Stammheim besuchen. Er hat sich dahin zurückgezogen, gerade weil er nicht wieder kriminell werden will.«

»Vermutlich hast du recht. In einer Siedlung wird es auf Dauer ein wenig eng, so kuschelig Wand an Wand mit einem Psycho.« Reginas Tonfall durchschnitt die Luft.

Eva ließ den Wagen langsam über den Feldweg zur Straße rollen. »Nicht weniger beängstigend finde ich allerdings die Reaktion der Anwohner. Es gibt einen Grund, warum Bürgerwehren meistens keine gute Lösung sind.«

»Vielleicht sollten wir seine Familie überprüfen, vor allem nach diesem Vorfall. Nicht, dass wir da etwas übersehen haben.«

Ein guter Gedanke von Gerhard. Eva beobachtete, wie ein Jäger seinen Defender am gegenüberliegenden Hang parkte, und fuhr noch etwas langsamer. Ob er Bentz kannte und vielleicht sogar beobachtet hatte, was er hier trieb? Das Auto war zu weit weg, als dass sie sein Nummernschild erkennen konnte, aber der Mann würde sich ermitteln lassen, sollten sie seine Aussage benötigen.

»Ihr macht einen Riesenfehler.« Regina schien absolut überzeugt. »Das falsche Alibi spricht doch Bände. Der Bruder, der ahnt was. Ich sage euch, dieser Holger Bentz wäre locker zu einem Mord wie dem an Alexander Kanze fähig. Ich bekomme nur die Taten noch nicht mit der aktuellen zusammen.«

»Weil es keinen Zusammenhang gibt. Die DNA ist eine andere, der Tathergang ein anderer. Bentz lebt allein, kein Hinweis auf weitere Personen, vor allem keine weibliche. Woher kommt dein Meinungsumschwung?«, fragte Eva. Schließlich hatte Regina ihn doch zuerst verteidigt.

»Jetzt, wo ich ihn gesehen habe ... dieses berechnende Verhalten, seine *Kunst* ... Aber ja, zugegeben, die Handschrift ist eine andere.« Sie klappte die Sonnenblende herunter und rückte näher an den Spiegel heran. »Gibt's da keine Beleuchtung?«

»Wir sind nur die Kriminalpolizei«, antwortete Eva und knipste das Beifahrerlicht an. Im letzten Dienstwagen hatte nur der Fahrersitz über einen Spiegel in der Sonnenblende verfügt; ein Umstand, über den es natürlich den einen oder anderen Witz im Kollegium gegeben hatte.

»Danke.« Die Kollegin spitzte die Lippen und zupfte an einzelnen Strähnen ihres kurzen dunklen Haars.

Bestimmt machte sie sich für Torben hübsch. Wie fand sie überhaupt die Zeit, sich zu verabreden? Eva schob den Gedanken an Tom weg und drückte so unsanft aufs Gas, dass die Reifen auf dem feuchten Grund durchdrehten, bis sie endlich griffen.

»Hast du's besonders eilig, von Bentz wegzukommen?«, fragte Gerhard von hinten. »Und – so ganz nebenbei – es handelt sich um die falsche Richtung.«

»Wir sind keine drei Kilometer vom Fundort entfernt. Lasst uns mal durch die umliegenden Orte fahren, vielleicht fällt uns etwas auf.«
»Denk dran, dass die Durchfahrt nach Wegstetten ...«
»... gesperrt ist, ja. Und warum kommt dann da ein Traktor aus dem Wald?«
»Keine Ahnung. Vielleicht sind sie ja doch schon fertig mit den Baumfällarbeiten.«
Eva schaute auf die Uhr. Ein bisschen Zeit konnten sie sich noch lassen. »Ich möchte ein Gefühl für die Umgebung bekommen.«
Nachdem sie den Wald verlassen hatten, erreichten sie Wegstetten, passierten die Kreisgrenze und ein paar kleine Weiler, um vor Laufen wieder ein Waldstück zu durchqueren. Bei Sulzbach bogen sie ab und fuhren eine Weile übers freie Feld.
Während sich Sonne und Wolken mit starken Böen und prächtigen Farbenspielen abwechselten, spürte Eva, wie sich ihr Puls langsam normalisierte. Das plötzliche Auftauchen von Bentz, das Aufblitzen des Messers. Pure Absicht, Bentz hatte sie erschrecken wollen. Aber Eva hatte sich auch erschrecken lassen. Sie und beide Kollegen. Eine Machtdemonstration nach der anderen. Und sie waren drauf reingefallen wie Anfänger. Wenn Bentz einen Angriff beabsichtigt hätte, sie wären ihm in die Falle gegangen.
Aber was hätten sie auch tun sollen, bei einer Routineüberprüfung? Unwegsames Gelände, unvorhergesehene Situation. Verstärkung. Doch hätten sie nicht mit Kanonen auf Spatzen geschossen? Sollte sein Genmaterial doch noch an der Leiche gefunden werden, denn alle Spuren waren noch nicht geprüft, dann war es zu spät. Der seltsame Eremit wäre über alle Berge, vermutlich schon jetzt, während sie ihre Kurven oberhalb seiner versteckten Behausung drehten.
Das Messer blitzte erneut vor ihrem inneren Auge auf. Kein gutes Zeichen. Musste sie sich wieder auf den immer gleichen Traum einstellen, wochenlang? Sie musste es ver-

dammt noch mal lernen, sich besser in den Griff bekommen. Aber dafür war wohl noch nicht genug Zeit verstrichen.

Die Psychologin hatte ihr ja vorgeschlagen, sich weiterhin krankschreiben zu lassen und zusätzliche Hilfsangebote anzunehmen. Nun ja, genau genommen hatte sie es ihr eher nahegelegt als angeboten. Zum Glück war sie gut genug darin, der Frau ausreichend geistige Gesundheit vorzuspielen, um wieder dienstfähig zu erscheinen. Zu Hause an die Wand zu starren war keine Alternative. Das hatte auch Björn nicht gutgetan.

»Ein Stück weiter hinten waren wir vor Kurzem mit den Jungs wandern«, erklärte Gerhard. »Da kommt man direkt zum Filgenbachwasserfall.«

Eva konnte sich nicht erinnern, schon einmal hier gewesen zu sein. Sie passierten ein paar kleine Orte auf der Strecke hinter Bühlerzell. Als sie durch einen kleinen Weiler fuhren, dessen rötliche Dächer im warmen Sonnenlicht schimmerten, lagen die Straßen wie ausgestorben da. Eva dachte unwillkürlich an einen Ausdruck aus der Schulzeit. Straßendörfer hatten die Orte geheißen, die um eine Hauptstraße herum entstanden waren. Lang gezogene Orte, die nicht sehr in die Breite gingen und oft nicht einmal einen Kaufladen ihr Eigen nannten, geschweige denn eine Apotheke oder einen Metzger. Ohne Auto war man hier auf dem Land aufgeschmissen. Wenn man Glück hatte, pendelte der Bus mehr als zweimal am Tag.

Im nächsten Ort, Lissenzell, waren die einzigen Personen, die sie zu Gesicht bekamen, ein älterer Mann, der seinen Pudel ausführte, und eine Bäuerin, die gerade dabei war, eine blaue Plane im Kofferraum eines Opel Combo auszubreiten. Eva verlangsamte etwas, warum wusste sie selbst nicht genau. Vermutlich, weil sie das Einzige waren, was es hier zu sehen gab.

Die Frau schaute herüber, und ihre traurigen Augen fingen Eva für einen kurzen Moment ein. Erstaunt wurde sich Eva bewusst, dass sie das Alter der Fremden im ersten Augenblick komplett falsch eingeschätzt hatte – kein Wunder bei der altbackenen Topffrisur und dem unförmigen Blaumann. Eine recht junge Frau, die vermutlich auf dem Hof der Eltern mitarbeitete. Oder sie hatte den Hof schon übernommen, um die Arbeit der Eltern fortzuführen, und weiter hinten auf dem Grundstück sprangen die Kinder um alte Traktoren herum?

Unwillkürlich fühlte Eva sich an die Talhof-Oma und die Ferien ihrer eigenen Kindheit erinnert, als sie zwischen Hühnern und Kühen und inmitten ihrer Cousins und Cousinen in den viel zu großen Gummistiefeln von Opa herumgestapft war und sich nichts Schöneres hatte vorstellen können als das Leben auf einem Bauernhof. Dass ihre Eltern in der Stadt wohnten, hatte ihnen die kleine Eva furchtbar übel genommen und immer wieder auf einen Umzug gedrängt. Und dass die Großeltern ein paar Jahre später niemanden fanden, der den Hof übernahm, hatte sie erst recht nicht verstanden. Mit ihrem Taschengeld hatte sie ihn trotzdem nicht kaufen dürfen. Sie lächelte und gab wieder Gas.

»Auf jedem einzelnen Hof hier steht ein Geländewagen oder ein Kombi. Das verwaschene Reifenprofil vom Tatort bringt uns aber leider wenig«, brachte Gerhard sie zurück in die Realität.

***

Den Abend verbrachte Eva allein auf dem Sofa. Gerhard, der Kavalier, hatte sie nach Hause gefahren, obwohl er mit seiner Familie bei Ellwangen wohnte. Die Bahnverbindung nach Aalen war zwar sehr gut, und Eva hätte den Zug dem Auto gern vorgezogen, aber erstens waren da die unberechenbaren Arbeitszeiten und zweitens musste man vom Bahnhof Aalen durch die halbe Stadt, um zum Präsidium zu kommen, das auf der anderen Seite der Bundesstraße gelegen war.

Sie schaute aus dem Fenster auf die leuchtende Stadt, bis es draußen so dunkel war, dass sie nicht einmal den Fünfknopfturm mehr erkennen konnte. Wie immer in letzter Zeit, es sei denn, sie kam so spät nach Hause, dass sie gleich ins Bett fiel. Sie bestellte sich eine Pizza, schaute hin und wieder aufs Handy und beschloss, lieber nach einer neuen Serie als nach einem neuen Freund Ausschau zu halten. Fernsehprogramm und Mediatheken gaben allerdings nichts Interessantes her. Vermutlich lag es eher an ihrer Stimmung als an der Auswahl, dass sie nichts Passendes fand.

Was wohl Gerda so machte? Eva hatte ihre alte Schulfreundin das letzte Mal zu Ostern gesehen, den Kindern im Regen kleine Osternestchen unter den duftenden Büschen versteckt, während Gerda sie mit Handyvideos ablenkte.

Eva schickte ihr eine Nachricht. »Lust auf ein Glas Wein?« Sofort zugestellt. Doch die Haken blieben grau. Gerda meldete sich nicht, auch nicht nach einer Stunde, als die Pizza, dick belegt mit Mozzarella und Rucola wie immer, schon lang in Evas Magen lag. Und das bei Gerda, die als Pressesprecherin einer örtlichen Hilfsorganisation eigentlich immer die Hand am Drücker hatte. Abends war sie in letzter Zeit schwer zu erreichen, und dafür gab es seit ihrer Trennung von Marc eigentlich nur einen Grund. Bestimmt war sie mal wieder selbst eingeschlafen, als sie die Kinder ins Bett brachte.

Eva zog sich eine Decke über die Füße. Bevor sie noch wegdöste, nahm sie lieber das Buch über historische Diebinnen zur Hand, das ihr die liebe Frau Schloh auf den Tisch gelegt hatte. Doch ihre Augenlider drückten gnadenlos nach unten. Also schaltete sie den Fernseher wieder an.

Gerade lief mal wieder die »Big Bang Theory«, es ging um Flaggen. Die Folge hatte Eva schon gesehen, doch sie brachte sie immer noch zum Schmunzeln. Dabei hatte sie allein im letzten Monat vier neue Bücher gekauft. Und einen Netflix-Account. Trotzdem schaute sie wieder dieses ewig Gleiche. Wer machte das noch? Ein paar Leute musste es ja geben, sonst würden die Folgen zur besten Sendezeit nicht in Dauerrotation laufen. Die Erkenntnis ließ nicht lange auf sich warten: Leute wie Eva.

Der Gedanke verbesserte ihre Stimmung nicht gerade, und

so begann sie, lustlos durch die Profilbilder ihrer Handy-Kontakte zu scrollen. Wer keine Zeit hatte, Freunde und Familie zu treffen, bekam wenigstens so mit, was im Leben der anderen passierte. Pauls Bild zeigte eine Torte mit lila Einhorn. Kindergeburtstag. Sein Status: »Walking Dad«. Amelie hatte wie immer einen coolen Spruch eingestellt: »Ihr findet mich im Kaum-Zeit-Kontinuum.« Christian ein Schwarz-Weiß-Bild eines kahlen Baumes und den Spruch: »Viel zu früh«. Wer da gestorben sein mochte? Maik postete die Nahaufnahme einer Tasse, vermutlich ein aktuelles privates Projekt. Der Mann konnte noch eine Klorolle so fotografieren, dass sie interessant war. Gut, dass er als Polizeifotograf nicht seine beruflichen Bilder zeigte. Karola postete wie üblich Esoterisches. »Wenn dein Karma dich im Stich lässt ...« Eva las nicht weiter, einen Küchenkalender hatte sie selbst. Oh, Gerda hatte ja auch was Neues. Ein Wolkenherz? Was bedeutete das denn? Der erste Bildwechsel seit mindestens einem Jahr.

Mit einem Kloß im Hals scrollte Eva weiter, bis sie zu Toms Profilbild kam. Auch er hatte ein anderes eingestellt. Viel war nicht zu erkennen von ihm unter seinem schwarzgrünen Radhelm. Er achtete darauf, im Web nicht zu viel von sich preiszugeben. Aber diesen frechen, fast provokanten Blick unter fast geraden Augenbrauen, den konnte er nicht verstecken. Wo war das Foto entstanden? Im Hintergrund spiegelte sich der Himmel in einem See. Was er gerade wohl machte, ob er schon wieder mit einer anderen anbandelte?

Evas Finger verharrte über dem Textfeld. Blödsinn, ihm jetzt zu schreiben. Er hatte ihr klar zu verstehen gegeben, dass sie ihm zu unzuverlässig war. Wenn sie jetzt zu Beginn schon dauernd absagen musste, wie sollte das erst weitergehen? Jeder weitere Kontaktversuch wäre nur ein Hinauszögern des unvermeidlichen Abschieds. Es passte halt nicht, Tom mit seinen geregelten Büro-Arbeitszeiten und auf der Suche nach einer Freundin »zum Pferdestehlen«, wie er es formuliert hatte. Sie mussten ja erst mal einen Termin zum

Pferdestehlen vereinbaren – und der verschob sich dann vermutlich auch wieder.

Erneut suchte ihr Finger das Textfeld. Nein. Am besten, Eva stand ihm nicht im Weg bei der Suche nach einer zuverlässigen Freundin mit normalen Arbeitszeiten. Tom blieb bestimmt nicht lang allein.

Sie legte das Handy aus der Hand und zappte sich durch die Programme. Auf einem der Privatsender lief dieser uralte Schinken, »Legenden der Leidenschaft«, und so heulte sich Eva mit einer Flasche Rotwein statt mit Gerda eben mit Julia Ormond durch den Abend.

Wenn Willner oder die toughe Regina sie so gesehen hätten, es hätte ihre Position im Team zweifellos nicht gestärkt. Was der Chef an Regina nur fand? Die wiederum knutschte jetzt zweifellos mit diesem Schnittchen Torben herum. Eva goss sich einen großen Schluck des fürchterlichen Weins nach, während auf dem Bildschirm der Abspann abrupt endete und in eine quietschpinke Werbung überging.

Ins Bett gehen? Nein. Sie schaltete weiter zu einer Talkrunde, bei der sich mal wieder alle ins Wort fielen. Es gab keine bessere Sendung, um an Ort und Stelle einzuschlafen.

FÜNF

Liebevoll streichelte sie über seine Schläfe. Sie schob eine blonde Strähne hinter sein Ohr, doch die sprang gleich wieder hervor. Als ob er noch nicht bereit wäre, seine Rolle einzunehmen. Kurz hielt sie inne. Sie musste sich die Zeit nehmen, das war sie ihm schuldig. Sie würde sich jede erforderliche Zeit der Welt nehmen. Und so wiederholte sie den Vorgang. Einmal, zweimal, bis die widerspenstige Haarsträhne endlich blieb, wo sie hingehörte.

»Mein Prinz«, hauchte sie. Ihre Finger nahmen die ursprüngliche Spur wieder auf, folgten den Wangenknochen, spürten die Unebenheit der winzigen Bartstoppeln und fuhren schließlich seine sanft geschwungenen Lippen nach.

Wie schnell er kühl geworden war. Seine Augen waren geschlossen, die Wimpern so lang und dunkel, dass sie zu seinem hellen Haar fast unecht wirkten. Der Gesichtsausdruck entspannt, friedlich. In Utes Hals drückte ein Knoten. Nein, sie würde nicht heulen.

Es war die richtige Entscheidung gewesen. Er hatte im Leben nicht begriffen, dass es auf die inneren Werte ankam. Nun hatte er im Jenseits Gelegenheit dazu. Simon würde sich nicht mehr mit Gewissensentscheidungen belasten müssen, mit seinem von außen manipulierten Hirn. Musste nicht mehr schön finden, was man ihm von außen diktierte. Er hatte ja nicht einmal bemerkt, dass er seine Entscheidungen nicht selbst traf. Er hatte ihr nicht offen gegenübergestanden, obwohl sie doch dieselbe Person war, die ihm die Briefe geschrieben hatte. Nein. Keiner der Männer merkte das. Sie rückte die Schale mit Quellwasser heran und tauchte den weißen Lappen hinein.

Nun war seine Seele frei. Frei von Missverständnissen, frei von falschen Einschätzungen, die zu treffen ihn seine Umwelt gelehrt hatte. Nun konnte er Neues lernen. Mit Sicherheit würde er verstehen. Seine Seele würde bald die Ruhe gefunden haben, um die Wahrheit zu erkennen. Wie die Seele Leanders in »Dark Dragons«. Genau wie er würde Simon sein Verhalten bereits bereuen.

Bald würde auch Ute frei sein. Und dann war es an ihm, ihr zu zeigen, ob er sie in der Zwischenwelt endlich erkannte. Er oder Alex. Alexander. Kein einziges Mal hatte sie seit seinem Tod von ihm geträumt. Er schickte ihr keine Nachricht. Das war ein schlechtes Zeichen.

Mit Simon würde es anders werden, das spürte sie. Ute und er, in Ewigkeit vereint. Dafür brauchte es nur noch einen Schritt, wie ihn Loana von Alastyr gegangen war, die sich die Felsenklippen von Utrea hinuntergestürzt hatte. Für Leander. Diesen einen, letzten Schritt zu gehen, dazu hatte sie noch nicht den Mut gehabt. Loszulassen hatte Ute sich einfacher vorgestellt.

Es war unmöglich, hier in dieser Welt eine verwandte Seele zu finden. Immer und immer wieder spürte sie das. Und die Wunden wurden über die Jahre tiefer. Sie verheilten nicht mehr. Dieses Hoffen, Jahr um Jahr, ein Mann würde sich für sie entscheiden, ihr helfen, aus diesem beschissenen Leben hier auf dem Hof zu fliehen, auf dem es Tag und Nacht nach Schweinemist stank. Wenn überhaupt, dann nutzten sie Ute nur aus. Es war alles vergebens. Auch wenn es schwerfiel, sich dies einzugestehen.

Das Wasser aus der Quelle war klar und kalt. Es schmerzte an ihren rissigen Fingern, aber mit Schmerz konnte sie umgehen. Sie war Kälte gewohnt. Der Lappen arbeitete sich über Stirn, Wangen, Hals und Brust bis hin zu den schönen Händen vor. Simons Finger waren lang, die Haut weich und ohne Hornhaut. Eine feine Staubschicht hatte sich auf seinem Körper abgesetzt, obwohl er doch erst seit gestern hier lag.

Sie schraubte einen Tiegel auf und beugte den Kopf darüber, um den feinen Rosenduft einzuatmen. In diesem Moment drückten Tränen in ihre Augen. Trotzig wischte Ute sich mit dem Ärmel ihres Arbeitshemds übers Gesicht. Es gab keinen Grund, traurig zu sein. Sie würden sich wiedersehen, schon bald. Leander und Loana. Leise begann sie zu summen, stellte sich die Harfenklänge vor, die auf Loanas Begräbnis erklungen waren. Diese verdammte Trauer hatte nichts verloren in ihrem Kopf.

Und doch ließ sie sich nicht mehr vertreiben. Simon, du Dummkopf. Wir hätten ein Leben haben können, hätten glücklich werden können miteinander. Da lag nun dieser starre Körper, und sie spürte ihn nicht. Alexander hatte sie noch lange gefühlt, seine Seele hatte im Raum gewartet. Er hatte sie beobachtet, als sie ihn hergerichtet hatte. Deshalb hatte Ute es auch nicht verstanden, dass er aus dem Totenreich keinen Kontakt mehr gesucht hatte.

Für diese Zeichen musste man empfänglich sein. Gern hätte sie Simon noch ein paar Tage bei sich behalten und ihn immer wieder besucht, ihm durch die Haare, über die kalte Wange gestreichelt, seine geistige Gegenwart gespürt. Aber er war nur noch eine Hülle, und die warme Sommerluft würde seinen Körper verändern, genau wie sie den von Alexander verändert hatte – und die der Schweine, die auf dem Hof hin und wieder verendeten. Aber die konnten sie wenigstens in Truhen kühlen, bis der Veterinär kam.

Auch die Rosencreme würde den Geruch nicht überdecken können. Ute musste die Erinnerung an ihren Prinzen im Herzen behalten. Konservieren konnte sie sie nicht.

Doch wie sollte das mit dem Erinnern funktionieren? Bei Alexander hatte es nicht geklappt, schmerzhaft schnell hatte sie begonnen, ihn zu vergessen. Obwohl sie es nicht gewollt hatte und es ihr vorgekommen war wie Verrat.

Wie sicher war sie sich gewesen, sie würde nach der Enttäuschung mit ihm keinem weiteren Mann schreiben. Sogar dass sie ihm schnell folgen wollte, hatte sie vergessen. Nein, nicht vergessen, aber es war ihr nicht mehr wichtig erschienen. Die Gefühle verblassten schnell, erschreckend schnell. Das alles war nur geschehen, weil er sie nicht mehr besucht hatte. Weil er im Totenreich offensichtlich gut ohne sie klarkam.

In kreisenden Bewegungen begann Ute, die Creme auf Simons kühlem, festem Gesicht zu verteilen, auf der Brust, den Schultern, der Hüfte, den Armen, so gut es ging auch auf dem Rücken. Dann knöpfte sie sein Hemd wieder zu. Seine Hände würde sie im Wald ineinanderlegen, wenn sie nicht mehr starr waren. Blumen waren jetzt im Juni im Garten und auf jeder der umliegenden Wiesen zu finden. Die Blumenrätsel bei »Dark Dragons« hatten ihr gefallen, Ute hatte sich jedes notiert, und nun würde sie sehen, welche Blüten zu Simon passten. Baurabüble vielleicht. Sie wuchsen noch auf den Wiesen, und die kleine Hyazinthe stand laut Blumenrätsel für Frieden und Schönheit, aber auch für Stolz. Für seinen falschen Stolz.

Sie zögerte kurz, dann griff sie in ihre Jackentasche. Wo war es denn? Ach ja, hier.

Sie wickelte das Goldband aus dem Butterbrotpapier. Richtig stabil war es diesmal geworden. An der dicksten Stelle lagen vier Schichten übereinander. Mit leichtem Stolz zog sie es glatt. Das Muster war aufwendiger als das letzte. Sie hatte gefühlt, dass sie es Simon schuldig war. Er war keiner der Schlechten gewesen, er hatte sich einfach von den falschen Dingen beeinflussen lassen.

Sie kämmte Simons blondes Haar ein letztes Mal und legte den Kamm dann zur Seite. Den festen Nylonfaden hatte sie in der braunen Ledertasche des Tierarztes gefunden, als er letztes Mal auf dem Hof war, um nach den kleinen Ferkelchen zu schauen. Die dicke, gebogene Nadel hatte sie auch gleich herausgenommen. Eine solche hatte er einmal verwendet, als eine Fleischwunde bei einem Tier zu nähen gewesen war. Ute kappte den Faden mit einem Nagelknipser und zog ihn durch das erstaunlich breite Nadelöhr. Vermutlich war es am einfachsten, wenn sie die Nadel an den Spitzen der Krone ansetzte.

Nein, wie würde das denn aussehen? Dieses Band war ihr so gut gelungen, da konnte sie jetzt nicht anfangen zu schlampern. Bei der ersten Krone hatte sie noch geübt, sich eine Idee aus »Dark Dragons« zum Vorbild genommen, als dem alten König Rulo seine Krone mit Nägeln in den Kopf getrieben worden war, um seinen Stand im Jenseits zu behalten. Unschön, zugegeben, aber die Symbolik, dass die Insignien über seinen Tod hinaus mit ihm verbunden bleiben sollten, hatte zugleich etwas Wunderschönes, Ewiges.

Endlich fand sie die kleine Stelle am unteren Rand der Krone, an der die Borte nur einmal überlappte. Hier würde es gehen. Mit einiger Anstrengung schob Ute ein Brett unter Simons Rücken und ein Holzscheit unter seinen Nacken. So würde sie besser an seinen Hinterkopf gelangen können. Verdammte Totenstarre. Bei Alexander hatte es viel länger gedauert, bis sie einsetzte.

Ute hielt einen Moment lang inne, als sie die Nadel ansetzte. Hoffentlich blutete er nicht. Letztes Mal war es eine ziemliche Sauerei gewesen. Sie hatte nicht mehr sehen können, wohin sie stechen musste. Doch zum Glück war das Haar dunkel gewesen, da fiel das getrocknete Blut nicht mehr auf. Die Spuren waren immer noch auf der festgetretenen Erde des Scheunenbodens zu sehen. So wie früher, als der Großvater bei der Jagd die Rehe im Keller zum Ausbluten aufgehängt hatte. Zum Glück kam ihr Vater nicht mehr hierher, seit seine Hüfte kaputt war.

Überhaupt, warum Alexander geblutet hatte, verstand Ute nicht. Wenn ein Schwein tot war, blutete es doch auch nicht mehr. Bestimmt war es ein Zeichen gewesen, zusammen mit der späten Totenstarre. Ja, sie war sich sicher. Das letzte, das sie von ihm erhalten hatte.

Fast war Ute etwas enttäuscht, dass Simon nicht blutete. Sie schob Daumen und Zeigefinger zusammen und drückte so die entstandene Wulst unter dem feinen, hellen Haar nach oben. Die Nadel schob sich widerstandslos in die weiche Kopfhaut und trat wieder heraus, ohne dass mehr als ein kleines, eher klumpiges Tröpfchen Lebenssaft hervorquoll.

Als sie ihre Arbeit beendet hatte, blieb sie noch lange sitzen und sah ihn an. Wie ruhig er dalag. Wie eine lebensgroße

Puppe. Simon würde seine Entscheidung bereuen, Ute nicht beachtet zu haben. Seine Seele würde im Tod verstehen, dass sie zusammengehörten. Ein Zeichen des Lebens im Tod, vielleicht schickte er es ihr schon heute Nacht. *Ich warte auf dich.*

Schließlich beugte Ute sich über ihn und drückte ihm einen sanften Kuss auf die festen bläulichen Lippen. »Bis bald, mein Prinz. Ich lass dich nicht lange warten.« Diesmal nicht.

Die blaue Plane legte sie neben ihn. Die würde sie morgen brauchen.

Als sie die Scheune abschloss, war es plötzlich da. Dieses leise Gefühl, dass sie beobachtet wurde. Die Äste der hohen Buchen wiegten sich in einem leichten Wind. Sie drehte sich um. Nein, da war niemand, absolut nichts. Und doch, etwas Lauerndes, Gieriges lag in der Luft. Sie konnte es spüren. Christof? Dieses Herumspionieren hätte zwar zu ihm gepasst, aber er war um diese Uhrzeit bei der Arbeit.

Ute drehte sich um, doch der Wald jenseits der Wiese lag still wie immer. Jetzt bemerkte sie auch den Mäusebussard, der auf halber Strecke zur Straße reglos auf einem Pfosten saß und in der Hoffnung auf eine leckere Maus das hohe Gras taxierte. Wahrscheinlich hatte sie die Präsenz des Vogels gespürt. Ute fühlte sich, als ob sie Gespenster sah, seit der Wagen mit den seltsamen Leuten vorhin am Hof vorbeigefahren war. Die Frau hinterm Steuer hatte Ute angestarrt, als wollte sie sie durchleuchten.

***

Holger Bentz schob seinen Arm durchs Gestrüpp und zerteilte die eng verzweigten Ästchen vorsichtig, sodass er durch den Busch schauen konnte, ohne selbst gesehen zu werden. Ein leises Gefühl des Triumphs schlich sich ein.

Am Vortag hatte er es noch für Glück gehalten, das Mädchen hier zu treffen. Sie war gerade dabei gewesen, die Scheune abzuschließen, und hatte allein bei diesen wenigen

Handgriffen eine Heimlichkeit an den Tag gelegt, die ihn magnetisierte.

Und heute war sie wieder hier. Also konnte er sich nach all den Jahren wieder auf seinen Instinkt verlassen. Sich endlich wieder auf sich selbst verlassen. Die Zeit hier draußen war wichtig gewesen, sie hatte ihm sein Bauchgefühl zurückgegeben. Die Zeit und der Verzicht auf seine Medikamente, die ihn abstumpften und zu einem jämmerlichen Rest seiner selbst machten. Gut, zugegeben, auch der Hunger hatte seinen Teil dazu beigetragen. Manchmal fing er tagelang keine größeren Tiere, hatte nichts zu jagen außer dem einen oder anderen Eichhörnchen, an dem nichts dran war außer Sehnen. Er kehrte trotzdem nicht in die Siedlung zurück, und darauf war er stolz. Der letzte Winter war hart gewesen, doch die Askese rückte viele Dinge in seinem Kopf wieder an den richtigen Platz, brachte Klarheit. Und es gab vieles, das man essen konnte, wenn man sich einmal überwunden hatte.

Auf der anderen Seite der Wiese stieg das Mädchen aus dem Auto, schloss die Tür, drehte sich dann um und sah herüber zum Wald. Herüber zu ihm, wie gestern. Seine Erregung äußerte sich in starkem Herzklopfen, als ihr Blick sein Versteck traf. Ein Moment verging, dann drehte sie sich wieder um. Sie fühlte ihn. Sie hatte ihn auch gestern schon gefühlt. Ein gutes Zeichen. Er musste sich zurückhalten, um nicht aus seinem Versteck hervorzubrechen und sich zu erkennen zu geben. Sich jetzt zu verraten konnte mehr Schaden anrichten als nutzen. Er hatte Zeit. Er konnte sie auch so kennenlernen. Sogar viel besser.

Bentz beobachtete, wie sie hastig die Scheune aufschloss und darin verschwand. Einen Moment später öffnete sich die Tür wieder, und sie kam langsam rückwärts heraus, in gekrümmter Haltung. Sie zog etwas, das lang, schwer und groß war. Und fest. Dieses Etwas war in blaue Plane gewickelt. Sein Bauch krampfte zusammen. Endlich. Was für eine Fehleinschätzung hatte er beim letzten Mal getroffen.

Er jagte gern hier an diesem Feldrand, hier war die Suche nach einem Stück Fleisch, einem Feldhasen oder einem Raubvogel oft erfolgreich, hier konnte er sie leicht und ungesehen mit seiner Schleuder erlegen. Schon einmal hatte das Mädchen etwas aus der Scheune transportiert, doch er hatte nicht rechtzeitig reagiert, hatte es nicht verstanden. Nicht einmal, als er den ersten Toten gefunden hatte, hatte er ihn mit ihr in Verbindung gebracht. Wie ein Anfänger. Einer von den *Normalen*. Er hatte ihre Spur verloren, sie für unwichtig gehalten. Bis gestern.

Ihr Zauber war von einer anderen Welt. Dass es eine wie sie gab, hätte er sich in seinen kühnsten Träumen nicht vorstellen können. Er schob das Gebüsch noch weiter zur Seite, um besser sehen zu können, was sie da tat; um *sie* besser sehen zu können. Gut, eine Schönheit war das Mädchen nicht mit ihrem stumpfen mausbraunen Haar und den fleischigen, geröteten Wangen. Aber letztendlich ging es um andere, tiefere Dinge. Wer wusste das besser als er?

Angst, dass jemand sie entdeckte, schien sie jedenfalls nicht zu haben. Sie beeindruckte ihn. Sogar der Dümmste, der zufällig diese einsame Straße entlanggekommen wäre, hätte sofort geahnt, was da unter der Plane verborgen lag, die sie jetzt hinter dem Kofferraum ablegte. Zumal die schwarzen Schuhe des Mannes aus dem Plastik hervorragten.

Er musste einfach hinüber zu ihr, er konnte nicht … Sein Puls hämmerte, er atmete heftig. Wann hatte er diese Begeisterung zum letzten Mal gespürt? Befreiend. Inspirierend. Hatte er sie überhaupt jemals gespürt? Wer immer dieses Mädchen war, sie brachte das Leben in ihm zurück. Er musste sie kennenlernen.

Als sie den Kofferraum öffnete und sich nach der Gestalt unter der Plane bückte, war er bereit, sich zu offenbaren. Mit Sicherheit brauchte sie Hilfe bei ihrem Vorhaben. Zwar schien sich die Totenstarre bereits gelöst zu haben, aber so würde sie den Mann nie und nimmer in den Kofferraum hieven.

Die Äste des Busches schnappten zurück. Der Zweifel

ließ ihn innehalten. Sie würde nichts anderes als einen Feind in ihm sehen, der sie bei der Beseitigung einer Leiche überraschte. Mit Sicherheit würde sie alles abstreiten, ihn abweisen. Er musste sie auf einem anderen Weg, zu einem anderen Zeitpunkt kennenlernen. Auch heute würde er das Mädchen wieder nur beobachten können.

Ein Lastwagen fuhr vorbei. Sie ging zur Scheune und kehrte mit einer Schubkarre zurück, ohne auch nur den Blick zu heben. Kaltschnäuzig, perfekt. Immerhin, sie wusste sich zu helfen. Er beobachtete, wie sie den Leib auf die Karre wuchtete und auf die Ladekante kippte. Ein Arm hing heraus. Sie schob ihn zurück. Das blecherne Knallen des Kofferraumdeckels hallte über die Wiese.

Was hatte sie nun vor, wohin wollte sie fahren? Was hatte sie getan? Und vor allem: Wie hatte sie es getan? Seine Beine wollten nicht mehr stillstehen.

Der Motor hustete beim Start. Ihm blieb keine Zeit mehr, ihr weiter zuzusehen. Zweige klatschten gegen sein Gesicht, als er sich umdrehte und auf die Anhöhe kletterte. Von hier aus würde er den Verlauf der Straße im Blick behalten können. Zu Fuß blieb ihm ein kleiner Vorteil, während sie erst umständlich um den Berg herumfahren musste. Die einzige andere Möglichkeit war, am Bach rechts abzubiegen. Und da würde sie in Zimmerberg herauskommen und übers Feld fahren. Er hoffte, dass sie nicht diese Strecke wählen würde. Das war doch viel zu riskant, und für so dumm hielt er sie nicht. Aber wo blieb ihr Wagen?

Er war sich schon fast sicher, dass sie doch abgebogen war, da tauchte der blaue Kastenwagen hinter einer Kurve auf. Schon war ihr Gesicht hinter der Windschutzscheibe zu erkennen. Er war außer Atem, und das lag nicht nur am Aufstieg. Richtig geraten. Wohin würde sie den Mann jetzt bringen? Nach Hause?

Wo sie wohnte, wusste er nicht, aber es erschien ihm auch unwahrscheinlich, dass sie dort hinfuhr. Vielleicht hatte sie vor, den Toten in den Steinbruch drüben in Fronrot zu kippen? Nein. Sie würde mit dem Mann genau das Gleiche machen, was sie mit dem ersten gemacht hatte.

Er hatte darüber nachgegrübelt, wer zu solch einer Tat fähig war, als er ihr erstes Opfer zufällig auf einer Jagdfährte gefunden hatte. Doch dann waren Wanderer gekommen und kurz darauf die Polizei. Und ihm war keine Zeit geblieben, mehr Informationen zu sammeln. Dass es dieses Mädchen gewesen sein sollte, darauf wäre er nie gekommen. Nun war er sich sicher; es konnte niemand anders als sie gewesen sein.

Es war das Zeichen einer höheren Macht, dass er sie so rasch nach der ersten Tat gefunden hatte. Ein Kribbeln lief über seinen Körper. Mit etwas Glück würde er erfahren, was sie mit ihren Opfern machte. Sie würde ihr Geheimnis preisgeben, ohne es zu wissen.

Der blaue Combo passierte sein Versteck und folgte der sich windenden Straße im Hang in gemächlichem Tempo. Schon wurde der Wagen kleiner, und er spürte leise Verzweiflung. Wenn sie jetzt geradeaus fuhr, hatte er sie verloren. Dann wollte sie hinaus aufs Feld. Setzte sie gerade den Blinker? Auf diese Entfernung konnte er es nicht erkennen.

Tatsächlich, sie bog links ab und folgte der steil abfallenden Strecke. Er gab sein Versteck auf und hetzte über das kurze Stück Wiese in Richtung Wald. Er würde auf dem schmalen Grat warten, damit hätte er sie trotz der Kurven im Blick, sollte ihr Ziel nicht doch ganz woanders liegen. Aber bisher hatte er Glück gehabt. Wenn sie in diesem Gebiet blieb, hatte er gute Chancen. Er kannte das Gelände inzwischen in- und auswendig. Zu beiden Seiten führten Wirtschaftswege bis weit in die bewaldeten Täler. Vor Kurzem waren zudem bei Hangarbeiten Bäume entfernt worden, sodass er ihr Auto immer wieder zwischen den gelichteten Stämmen auftauchen sah.

Und doch schien ihr Ziel ein anderes zu sein, denn das Auto fuhr weiter, statt zu verlangsamen. Bentz zog den Parka enger um seinen hageren Leib und begann loszulaufen, über Wurzeln und Erdklumpen, über niedriges Gestrüpp immer weiter den Berg hinunter zu seiner Hütte, die er in diesem Tempo in etwas mehr als einer Viertelstunde erreichen konnte. Er musste eine andere Chance ergreifen. Die nächste. Wenn es sie gab.

Mit einem Mal nahm er eine flüchtige Bewegung zwischen den Baumkronen weiter unten im Tal wahr. Hoffentlich nicht schon wieder der Förster, der kam ihm zurzeit etwas zu oft in die Quere. Es musste in etwa die Höhe sein, auf der er Bodenfallen versteckt hatte. Nicht auszudenken, wenn der die fand. Mit vorsichtigem Schritt näherte er sich. Nein, es war nicht der unliebsame Defender, der ihn schon manchen Jagderfolg gekostet hatte. Sein Herz setzte einen Schlag lang aus. Der Combo! Er hatte sie wiedergefunden.

Langsam holperte das Fahrzeug über den Wirtschaftsweg, die Scheinwerfer ausgeschaltet, obwohl es finster war in den schattigen Niederungen des Tals. Er konnte einem Wildwechsel folgen und so wertvolle Minuten gutmachen. Wohin wollte sie denn? Hatte das Mädchen keine Angst, dass der Förster sie erwischte? So spät am Nachmittag wäre das nicht ungewöhnlich.

Bentz keuchte und beschleunigte weiter, bis er nur noch ganz knapp einem Stein ausweichen konnte. Langsamer, er hatte Zeit. Von dort unten aus konnte sie nicht einfach verschwinden, sie würde umdrehen müssen.

Als die Wildspur ein Stück weit auf einer Geraden verlief, hatte er den Wagen endlich eingeholt. Wie gut, dass er dem Weg gut fünfzig Meter höher folgte. So würde sie ihn nicht sehen.

Ein Motorrad bretterte unten um die Kurve, das Knattern hallte durchs ganze Tal. Dieses Mädchen besaß Schneid, am helllichten Tag hierherzufahren, um einen Toten abzuladen. Wieder verlangsamte der Wagen und bog in einen Seitenweg ab. Wusste sie eigentlich, wo sie war? Mit dem Auto würde sie hier nicht weiterkommen. Doch offensichtlich hatte sie das auch nicht vor, denn der Wagen stoppte abrupt, dann ließ sie ihn ein Stück zurückrollen, als ob sie etwas suchte. Vielleicht einen Weg. Wusste sie womöglich noch gar nicht so genau, wo sie hinwollte?

Er schlich noch ein wenig näher heran, bis unter seiner festen Sohle ein Tannenästchen knackte. Verräterisch. Zum Glück war er noch weit genug weg, und sie öffnete gerade die Autotür. Er würde sein Glück nicht überreizen. Die Zeit war noch nicht gekommen, sich zu offenbaren.

Entrückt beobachtete Holger, wie diese starke junge Frau den Toten aus seiner Plane wickelte und über den Waldboden bis zu einer Farnansammlung zog. Immer wieder strich sie ihm übers Haar und holte dann eine Tüte aus dem Kofferraum. Dabei stimmte sie einen seltsamen Singsang an, als ob sie alle Zeit der Welt hätte und keiner sie hier finden könnte.

Jedem anderen hätten ihr Blick, die zusammengekniffenen Lippen, ihre kalte Entschlossenheit Angst gemacht. Aber nicht ihm. Wie hatte sie es getan, was hatte sie nun vor?

Sie wanderte wie zufällig neben dem Weg herum, schaute den Berg hinauf, drehte sich dann in Richtung Tal, einmal sah sie auch genau in seine Richtung. Schließlich richtete sie den leblosen Körper aus und legte die Hände des Toten übereinander. Dann kniete sie vor seinem Leichnam nieder, um ihm Blumen auf den Leib zu legen.

Das Glücksgefühl, das er so lange unterdrückt hatte, wurde übermächtig. Genau in diesem Moment wurde er Zeuge eines neuen Rituals. Ihres Rituals. Bilder des Toten und Bilder von früher vermischten sich vor seinen Augen, und sein Mund wurde trocken.

Sie würden viel voneinander lernen.

SECHS

Mittwoch, viertel vor sieben. Eva rieb sich die Stirn. Verdammte Kopfschmerzen. Und verdammte Klapperkiste, die wieder mal nicht angesprungen war, obwohl sie die Batterie erst gewechselt hatte. Vor Weihnachten. Oder war es Weihnachten vor zwei Jahren gewesen? Zum Glück gab es Nachbarn, die den Tag hinter dem Vorhang verbrachten. Und dieser Nachbar von gegenüber, Eva wusste seinen Namen nicht, war im Besitz eines Starterkabels und liebenswürdigerweise gleich zu ihr heruntergeeilt. Dafür wusste er nicht mehr, wie man es benutzte – die Sehkraft des älteren Herrn schien nicht die beste. Zum Glück hatte er so ihre verweinten Augen auch nicht wahrgenommen.

In Nullkommanichts war ihr Fiat wieder startklar, der einzige Lichtblick an diesem mistigen Tag. Der ältere Herr beschloss, jetzt, wo er schon mal auf der Straße war, mit seinem Mercedes 280 E einkaufen zu fahren, da das Auto ja schon so lange ungenutzt in der Garage stand. Als Dank für die nachbarschaftliche Hilfe formulierte Eva die Ermahnung, vor der Fahrt seine Brille überprüfen zu lassen, so lieb, wie es ihr möglich war.

Jetzt blieb tatsächlich noch Zeit, einen Kaffee zu holen. Den sie auch dringend brauchte. Der Mehrwegbecher stand jedoch ungespült in der Mittelkonsole. Natürlich. Eva schüttete eher aus Pflichtgefühl der Bäckerin gegenüber etwas Wasser aus einer Flasche hinein und leerte die Brühe in den Gully. Sie rieb mit dem Finger nach. Ja, so ging es. Wenn die Frau nicht so genau schaute, auf alle Fälle. Ihr Handy klingelte. Es war nicht der Klingelton, den sie fürs Präsidium eingestellt hatte, also ignorierte Eva das Gebimmel. Wieder fuhr ein scharfer Schmerz durch ihre Schläfe. Drei Stunden Schlaf waren einfach zu wenig.

Tom, immer wieder Tom. Nachdem er sich überhaupt

nicht auf ihre Nachricht gemeldet hatte, war ihm offensichtlich doch noch aufgefallen, dass das nicht gerade die feine englische Art war. Eva hatte seine Nachricht vor dem Einschlafen erst gelesen, und natürlich war es dann vorbei mit der Nachtruhe, noch bevor sie begonnen hatte. Sauer tippte sie Nachricht um Nachricht und löschte sie wieder, öffnete einen Wein, der immerhin besser war als der vom Vortag, wanderte vom Bett aufs Sofa und verbrachte dort dann den Rest der Nacht. Warum hatte sie ihm überhaupt schreiben müssen? Seine Antwort war doch von vornherein klar gewesen. Ob sie es in seiner Situation anders gemacht hätte? Er wollte eine Beziehung, Nähe. Konnte sie ihm das bieten?

»Hi Süße, ich verstehe, dass du viel um die Ohren hast. Beziehung stell ich mir nur irgendwie anders vor. Mach's gut, Tom.«

Hatte er ihr das nicht ins Gesicht sagen können? Nur Feiglinge beendeten Beziehungen per SMS. Überhaupt Beziehung, so weit waren sie ja noch gar nicht. Erst hatte er ihr Honig ums Maul geschmiert, von wegen wie toll sie wäre, wie selbstständig und wie anders – und dann servierte er sie eiskalt ab, bevor sich überhaupt etwas entwickeln konnte. Genau weil sie anders war. Zu selbstständig vermutlich. Und weil ihr verdammter Dienstplan nicht in die verdammte Norm passte. Weil er genug Beziehungen hinter sich hatte, in denen es wichtig gewesen war, sich nicht festzulegen, weil er »aus dem Alter raus« war.

Eva schaute auf die Uhr und steuerte ihre neue Lieblingsbäckerei an. Egal wie, das Ziel lautete: einen klaren Kopf kriegen für den Tag, für die Ermittlungen. Noch einen Moment Ruhe, ohne Stress, Gehetze – und vor allem ohne ihre top gestylte, supermotivierte Kollegin, die alle um den Finger wickelte, während Eva mehr und mehr aufs Abstellgleis rutschte. War es eine gute Idee gewesen, den Chef gestern noch darauf anzusprechen, warum er sie am Sonntag nicht dazugerufen hatte? Besser, sie hätte es gelassen, sie kannte doch Willner und seine Antworten. »Zurzeit wirken Sie mir so, als ob Sie besser in den Tagdienst wechseln sollten oder in den reinen Innendienst.« Hatte sie die Kritik in diesen Zeilen nur hören wollen? Nein, Willner sagte nichts unbewusst. Eva hatte beschlossen, sich diese Aussage nicht zu sehr zu Herzen zu nehmen.

Außer diesen schrägen Zwischentönen hatte sich gestern wenig Neues ergeben. Zwei Sokokollegen waren zu Bernd Bentz geschickt worden und hatten ihn in die Mangel genommen. Eva bedauerte es, nicht selbst dabei gewesen zu sein und den Mann kennengelernt zu haben, aber eine Ermittlung war kein Wunschkonzert.

Bernd Bentz hatte sich entschuldigt, befürchtet, in irgendetwas verwickelt zu werden, seine Frau beteuerte, dass Holger niemandem auch nur ein Haar krümmen würde und die Morde in seiner Jugend dem Mobbing der Mitschüler geschuldet seien. Reginas harte Analyse war, dass man wohl nur dann einen kaltblütigen Mörder im Haus mit den eigenen Kindern dulden könne, wenn man sein Verhalten für sich relativierte.

Die Schlange vor ihr wurde langsam kleiner. Während Eva darauf wartete, dass sie an die Reihe kam, fiel ihr der hohe Geräuschpegel erst auf. Der Lärm kam von der großen Gruppe, die den einzigen langen Tisch besetzte. Offensichtlich ein Italienisch-Sprachkurs, der seine Stunde hier in die Bäckerei verlegt hatte, denn vor allen Teilnehmern lagen gelbe Übungshefte mit der grün-weiß-roten Fahne und einem Bild des schiefen Turms von Pisa.

»I-oooh«, stöhnte eine Mittfünfzigerin mit grauem Kurzhaarschnitt und starrte auf ihren Block. »*Io* – was heißt das?«

»*Essere*«, half ein schmaler Mann etwa gleichen Alters aus, der sein Übungsheft vor sich in der Luft hielt.

»Aber *io essere* kann man doch nicht sagen! Wenn, dann *io es*!«, erklärte eine kleine Dicke.

»*Io soi!*«

»Kaffee groß?«, fragte die Bäckerin, die sie schon am Montag bedient hatte. Zumindest glaubte Eva, das verstanden zu haben, weil es so laut war.

Sie nickte. »Und einen Briegel.«

Während die Bäckerin geschäftig hinter dem Tresen hin und her eilte, wurde Eva wieder von der Diskussion in Bann gezogen. Eigentlich war es doch eine tolle Sache, dass die Leute sich trafen, um gemeinsam zu üben. Vor allem Italienisch, eine Sprache, die Eva vor Jahrzehnten wegen eines damaligen Freundes angefangen hatte zu lernen. Gut, sie beherrschte sie nicht besonders, aber es war schön, diese leichten Melodien, diesen Singsang zu hören. Nur, wenn man ganz offensichtlich am Anfang stand, musste man dann die ganzen Fehler in dieser Lautstärke herausposaunen?

Die Verkäuferin wartete, bis Eva die passenden Münzen herausgesucht hatte. Währenddessen hatte das Thema am Italienisch-Lerntisch offensichtlich gewechselt.

Der Schmale reichte eine Illustration am Tisch herum. »Was seht ihr da?«, fragte er.

»*I-oh sono collina!*«, freute sich die Kurzhaarige an ihrem Satz.

Ich bin Hügel. Trotz schlechter Laune und Kopfschmerzen musste Eva grinsen. Sie nahm ihren Becher entgegen und stellte sich an den Tresen, um einen großen Schluck Kaffee zu nehmen, der viel zu heiß in ihrer Kehle brannte.

Derweil nahm die Diskussion weiter ihren Lauf. »*Io veo queso!*« – »Nein, du siehst keinen Käse. *Chiesa*, so heißt Kirche.« – »Warum eigentlich nicht *tschiesa*?« – »Weil nur wenn nach c ein Selbstlaut kommt …« – »Also sagt man auch *tschah-sa*.« – »Nein. Nicht vor a, sondern …«

Wenn es nur gewesen wäre, dass da jemand offensichtlich seine Hausaufgaben nicht gemacht hatte. Aber dazu noch diese schöne Sprache derart laut und sorglos mit dem grundsympathischen, aber breiten schwäbischen Akzent vermischt, das schmerzte fast körperlich. Der Kopfschmerz pochte erbarmungslos hinter Evas Schläfe, und mit Wucht schwappte der ganze aufgestaute Ärger wie eine Welle über ihren Kopf.

Sie drehte sich um und ging auf die Gruppe zu. »*Chi-esa!* Hartes K, nicht Tsch. Genau wie *casa!* Kurz und klar. Was ist denn daran so schwer? Das weiß ja sogar ich!« Damit stürzte sie den Rest des immer noch zu heißen Kaffees hinunter und packte die Tüte mit dem Briegel. »Ist doch wahr!«, schob sie hinterher, als die Bäckerin sie fragend ansah.

Beim Verlassen der Bäckerei spürte sie die Blicke, die in ihrem Rücken brannten. Der heiße Kaffee in der Speiseröhre und der Kopfschmerz lenkten wenigstens ein bisschen davon ab, dass Eva sich ziemlich blöd vorkam.

Kurz vor Mittag. Eva schaute hoch und sah, wie der Sokoleiter ein hübsches dunkelhäutiges Mädchen verabschiedete.

»Sie sind fertig«, flüsterte Gerhard.

»Sie wirkt nicht sehr unglücklich«, bemerkte Regina.

»Soll Samira die ganze Zeit weinen? Immerhin war Alexander Kanze ihr Exfreund.« Eva schaute zu ihrer Kollegin, die nach wie vor kein Problem mit der Enge am Schreibtisch zu haben schien. Ganz im Gegensatz zu Eva, der Regina eben geraten hatte, doch bitte aufzuräumen.

Sie sahen der jungen Frau mit den wippenden schwarzen Locken nach. Eva war sich sicher, sie spielte ihnen nichts vor und verstellte sich nicht, meistens ein gutes Zeichen. Beamte der Mordkommission waren vertraut mit einem ganzen Repertoire an gespielten Gefühlen, und bei allen war es das Gleiche: Die Betreffenden hielten eine falsche Rolle, die sie spielten, nicht besonders lange durch. Gefühle vorzutäuschen und dies glaubhaft aufrechtzuerhalten, beschäftigte das Gehirn so nachhaltig, dass die mühsam aufgebauten Lügengerüste oft schnell zusammenbrachen.

Wenn man es genau nahm, war aus Sammi Khaledis Gesicht gar nichts abzulesen gewesen, weder Trauer noch Freude. Als sie vorhin im Präsidium angekommen war, hatte sie eher müde gewirkt mit ihren dunklen, nicht überschminkten Augenrändern. Das allerdings konnte ebenfalls ein Ausdruck von Trauer sein.

Eva fragte sich, wieso Willner weder sie noch Gerhard zu diesem Gespräch dazugerufen hatte. Aber immerhin hatte es sie diesmal nicht allein getroffen. Als Eva die junge Frau vor etwa einer Stunde zu ihm gebracht hatte, ging die Tür hinter der Zeugin kommentarlos zu. Wieder eins seiner Geheimnisse?

Vielleicht interpretierte sie zu viel in Willners Spielchen hinein. Schließlich hatte er nicht mal Regina zu dem Gespräch gebeten. Und es bestand schließlich auch die Möglichkeit, dass er Sammis Aussage als nicht relevant für die Ermittlungen erachtete und seine Beamten an den anderen Brandherden brauchte. Immerhin kam jetzt der Schreiber aus dem Büro, um das Gesprächsprotokoll abzutippen und es hoffentlich heute noch ins Soko-Netzwerk zu stellen.

Doch es kam anders. Kurz darauf erschien ein zerknirschter Willner im Büro und winkte sie mit einer knappen Handbewegung herüber. Regina stand gleich auf, Eva und Gerhard sahen sich an und folgten ihr. Der Chef wartete an der Tür und schaute Eva missbilligend entgegen, sagte aber nichts. Vielleicht hätte sie im Gegensatz zu Sammi ihre Augenränder am Morgen wegschminken sollen. Doch nach Toms Nachricht war ihr nicht danach zumute gewesen.

»Eigentlich hatte ich Regina gemeint, aber wenn Sie beide schon einmal da sind ...« Er spähte in den Gang und schloss die Tür. »Es geht um ein Detail, das ich noch nicht an die große Glocke hängen möchte. Trassmann.«

»Belastet Samira ihn?«, fragte Eva.

»Zu voreiligen Beschuldigungen besteht derzeit kein Anlass«, erwiderte Willner knapp. »Es gab wohl einen Streit zwischen Alexander Kanze und ihm. Kanze hat Trassmann mit rechtlichen Mitteln gedroht, wenn er nicht in die Verbindung aufgenommen wird.«

»Aber hallo.« Gerhard pfiff durch die Zähne. »Ganz schön harte Gangart.«

Willner zuckte mit den Schultern. »Frau Khaledi meint, dass ihr Expartner sich von der Aufnahme in die Verbindung bessere Verhandlungsbedingungen bei der Jobsuche versprochen hat. Dass er abgelehnt wurde, wollte er nicht gelten lassen. Die Senioren aus der Verbindung haben schließlich großen Einfluss in allen möglichen Bereichen bis über den Landkreis Schwäbisch Hall hinaus.«

»Dachte ich es mir doch, so harmlos sind die nicht«, merkte Eva an.

Willner musterte sie scharf. »Das ist kein Vergehen. Bessere Mitarbeiter aufgrund von fachkundigen Empfehlungen zu bekommen, wer will das nicht?«

Eva kniff die Lippen zusammen, während der Chef sich mit unbewegter Miene wieder Regina zuwandte. »Prüfen Sie nochmals Trassmanns Alibi, ob es hieb- und stichfest ist. Nur zur Sicherheit. Es gibt keinen Anlass zur Annahme, dass er in Kanzes Tod verwickelt ist.«

Als Eva zurück an den Platz kam, lag dort ein verschlossener grauer Umschlag auf ihrem Stapel. Nichts stand darauf außer Evas Namen in fließender Handschrift. Der unbeantwortete Anruf vom Morgen. Regina schaute interessiert herüber, und Eva schob den Umschlag wortlos unter einen Aktenordner. Was für ein Tag. Konnte noch mehr passieren?

Drüben am Fenster klingelte ein Telefon. Als der Kollege den Hörer auflegte und aufstand, waren alle Blicke auf ihn gerichtet.

»Es gibt noch einen Toten.«

**

Das Bild war ein ähnliches wie am Fundort von Alexanders Leiche. Sie befanden sich am Maisenbach, nicht einmal drei Kilometer entfernt. Und es handelte sich schwerlich um einen Zufall. Hatte Regina mit ihrer Prognose also recht behalten?

Der Tote, ein Mann mit kurzem blondem Haar, lag da wie schlafend. Einzig die Totenflecken verrieten, dass er nie wieder aufwachen würde. Wieder handelte es sich um einen hübschen Jungen, wieder war er schmal gebaut und feingliedrig, wenn auch diesmal groß. Wenn Eva versuchte, die Haarfarbe auszublenden, hatte er eine geradezu unheimliche Ähnlichkeit mit Alexander Kanze. Die hohen Wangenknochen, die fast mädchenhaft zarten Gesichtszüge, dazu ungewöhnlich lange, fast schwarze Wimpern.

Diesmal gab es auch eine Vermisstenanzeige, die zu dem Fund passte. Eva faltete das Papier, das sie in der Hand hielt, nochmals auf und verglich das schmale Gesicht mit dem auf dem Foto. Es war hastig auf dem schlechten Farbdrucker des Reviers ausgedruckt worden, bei dem die Vermisstenmeldung eingegangen war.

Simon Bruhn, einundzwanzig Jahre alt. Der junge Mann trug genauso wie der erste Tote keinerlei Papiere bei sich, keine Schlüssel und kein Handy. Es bestand kein Zweifel, dass es sich tatsächlich um Simon handelte, dafür war die Ähnlichkeit zu groß.

Das Konzept des Mörders war auch bei diesem zweiten Toten erkennbar, die Mühe, die er sich gegeben hatte. Wieder lag der Körper des jungen Mannes fein säuberlich inmitten des Farns gebettet, auch wenn es diesmal keine Tannen gab, die würdevoll ihre Äste über seiner Ruhestätte verschränkten. Die Leiche war noch weitgehend unversehrt, die Totenstarre hatte sich bereits gelöst. Seine Hände waren über welkenden Blumen zusammengelegt. Keine Lilie. Was hatte das zu bedeuten? Eva beugte sich über ihn. Margeriten und kleine lila Blüten, die doldenförmigen angeordnet waren. Sie glaubte sich zu erinnern, dass sie Baurabüble genannt wurden. Bis auf ein paar Fliegen, die auf dem Toten herumkrabbelten, war die Tierwelt noch nicht auf ihn aufmerksam geworden.

Der Tau in seinem Haar war über den Tag weggetrocknet und hatte sein feines Haar strähnig zurückgelassen. Auch er trug eine Krone, wobei diese perfekter erschien als die vorige. Und es lag nicht an ihrem Zustand – der Täter hatte sich diesmal ganz offensichtlich mehr Mühe gegeben. Oder er hatte seine Methode perfektioniert. Man musste tatsächlich zweimal hinsehen, denn die Krone hob sich goldglänzend und ebenmäßig von Simons Kopf ab, als ob sie tatsächlich geschmiedet worden wäre.

Genau wie Alexander musste auch Simon an einem anderen Ort zwischengelagert worden sein. Mit Sicherheit war er nicht hier getötet worden. Dazu war seine Kleidung zu makellos – und zudem gab es nicht den geringsten Hinweis auf einen Kampf. Außerdem fanden sich Schleifspuren seiner Schuhe auf dem Waldboden. Er war hierhergeschleppt worden.

Was die Ermittlungen anging, hatte Eva ein gutes Gefühl. Diesmal gab es mehr Chancen auf Spuren, auf frische Spuren, denn sie hatten Simon früh gefunden. Der erwartete Regen in der Nacht war ausgeblieben, der Boden verhältnismäßig trocken. Der örtliche Förster hatte ihn bei seiner routinemäßigen Borkenkäferkontrolle entdeckt.

Sie ging ein paar Schritte zum Weg hinüber und blickte zurück. Je nachdem, aus welcher Richtung ein Spaziergänger gekommen wäre, hätte er den Toten von hier aus gut sehen können. Gut, hier unten am Bach lief keine ausgewiesene Wanderstrecke entlang. Aber trotzdem stellte sich auch jetzt die Frage: Was beabsichtigten der oder die Täter? Die Ablageorte schienen willkürlich gewählt, wenngleich die beiden Bestattungen selbst fein säuberlich geplant und durchgeführt wirkten.

Inzwischen waren die Spuren gesichert. Der Fahrer wartete unten am Weg, um die Leiche zur Auswertung in die Rechtsmedizin bringen zu können. Doch Willner schien noch nicht fertig zu sein; er wies Fotograf Maik gerade an, weitere Details zu fotografieren.

Ein Stück weiter drüben am Hang gab der Förster seine Aussage zu Protokoll. Seine meckernde Stimme drang herüber, gerade beschwerte er sich über die Zustände im Allgemeinen. Wie weit war es gekommen, dass man nicht mal mehr beruhigt in den Wald gehen könne? Der Mittfünfziger mit selbstgefälligem Blick, verschränkten Armen und traditionellem Lodenhut spähte immer wieder nach Maiks Kamera. Er wusste schon, dass sie hier nicht für eine Scripted-Reality-Serie drehten, oder? Das Fernglas und seine Langwaffe hatte er gegen einen Baum gelehnt. Eva schaute genauer hin; zum

Glück war das Gewehr gesichert. Bei einem solchen Lackaffen konnte man nie sicher sein.

»Will der mit aufs Bild?« Gerhard gesellte sich zu ihr. »Soll froh sein, wenn ihn Maik nicht vor die Linse kriegt!«

In diesem Moment entdeckte Eva Regina. Am Rand des Wegs schäkerte sie mit einem Kollegen von der Spurensicherung, die Hände lässig in die Hosentaschen gesteckt. Jetzt schenkte er ihr auch noch einen Becher Kaffee ein.

»Verdammt, sind wir hier auf Klassenausflug?«, zischte Eva.

Gerhard schien den Kommentar auf sich zu beziehen, denn er zog eine Schnute und ging dann kopfschüttelnd zum Fotografen hinüber. Eva setzte ihm nach.

Sie öffnete gerade den Mund, als Willner den armen Maik wieder antrieb. »Noch ein Bild aus der Totalen! Von … hier!« Was schrie der eigentlich so herum? Niemand hier war taub.

Eva versuchte, die Anweisungen des Sokoleiters auszublenden und beugte sich über den Leichnam. Simon Bruhn, auf was hast du dich eingelassen? Wusstest du, dass du in Gefahr bist? Doch das Gesicht mit den sanft geschlossenen Augen blieb die Antwort schuldig.

Würdevoll ruhte der junge Mann inmitten des satten Farngrüns, als hätte er seinen Frieden gefunden. Ein so junges Leben. Verletzungen oder Abwehrspuren waren auf den ersten Blick keine an seinem Körper zu sehen, auch seine Hände waren sauber. Nicht das kleinste bisschen Dreck unter den Fingernägeln.

»Jugendstil«, murmelte Gerhard.

Eva runzelte die Stirn.

»Was wir hier sehen, gibt es auch in der Kunst. Ein schönes Gesicht umrankt von ornamentalisierten, organischen Strukturen.«

»Sonst geht's dir aber gut, oder?« Und in ein paar Tagen würden die organischen Strukturen ihre unschöne Seite zeigen. Eva machte einen großen Schritt über eine Wurzel und rutschte im glatten Schmodder auf den alten Blättern des Vorjahrs aus.

Gerhard reichte ihr seinen Arm. »Der Täter hat wenigstens Sinn für die richtige Optik. So ein Mord mit Durchschuss ist deutlich unappetitlicher.«

»Festgenähte Kronen findest du also ästhetisch?« Eva stand auf und klopfte ihre Jeans ab. Sie musterte den Kollegen. »Für einen vom Betrug hast du dich übrigens erstaunlich schnell akklimatisiert.«

Eigentlich war es eine gute Haltung, die Gerhard da hatte; das Leben und den Tod auf das zu reduzieren, was sie waren: beide ganz natürliche und unausweichliche Zustände. Mit Sicherheit half diese Eigenschaft Ärzten, Therapeuten und nicht zuletzt Polizisten erheblich, ihre Arbeit ohne größere Seelenschäden ausführen zu können.

Die Konfrontation machte sicherlich viel aus. Wer viel sah, reagierte nicht mehr so extrem. Sie nannten es »gesundes Abstumpfen«. Leider gelang es Eva nicht immer. Gerade wenn es um junge Tote ging, um Menschen, die erst am Beginn ihres Lebens standen, verfolgten sie die Bilder über Monate bis in ihre Träume. Diese toten Körper zu begutachten, die Psyche des Täters zu verstehen, verlangte ihr einiges ab.

Gemeinsam mit Gerhard ging Eva hinunter zu den Reifenspuren, die durch ein Absperrband vor unachtsamen Tritten der Beamten geschützt waren. Der Gips härtete noch aus. Diesmal waren sie zum Glück gut sichtbar, die Reifen hatten sich an dieser Stelle tief in den weichen Boden gegraben. Doch brachte das Reifenprofil meistens erst am Ende der Ermittlungen etwas, wenn der Täter bereits gefasst war; es sei denn, es handelte sich um ein Ausnahmemodell. Und jemand, der sich ein solches Modell leistete, fuhr vermutlich nicht damit über verdreckte Wirtschaftswege.

Es war die Mutter von Simon Bruhn gewesen, die ihren Sohn bereits am vergangenen Morgen vermisst gemeldet hatte, weil er am Vorabend nicht wie üblich nach Hause gekommen war. Die Kollegen vom Polizeiposten in Oberkochen hatten die Frau wie üblich darauf verwiesen, dass die meisten jungen Leute sich nicht unbedingt abmeldeten, wenn sie mal über Nacht wegblieben – und am nächsten Tag in der Regel wohlbehalten wieder auftauchten. Das übliche Prozedere eben. Ein Vermisstenfall wurde nur dann schnell zu einem echten Fall, wenn es Anhaltspunkte gab, dass der Person etwas zugestoßen sein könnte oder das Muster zu einem anderen Fall passte. Nun, ab jetzt mussten sie sofort auf jeden noch so unwahrscheinlichen Vermisstenfall reagieren.

Zur Sicherheit eilte Eva hinüber und holte sich die Freigabe von Willner. Dann rief sie Frau Schloh an, damit diese die Kollegen auf allen Revieren in den umliegenden Landkreisen entsprechend informierte.

»Wo wollen Sie denn hin?«, fragte der Kriminaloberrat mit freundlichem Lächeln, als Eva und Gerhard sich auf den Rückweg ins Präsidium machen wollten. Kurt Willner lächelte? An einem Tatort war dies ein Alarmsignal.

»Wir sind für alles offen«, erklärte Gerhard, während Eva über das »wir« die Nase rümpfte.

»Na, dann fahren Sie doch gleich mal zu Frau Bruhn.« Willner klopfte Eva auf die Schulter. »Erfahrene und empathische Kollegen sind am besten geeignet, um schlechte Nachrichten zu überbringen.«

Eva drehte suchend den Kopf. Vielleicht konnten sie Regina mitnehmen, damit die heute auch noch etwas leistete, anstatt nur zu flirten. Um den Job des Schlechte-Nachrichten-Überbringers riss sich schließlich keiner von ihnen – vielleicht hatte sie dafür ja ein gutes Händchen. Und wer den Schreibtisch teilte, konnte auch die ungeliebten Aufgaben teilen.

Doch Regina unterhielt sich angeregt mit dem Fotografen, ihren Kaffee mit beiden Händen umschlossen. Auch Torben stand bei ihnen. Es war wohl einfacher, sie brachten die Sache zu zweit hinter sich.

***

Monika Bruhn war eine Mittvierzigerin mit hellbraunen, schulterlangen Locken, doch der matte Teint und ein bitterer Zug um den Mund ließen sie älter wirken. Die gestraffte Stirn passte nicht recht in das Erscheinungsbild. Ihr Aussehen war ihr trotz offensichtlich widriger Umstände wichtig, darauf wies auch die gepflegte Kleidung hin.

Auf dem Weg durch den Flur fühlte Eva sich fast erschlagen, denn an jeder freien Fläche hingen Bilder. Simon als Baby, Simon bei der Einschulung, Simon neben Mama als etwa Zehnjähriger, die großen meerblauen Augen erwartungsvoll auf etwas gerichtet, das außerhalb des Bildes lag.

Sie musste wohl gleich etwas vermutet haben, denn dass Beamte vor der Tür standen, bedeutete leider meistens etwas Schlechtes. Die Frau, die die gleichen großen Augen hatte wie ihr Sohn, musste Gerhards Beschützerinstinkt geweckt haben, denn er hatte keinen Moment gezögert und ihr die fürchterliche Nachricht möglichst schonend überbracht. Während ihr Kollege seinen Arm um die schluchzende Frau legte und leise auf sie einredete, hielt Eva sich im Hintergrund und sah die Fotografien an. Nach einer gefühlten Ewigkeit, in der der Kloß in Evas Hals mehr und mehr drückte, nahm Gerhard Frau Bruhn an der Schulter und schob sie ins Wohnzimmer, wo sie auf dem durchgesessenen, aber sauberen Sofa Platz nahmen.

Seit Monika Bruhn geschieden war, so erzählte sie stockend, hatte sie hier mehr schlecht als recht mit ihrem Sohn gelebt. In dieser schmalen, zweigeschossigen Wohnung in Oberkochen, von wo aus er zur Uni pendelte, weil das Geld vorne und hinten nicht reichte. Der Mann war mit seiner Chefin durchgebrannt, als Simon noch ein Baby gewesen war. Diese Frau hatte ihm Schützenhilfe geleistet, als es darum ging, sich um alle Zahlungen zu drücken und gleichzeitig ein gutes Leben im Überfluss zu führen. Seitdem schlug die Bruhn sich allein durchs Leben. Großeltern gab es nicht, nur einen kranken Bruder. Und jetzt war das einzige Kind tot.

Nachdem sie zehn Minuten gesprochen und Eva der Frau

Taschentücher gereicht hatte, fühlte sie sich elend genug, um selbst mitzuheulen. Monika Bruhn hatte wirklich genug mitgemacht, da waren ihre eigenen Probleme ein Klacks.

Um sich abzulenken und ihre feuchten Augen zu verbergen, fragte Eva, ob sie sich Simons Zimmer ansehen dürfe.

Frau Bruhn zuckte zusammen. »Ich glaube nicht, dass er ... dass er das gewollt hätte.«

Eva und Gerhard wechselten einen Blick. »Frau Bruhn, wenn Sie mit uns zusammenarbeiten, finden wir den Mörder Ihres Sohnes schneller«, erklärte Gerhard und klopfte ihr zart auf die Schulter.

»Und wenn Sie etwas finden?«, fragte die Frau und schniefte.

»Darauf hoffen wir ja«, antwortete Eva freundlich und stand auf.

»Und wenn Sie etwas finden?«, fragte die Bruhn noch einmal, ihre meerblauen, rotgeäderten Augen fest auf Eva gerichtet.

»Über Geheimnisse werde ich hinwegsehen.« Was sollte das denn Besonderes sein, das man bei einem Ingenieur-Studenten finden konnte? Geheime Pläne einer Firma, für die er arbeitete?

Gerhard redete beruhigend auf Monika Bruhn ein, während Eva nach oben ging. Was hatte die Frau nur gemeint? Vielleicht wäre das ja schon der Hinweis auf seinen Mörder.

Auf der Tür zu Simons Zimmer prangte in runden hellblauen Holzbuchstaben sein Name. Eva öffnete die Tür; vor ihr lag ein ganz normales Jungmännerzimmer. Auch hier oben waren Möbel und Teppich etwas abgewohnt, aber ansonsten liebevoll gepflegt. Stapel von CD-Hüllen standen hüfthoch aufgetürmt am Boden, ansonsten hatte Simon in seinem Reich Ordnung gehalten, falls es nicht die Mutter war, die aufgeräumt hatte. Wonach es bei genauem Hinschauen eher aussah. Drei Paar Schuhe waren akkurat neben der Tür aufgereiht, Zeitschriften lagen sauber gestapelt auf einem Hocker, für den Fernseher schien man drei verschiedene Fernbedienungen zu benötigen. An der Wand neben dem Schrank stand ein Regal mit Fachliteratur; ein Plakat von »Guardians of the Galaxy« hing über dem Bett, das allerdings so aussah, als wollte es mal wieder neu bezogen werden.

Der Rechner summte. Nicht heruntergefahren? Aufs Geratewohl drückte Eva auf die Maus. Der Bildschirm wurde hell. Keine Passwortmaske. Na prima! Da würde sie sich ein bisschen umgucken, bevor sie den Kollegen das Gerät übergab.

Vor einem technisch-futuristischen Hintergrundbild verlangte ein Fenster nach Aufmerksamkeit. »Kopieren der 122.743 Dateien erfolgreich abgeschlossen«. Sollte sie das jetzt wegklicken? Was hatte Simon denn so alles kopiert? Am unteren Bildschirm bemerkte sie einige geöffnete Ordner. Alles Musik, wie es schien. Sampler, Filmmusik …

Erst jetzt entdeckte Eva die drei externen Festplatten, die aufeinandergestapelt hinter dem Monitor lagen. Sie nahm die oberste. »Filme« stand in krakeliger Handschrift auf einem kleinen Klebeetikett. Auf die beiden anderen hatte er »Spiele« und »Musik« geschrieben. Eva steckte die Drei-Terabyte-Festplatte mit den Filmen an den USB-Port. Sie pfiff durch die Zähne. »Shallow Rim«, »Broken Fall« … Es handelte sich offensichtlich um amerikanische Originalfassungen bekannter Serien.

Aber Moment, »City of Golden Shadow«. Der »Otherland«-Zyklus? Jahrelang, ach was, Jahrzehnte hatten Fans schon auf die Verfilmung gewartet, die immer wieder verschoben wurde. Vermutlich waren den Produktionsfirmen die Effekte zu teuer, die Ebenen der Geschichte zu komplex. Sie hatte nicht gewusst, dass sich inzwischen jemand an das Projekt herangewagt hatte.

Handelte es sich hier um geheime Fassungen oder um Fälschungen? Nur ein kleiner Klick … Evas Finger zuckten, die Maus verharrte einen Moment lang über der Datei. Dann schüttelte sie den Kopf. Nein, sie waren aus einem anderen Grund hier. Mit leisem Widerstreben steckte sie die Platte aus und dockte die nächste an. Verdammte Ehrlichkeit.

Also weiter. Was gab es hier? Spiele. Viel Ahnung hatte Eva ja nicht, aber »Extreme Forces« sagte sogar ihr etwas. Teil eins, zwei, drei und vier. Seit Jahren war das Spiel auf dem Index, dazu hatte es schon Aushänge im Präsidium gegeben. War die Serie etwa noch immer nicht eingestellt worden? Gewaltverherrlichung, der Aufruf zu bürgerlichem Ungehorsam, zudem mögliche Einflussnahme von außen auf den Spielverlauf, eine Spähsoftware, das ganze Programm. Experten warnten verhalten, denn jeder wusste, dass Expertenwarnungen als ausgesprochene Kaufempfehlungen für Jugendliche galten.

Wenn Eva richtig informiert war, hatte sich dieses Spiel noch nicht so weit verbreitet wie andere aus dem Segment. Es gab eine ganze Handvoll, die zwar ebenfalls verboten waren, aber als nicht ganz so gefährlich eingestuft wurden. Heieiei, wieso hatte sich Simon neben seinem Studium mit solch kriminellem Mist beschäftigt? Und wie war er an die Dateien rangekommen?

Eva schob die Tastatur weg, um die Notizen auf der Schreibtischunterlage genauer zu betrachten. Kleine Telefonkunstwerke und Gekritzel, aber auch Zahlen und Namen. Fast alle durchgestrichen, da schien er gewissenhaft gewesen zu sein. Auch am Rand hatte er mit Minenstift Zahlen notiert, doch diese Einträge waren nicht verwischt, sahen neu aus. Keiner von ihnen war durchgestrichen. »Ben 24, Ingo 15, Kobi 43, Tscharlie 80«.

Simons Handy hatten sie bisher nicht gefunden, genauso wenig wie das von Alexander. Aber bald würden sie so oder so wissen, bei welcher Station die Telefone zuletzt eingeloggt gewesen waren. Schneller kamen sie im Moment an die Spuren auf dem Rechner, und vielleicht ergaben diese Namen auf dem Papier dann einen Sinn.

Eva drehte den Minenstift zwischen ihren Fingern. Die eigenartige Reaktion der Mutter, die Festplatten … Konnte es sein, dass sich der junge Mann ein bisschen was dazuverdient hatte?

Eva dachte an den rostigen Kleinwagen vor der Tür, dazu das winzige Zimmer in der Wohnung seiner Mutter. Simon war von klein auf gewohnt gewesen, dass das Geld nicht reichte. Vermutlich wollte er nicht nur sich, sondern auch seiner Mutter einen besseren Lebensstandard ermöglichen. Nur so ließ sich ihre Reaktion erklären. Ganz offensichtlich wusste sie ja von seinem Treiben.

So oder so, die Festplatten wären ein Fest für die Kollegen vom Cybercrime. Aber es gab hier einen Mord aufzuklären. Vielleicht hatte Simon seine Nase in etwas gesteckt, das zu groß für ihn war? Gab es vielleicht Parallelen zu Alexander? Die ITler mussten jemanden schicken, um die Daten zu sichten.

Eva setzte einen Anruf ab und gemahnte den Kollegen zur Verhältnismäßigkeit. Monika Bruhn tat ihr leid. Wenn jetzt noch Straftaten aktenkundig wurden, die Simon hier ganz regelmäßig begangen hatte, war seiner Mutter nicht geholfen.

Sie ging wieder hinunter ins Wohnzimmer, als Gerhard sich gerade anbot, die Frau persönlich zur Identifizierung abzuholen. Was für ein gutes Herz er hatte.

Eva räusperte sich, als Frau Bruhn sie anstarrte wie ein Hase die Schlange. Hatte sie Gerhards Angebot überhaupt gehört?

»Machen Sie sich keine Sorgen. Später kommen unsere Kollegen, um die Unterlagen zu sichten. Alles, was nicht mit dem Mord zu tun hat, wird keine Konsequenzen nach sich ziehen.« Eva ignorierte Gerhards fragenden Blick. »Aber bitte lassen Sie alles an Ort und Stelle. Wir brauchen alles im Zimmer genau so, wie es war. Nur dann können wir nachvollziehen, mit wem Simon Kontakt hatte.«

Monika Bruhn nickte, auch wenn sie nicht überzeugt zu sein schien. Eva hoffte, dass sie die Frau richtig einschätzte und sie auch wirklich alles unberührt ließ.

In diesem Moment klingelte der Psychologe. Eva spürte, wie die Anspannung von ihr abfiel. Sie war selten so dankbar gewesen, sich endlich verabschieden zu können.

»Simons Privatleben scheint mir ähnlich glamourös wie das von Alexander«, erklärte Gerhard nebulös, während er sich festschnallte. »Seine Mutter meint, er hat nebenher beim Schreiner sein Geld aufgebessert. Aber in der letzten Zeit hätte das Lernen zu viel Zeit gebraucht, da hat er den Nebenjob sein lassen.«

Eva erklärte ihrem Kollegen den wahren Grund, warum Simon den Nebenjob nicht mehr brauchte. »Da hat er vermutlich besser verdient. Ansonsten gab es nicht viel in seinem Zimmer, das auf ein interessantes Privatleben schließen ließe. Wir sollten als Erstes diese Freunde unter die Lupe nehmen, die ihm möglicherweise Geld schulden.« Hier war wohl am meisten zu erwarten. Ob einer von ihnen ein Bindeglied zu Alexander war?

Gerade als sie sich auf die B 29 eingefädelt hatten, klingelte das Handy. Gerhard leitete das Gespräch auf die Sprechanlage des Wagens. Reginas tiefes Timbre klang blechern, als ihre Stimme den Raum erfüllte. »Hey Leute, wir haben zwei schlechte Nachrichten. Welche zuerst?«

Eva drückte aufs Gas. »Die schlechte.«

»Okay. Simons Foto geht durch alle Netzwerke. Wir sind gerade dabei, zu verhindern, dass der Mord in den Nachrichten gesendet wird.«

»Was?« Na toll. Und das um sechzehn Uhr zweiundvierzig. Da würden die Beamten nicht mehr viel erreichen heute. »Wie soll das gehen? Unser Pressesprecher Blänkle weiß doch –«

»Der Förster hat seinen Fund an den Freundeskreis gepostet, noch bevor er die Polizei angerufen hat. Hört mal, den Kommentar les ich gerade auf Facebook: ›Nicht mal mehr beim Wandern ist man sicher. Angie ist schuld!‹«

»Scheiße verbreitet sich über diese Kanäle am schnellsten.« Gerhard wischte auf seinem Handy herum.

Eva hieb mit der Faust aufs Lenkrad. Nichts mehr mit geheimer Fahndung. Jetzt würde der Druck der Öffentlichkeit jede aufkeimende Strategie zunichtemachen. Vermutlich sprang der Chef im Präsidium bereits im Viereck.

»Und die zweite schlechte Nachricht?«, fragte Eva, um sich von dem Gedanken abzulenken.

»Vertragt ihr noch eine? Dein spezieller Freund hatte Kontakt zu Simon Bruhn.«

»Bentz?« Gerhard ließ sein Handy sinken und drehte den Lautsprecher weiter auf.

»Wo denkst du hin«, schnarrte Reginas verzerrte Stimme. »Unser Verbindungsmann, Tim Trassmann. Bruhns Name ist in der Mitglieder-Kartei. Ich komm nach Ulm. Besser, den schnappen wir uns gleich. Aber ...«

»Aber was?«

»Sein Alibi ist inzwischen überprüft. Relativ lückenlos, aber nicht jede Behauptung konnte von Zeugen bestätigt werden. Ein paar Löcher haben wir noch.«

»Also ist er nicht aus dem Rennen.« Eva hielt nach der nächsten Abfahrt Ausschau, während Gerhard die Ulmer Adresse im Navigationsspeicher suchte. »Zu dem Herrn hätte ich gern deine Meinung, Regina. Auf mich wirkt er sehr distanziert und unterkühlt, vielleicht passt er in dein Psychopathenschema.«

»Okay. Ach, Eva ...«

»Ja, Regina?«

»Ach nichts. Wobei ... Kurt hat gemeint, dass du im Moment etwas labil ... ist auch egal. Wir sind zu dritt. Bitte wartet auf mich.« Es knackte in der Leitung.

Eva fragte sich, ob es an der Verbindung lag, dass Regina den Satz nicht beendet hatte. Sie spürte Gerhards Blick, und als der Verkehr es zuließ, erwiderte sie ihn. Ihr allerliebster Kollege schaute nun Richtung Wagendecke und kratzte sich unbeteiligt hinterm Ohr. War sie jetzt schon Thema in der Abteilung? Und vor allem: Warum sprach der Chef nicht mit ihr selbst, wenn er ein Problem mit ihr hatte? Sie würde Regina später unter vier Augen fragen, was das zu bedeuten hatte.

Im besten Feierabendverkehr standen sie auf der Autobahn vor Ulm und erreichten das historische Verbindungshaus erst eine halbe Stunde später. Regina wartete in einem roten MX5 an der Straße. Wie auch immer sie es geschafft hatte, vor ihnen hier zu sein.

»Unauffällig kann die nicht, oder?«, knurrte Eva, als sie aus dem anthrazitfarbenen Daimler stiegen.

»Wär doch schade«, grinste Gerhard.

* * *

Kalte Hände legten ihm die Binde um. Er fühlte es nur, denn er hatte seine Augen schon geschlossen. Verwundert bemerkte er, wie laut er seinen Atem und den Herzschlag nun hörte, er spürte das Pochen im ganzen Leib. Jemand packte ihn an den Schultern und drehte ihn um die eigene Achse. Einmal, zweimal. Dann in die andere Richtung. In seinem Kopf drehte es sich. Er versuchte nicht zu schwanken, als er davongeführt wurde.

Schritte auf festem Grund, hin und wieder streifte er die Wand. Eine steile Treppe nach unten, dann eine kurze nach oben. Feuchte Kühle strich über seine Arme. Wo war er? Am Ende einer langen Geraden wurde er um eine Ecke geführt, dann ging es eine Wendeltreppe nach unten. Schritte hallten, und seine Schuhe schienen sich nun über groben Stein zu bewegen. So gut kannte er das Gebäude nicht, dass er hätte einschätzen können, wo sie sich befanden. In den Kellern wahrscheinlich.

Er kämpfte leise Panik nieder. Genau das wollten sie. Der andere lauerte auf jedes Anzeichen, er spürte es, besser als wenn seine Augen ihn von den wirklich wichtigen Details abgelenkt hätten. Der andere, der ihm die Kutte mit dem eigenartigen, staubigen Geruch umgelegt hatte und dessen Gesicht er nicht sehen durfte.

Seine Nase sog die feuchte, leicht modrige Luft tief ein. Er beruhigte seinen Herzschlag durch bewusstes Atmen. Es war nur ein Test; natürlich würde nichts Schlimmes passieren. Immerhin war er nicht der Erste. Und wenn einer dabei verschwunden wäre, hätte man davon gehört. Oder? Sein Mund verzog sich zu einem Grinsen. Da waren sie, die Zweifel. Genau darauf legten sie es an.

Sie stoppten. Die Hand zog sich von seiner Schulter zurück, dann entfernten sich Schritte. Eine schwere Tür schloss sich. Der metallische Klang verharrte noch einen Moment lang in der Luft.

Wo war er?

Da, ein unterdrücktes Niesen, irgendwo aus der Tiefe des Raums. Wieder kroch die Panik in ihm hoch, schnürte ihm die Luft ab. Er ballte die Fäuste und zwang sich, still stehen zu bleiben. Die Luft roch nach Schweiß. Sein Schweiß. Und dann hörte er sie. Überall um ihn herum. Kleine Geräusche, verhaltenes Atmen, leises Schaben von Stoff auf Stoff, hier ein Scharren, da leises Murmeln. Mit einem Mal wurde es ganz still. Er spürte einen Luftzug. Jemand summte. Kollektives Luftholen, dann stimmte einer das Verbindungslied an. Die anderen fielen ein. In diesem Raum hallten die Männerstimmen seltsam nach.

Jemand setzte ein Glas an seinen Mund. Ohne es zu wollen, pressten sich seine Lippen zusammen. Der Druck schmerzte, und er gab nach und trank. Scharfer Geschmack füllte seinen Mundraum. Schnaps. Er entspannte sich ein wenig. Es gab Schlimmeres. Dann setzte der Schmerz ein. Was auch immer diesem Schnaps zugesetzt war, es ätzte sich seinen Weg von der Zunge über die Speiseröhre bis hinunter in den Magen. Sein Herz begann wild zu pochen. Nein, beruhigte er sich und drückte die Fingernägel in die weiche Haut seiner Hand, keiner wollte ihn umbringen. Sie hatten etwas Harmloses verwendet, Chili oder so.

Er hustete, sein Magen krampfte sich zusammen. Er konnte das Würgen nicht verhindern. Der Gesang wurde unmerklich leiser, er spürte die lauernden Blicke. Du darfst nicht kotzen. Das war eine der Regeln. Du darfst keine Schwäche zeigen. Du darfst nicht fallen, nicht schreien, nicht kotzen und nicht sprechen. Nur die drei Worte, und diese zur richtigen Zeit.

Er würde spüren, wann es Zeit war. Würde er doch, oder? Das nächste Glas berührte seinen Mund. Der Geruch stach ihm sofort in die Nase, grub sich bis hinunter in den Magen. Verfaulte Eier. Wieder würgte er, ohne es zu wollen, spürte den Magensaft brennen, als er seine Speiseröhre hochstieg. Er öffnete den Mund und schluckte. Obwohl das Zeug nicht mehr auf seiner Zunge lag, fühlte er noch die Textur, glitschig wie eine vergammelte Schnecke. Der Magen brauchte einen Moment, dann katapultierte er das scharfe, stinkende Gesöff wieder nach oben. Er presste die Zähne aufeinander und schluckte erneut. Schweiß rann von seiner Stirn, und die Fingernägel in seiner Handfläche schmerzten. Vereinzeltes Lachen.

Was kam jetzt? Einem dritten Glas würde er nicht standhalten, das spürte er.

Doch es war kein neues Glas, das ihm an den Mund gesetzt wurde. Stattdessen legte sich ein scharfer, kühler Gegenstand auf seine rechte Wange, die Spitze drückte in die Haut. Ein Messer? Ach was, klar, ein Degen. Sie würden ihm doch nicht … Nein, würden sie nicht. Ruhig bleiben. Er hielt die Luft an, bis die Spannung sich löste. Gleich darauf berührte das kalte Metall seine linke Gesichtshälfte; die Spitze setzte unter dem Auge an und wanderte seine Wange hinunter. Nun spürte er etwas Warmes. Es floss sein Gesicht herunter, tropfte auf diese müffelnde Kutte, hinunter auf den Boden. Aber … keiner wollte ihn doch … Hatte er sich etwas zuschulden kommen lassen?

Er öffnete den Mund. Das Schweigegelübde! Aber ihn zu verletzen war gegen die Regeln!

»Schhhh«, flüsterte eine tonlose Stimme neben seinem Ohr.

Der Degen hörte auf, auf seinem Gesicht herumzutänzeln. Stattdessen bohrte er sich einen Moment später in seinen Rücken. Was wollten sie von ihm? Die Wunden in seinem Gesicht schienen nicht weiter zu bluten, er spürte das Ziehen auf der Haut, als die Flüssigkeit zu gerinnen begann. Waren die wahnsinnig? Das war nicht abgemacht gewesen! Keiner kam zu Schaden, wenn er ihn sich nicht selbst zufügte. Es reichte, er würde sich die Binde von den Augen reißen.

Nein, das wirst du nicht. Die Blamage vor all den anderen. Zum Gespött der Uni würde er werden. Die Gemeinschaft, das billige Zimmer, die Kontakte. Hatte überhaupt jemals jemand aufgegeben? Aber hatte er jemals gesehen, dass sie jemanden verletzten? Was wurde hier gespielt?

Ein Wispern. Er konnte nichts verstehen, er wollte auch gar nichts verstehen. Das Blut pulsierte in seinen Ohren und in der Wunde in seinem Gesicht. Sie hatten ihn verletzt, gezeichnet. Der Degen bohrte sich ein zweites Mal in seinen Rücken, diesmal fest und entschlossen.

»Geh doch!«, drängte die flüsternde Stimme.

Er setzte einen Fuß vor den anderen und stieß gegen einen Widerstand. Sein zitternder Fuß tastete eine Stufe. Nun sahen alle anderen im Raum sein Zittern. Es war totenstill geworden. Er saugte den Atem tief in den Bauchraum hinein und stieg die Stufe hoch, dann tat er einen weiteren Schritt und versuchte, die Spitze an der Wirbelsäule zu ignorieren, die ihn vorantrieb.

Als sein Fuß keine weitere Stufe mehr fand, schob er sich langsam vorwärts. Der Untergrund schwankte. Oder war ihm nur schwindelig? War es ein Tisch, auf dem er ging? Etwas knackte unter seinem Gewicht. Unter seiner Augenbinde schloss er die Lider. Wieder musste er sich daran erinnern, zu atmen. Gott, lass das zu Ende sein.

Fast zu spät spürte er die Kante unter seinem Schuh. Wenn er das Gewicht nach vorn verlagerte, würde er ins Leere fallen. Er machte einen schnellen Schritt zurück. Die Degenspitze durchdrang seine Kutte. Er biss sich auf die Zunge, um den Schrei zu unterdrücken.

»Leg dich hin«, grollte eine Stimme.

Gehorsam ging er in die Hocke und fühlte die Feuchtigkeit an seinem Leib. Der Degen verringerte seinen Druck. Einen

Moment später spürte er einen Luftzug, etwas fiel auf ihn herunter. Ein nasses Tuch. Kühle Feuchtigkeit auf seinem Gesicht, auf seinen Händen. Langsam begann sie, sich durch den Stoff seiner Kutte zu fressen. Unter dem Schweiß bildete sich eine Gänsehaut. Er bewegte sich nicht.

Das leise Summen, das er zuerst nicht wahrgenommen hatte, schwoll weiter an, dann verstummte es abrupt. Über das feuchte Tuch wehte ein Luftzug. Gemurmel. Die anderen wandten sich ab. Sie würden ihn hier allein zurücklassen. Gehörte das noch zur Prüfung? Die Worte! Es hatte geheißen, er würde es spüren, wenn er sie zu sagen hatte. Hatte er den Moment verpasst?

In diesem Moment schlug eine Tür hinter ihm gegen die Wand. Der Tisch unter ihm erzitterte.

Das war das Zeichen! Zu spät oder nicht. Das war seine letzte Chance, er musste es versuchen. Er drückte sich hoch, spürte, wie das Tuch von seinen Schultern fiel, und riss sich die Binde von den Augen.

»Ehre! Freiheit! Vaterland!«, brüllte er und sah über die vielen Köpfe hinweg, die im schummrigen Licht nicht zu ihm, sondern zur Tür hinsahen. Die, die auf dem Gang in der Tür standen, trugen keine Festtracht. Und waren da nicht zwei Frauen dabei? Seine Augen hatten Schwierigkeiten, sich an das Licht zu gewöhnen. Was wurde hier gespielt? Gehörte die Szene zur Prüfung, oder war dies der Versuch von einer dieser Protestgruppen, sie zu stören?

Er befühlte seine Wange, schaute an sich hinunter. Auf der Kutte zeichneten sich braune Spuren ab. Zu dunkel und zu fest für Blut. Nachdem augenscheinlich keine Aufmerksamkeit mehr auf ihm ruhte, ließ er sich auf die Tischplatte sinken und wartete, bis sich sein Herz beruhigt hatte.

»Polizei! Weg mit dem Degen!« Eva legte drohend ihre Hand aufs Holster, als der Student hinter dem zitternden Jungen mit der Kutte trotzig weiter die Waffe hochhielt.

»Was fällt Ihnen ein, unsere Weihe zu stören?« Aus der

Tiefe des nur durch Fackeln erhellten Raums brach ein rothaariger Mann durch die Menge. Trassmann.

Wie alle anderen hatte er diese rot-blaue Mütze auf dem Kopf, die Eva schon beim ersten Besuch hier auf den Fotos aufgefallen war. Alle trugen sie, bis auf den Mann im dunklen Umhang, der in sich zusammengesunken auf dem langen Holztisch kauerte.

»Hausfriedensbruch!« Einer in der Menge hob seine Faust. Vereinzelt fielen weitere Stimmen mit ein.

»Wer wird denn? Das, werte Freunde, sind doch Polizisten.« Trassmann zwinkerte freundlich. Die Menge teilte sich, bis er schließlich vor ihnen stand. »Darf ich nach dem Grund fragen, warum Sie hier unbefugt eindringen?«

Regina schob sich nach vorn, bis ihre Nase fast die von Trassmann berührte. »In diesem Fall haben wir alle Rechte.«

Es fiel Eva nicht leicht, Ruhe zu bewahren, hier in diesem düsteren, muffligen Gang, umgeben von lauter Durchgeknallten mit ihren blau-roten Partyhütchen.

»Wir wollten Sie nochmals befragen. Als wir eigenartige Geräusche aus den Kellerräumen gehört haben, sind wir heruntergekommen«, erklärte sie sachlich.

Gerhard bahnte sich derweil seinen Weg zum Tisch. »Ist der Mann verletzt? Jetzt lassen Sie mich doch durch!«

»Dürfen Sie das?« Trassmann hatte aufgeholt und stellte sich breitbeinig zwischen ihn und den Tisch. Eine Machtdemonstration vor versammelter Mannschaft.

Eva arbeitete sich ebenfalls zum Tisch vor und beobachtete, wie Trassmann nach hinten auswich. Doch einen Moment später hatte er sich wieder im Griff.

»Kommen Sie mit uns.« Eva wollte Gerhard zunicken, doch den hatte die Menge verschluckt, als er mit dem Zusammengekauerten auf der Tischplatte sprach.

Auch Regina schob sich zwischen den Männern durch. »Brauchen wir einen Arzt?«

»Hey, hey! Rufen Sie Ihren Braunen zurück!« Trassmann gestikulierte beschwichtigend.

So konnte er vielleicht mit seinen Genossen reden. »Ab nach oben«, knurrte Eva. Dann drehte sie sich zu der Menge um und klatschte in die Hände. »Die Versammlung ist hiermit aufgelöst.«

»Sie wissen, dass die besten Anwälte Württembergs und Bayerns zu unserer Verbindung zählen?«, fragte Trassmann lauter als nötig, als sie den Eingangsbereich erreicht hatten.

Verbindungsmitglieder umströmten sie, verzogen sich nach und nach murrend nach draußen oder in die oberen Räume. Eva schätzte, dass die meisten unter ihnen Studierende waren. Ein paar Ältere und einen Weißhaarigen hatte sie allerdings auch bemerkt.

»Und Sie wissen, was es strafrechtlich bedeutet, eine Person festzuhalten und zu … bedrohen?« Sollte sie das Wort Folter in den Mund nehmen? Ganz glattes Eis, auf dem sie sich da bewegten. Aber er musste ja nicht spüren, was ihr durch den Kopf ging.

Sie verschränkte die Arme vor der Brust und spähte möglichst unauffällig die Treppe hinunter. Wo blieben die beiden denn? Sie hätte sich gern selbst ein Bild vom Zustand des Mannes gemacht.

»Alles legal! Jedes Semester durchlaufen gut zwanzig Füchse die Prüfung«, antwortete Trassmann schnippisch.

»Immer dieselbe?«, versuchte Eva, das Gespräch am Laufen zu halten.

»Nein. Wir wollen unsere Mitglieder doch unterhalten.« Er grinste.

Und sich selbst vermutlich am meisten. Eva dachte an die schadenfrohen, geröteten Gesichter und die vielen Biergläser.

»Wie sieht das genau aus? Besaufen Sie sich an langen Abenden und überlegen, wie Sie den Neulingen besonders gut Angst machen können?«, fragte Eva.

Jetzt erreichte Regina die oberste Treppenstufe. Endlich, eine Zeugin war gut.

Trassmann seufzte und verdrehte die Augen. »Vertrauen.

Es geht um Vertrauen. Wir sind da für die Jungs, und egal, was wir machen, wir schaden ihnen nicht. Das lernen sie. Blindes Vertrauen. Und wer uns nicht zu hundert Prozent vertraut, ist hier nicht richtig. Was wollen Sie jetzt eigentlich?«

Endlich kam auch Gerhard mit dem jungen Mann die Treppe hoch. Die Kutte hatte er inzwischen abgelegt, und mit seinen knochigen Ärmchen wirkte er ein bisschen wie ein unbeholfener, nicht ganz proportional gewachsener Welpe. Wie alt mochte er sein? Vielleicht achtzehn, neunzehn. Er achtete darauf, auch ja genug Abstand zu Gerhard zu halten, der ihm wie eine Klette im Genick saß. Der junge Mann hielt den Blick auf den Boden gerichtet, wirkte peinlich berührt. Die Segelohren und seine großen Zähne gaben ihm etwas Cartoonhaftes. Was war das für braune Schmiere in seinem Gesicht?

»Wie geht es Ihnen denn?«, fragte Eva, als sie Gerhards hilflosen Blick bemerkte.

Der junge Mann hob den Kopf, sah aber nicht sie an, sondern Trassmann. »Es tut mir leid«, stammelte er. In seinem Blick mischten sich Hoffnung und Besorgnis.

»Alles in Ordnung, Yannik. Ich würde mal sagen, du bist durch. Gut gemacht! Geh auf dein Zimmer und ruh dich aus.« Damit klatschte Trassmann die Hand des Jungen ab, der immer noch am ganzen Leib zitterte. »Für die Störung kannst du ja am allerwenigsten. Das Feiern holen wir nach.«

Wortlos schauten sie Yannik nach, wie er nach oben verschwand, ohne noch einmal den Kopf zu wenden. Dankbarkeit, dass sie ihn da rausgeholt hatten, sah irgendwie anders aus.

»Herr Trassmann«, kam Eva auf ihr eigentliches Anliegen zu sprechen, »wo waren Sie zwischen unserem Treffen am Montag und der Nacht auf heute?«

Eine weitere Traube Studenten kam lärmend aus den Kellerräumen die Stufen hoch, und zum ersten Mal zeigte sich Kontrollverlust in Trassmanns Zügen. Er zog die Augenbrauen hoch und führte den Zeigefinger an seine Lippen. Erst als die Gruppe sich zerstreut hatte, legte er wieder die übliche Kampflust an den Tag.

»Noch ein Alibi? Sie haben es echt auf mich abgesehen, oder?« Er schnaufte demonstrativ. »Wenn wir die Entscheidung treffen, einen abzulehnen, dann lehnen wir ihn eben ab! Punkt, aus.«

»*Wir* bedeutet in den meisten Fällen *Sie*, oder?«, warf Regina ein.

»Ich bin für die meisten Dinge hier zuständig, ja.« Trassmann fing sich schnell wieder. »Aber ging es bei dem Mord nicht um letzten Monat?« Mit großen Augen sah er sie an.

Eva ballte eine Faust. Verdammt, die Netzwerke waren voll mit Berichten und Bildern des toten Simon. Regina hatte ihr und Gerhard die Situation vorhin noch geschildert. Die Beamten hatten schnell reagiert, und doch zu spät. Sogar bei einer Handvoll regionaler Zeitungen war die Meldung online gewesen, zum Glück nur kurz, und morgen würde sie nicht in den Druckversionen erscheinen. Gerade noch so hatten sie einen Titelbericht, den die BILD-Redaktion für morgen geplant hatte, per Dringlichkeitsweisung verhindern können. Die örtlichen Zeitungen wie die Rems-Zeitung, die Gmünder Tagespost und die Schwäbische Post hatten die Kollegen schnell informieren können. Doch RegiRadio Ostalb hatte am späten Nachmittag schon einen Bericht mit kurzem Video im Internet zum Zwischenstand gebracht. Inzwischen war es gelöscht, aber nichtsdestotrotz; der Laien-Reporter hatte sich schlicht nicht an die Untersagung gehalten und gefilmt, womit niemand gerechnet hatte. Schließlich funktionierten Absprachen mit den Journalisten der anderen Sender reibungslos. Und so war das Video über zwei Stunden online verfügbar gewesen, mit einem wie immer glänzenden Präsidiumspressesprecher Blänkle und einem rotgesichtigen Willner im Hintergrund, der, wie sie alle, überhaupt nicht auf die Pressekonferenz vorbereitet gewesen war. Aber sie hatten reagieren und die Presse informieren müssen. War es wirklich möglich, dass keiner dieser jungen Leute hier die Meldung über ein weiteres Opfer mitbekommen hatte?

Eva ging nicht weiter darauf ein. »Ist es nicht auffällig, dass es innerhalb kürzester Zeit zwei Tote gab, die in Kontakt zu Ihrer Verbindung standen?«

»Wer soll dieser geheimnisvolle Zweite denn sein?« Trassmann hielt ihren Blick, was nur eines zeigen sollte: Ich habe nichts zu verbergen. Doch jetzt, als auf den Gängen Ruhe eingekehrt war und sie sich vollständig auf ihr Gegenüber konzentrieren konnte, fiel Eva auf, dass in seinen Zügen noch eine andere Regung lag. Trotz aller Überheblichkeit nahm sie eine winzige Prise Furcht in seinem Blick wahr. Er verschwieg etwas. Auch die feinen roten Adern auf seinen Wangen hatten sich verstärkt.

»Vielleicht jemand, der bei einer Ihrer ›Weihen‹ ums Leben gekommen ist?«, provozierte Eva ihn.

»Vielleicht geht da doch öfters mal was schief, bei diesen ach so ungefährlichen Spielchen?«, hakte nun auch Regina ein.

»Lächerlich! Dieser Kanz oder wie der hieß, der hatte nichts mit uns zu tun. Er war abgelehnt. Punkt.«

Immer noch zeigte sich diese feine Panik in seinem Gesicht, nur eine winzige Nuance, die er gut überspielte. Aber eben nicht ganz.

»Erklären Sie sich freiwillig zu einem Test bereit?«, fragte Gerhard und beförderte ein Röhrchen aus seiner Hemdtasche zutage.

»Ich weigere mich.« Trassmann verschränkte die Arme. »Mein Alibi hat Ihr Kollege bereits aufgenommen und, wie ich von meiner Familie vernommen habe, auch nachgeprüft.«

»Und wie ich gehört habe, konnte Ihr Aufenthalt nicht lückenlos nachvollzogen werden.« Eva bemühte sich, ruhig und professionell zu bleiben. Trassmann hatte etwas an sich, das sie extrem provozierte, aber er würde sie nicht dazu bringen, ihr Gesicht zu verlieren. Von wegen labil.

***

Im Präsidium drängte Eva auf die sofortige offizielle Vorladung Trassmanns und eine Durchsuchung der Verbindungsräume, doch Willner gab sich bei diesem Thema nach wie vor zugeknöpft. Überhaupt, Willner. Sie musste ihn in einem unbeobachteten Moment abpassen.

Vor dem Fenster des Büros hatte die untergehende Sonne das Wolkenband über der B 29 in unwirkliches Orangerosa eingefärbt.

Regina druckte gerade ihre Fotos der Verbindungsweihe aus, die Eva nun auch zum ersten Mal zu sehen bekam.

»Und, was sagst du zu ihm?« Eva war neugierig auf die Meinung ihrer Kollegin.

»Zu Trassmann? Keine psychopathischen Züge. Soweit ich es einschätzen kann. Womöglich ein Narzisst. Charismatisch und rücksichtslos sind beide Typen und werden deshalb oft in einem Atemzug genannt, aber es gibt Unterschiede.« Regina hielt einen der Ausdrucke hoch. »Ein Narzisst ist sozusagen der Psychopath für Arme. Er wäre gern so ausgebufft, aber seine Geltungssucht und Eitelkeit stehen ihm im Weg. Er will nur gut dastehen, eine wichtige Position innehaben. Mörder sind sie meistens nicht.«

Eva war sich nicht sicher, ob sie diese Einschätzung teilte. Was Trassmann persönlich anging, würden sie seine DNA abgleichen müssen. Aber dieser Fisch stank zum Himmel, aus welchen Gründen auch immer. Das sah man schon auf den Bildern. Ihre Auflösung war nicht gut, aber ausreichend, um zu sehen, was dort vor sich ging. Der Körper des Prüflings in der Kutte hob sich dunkel von den Köpfen um ihn herum ab, auf diesem Foto hier war er noch aufrecht gestanden. Ein weiteres Bild, im Vordergrund eine durch den Handyblitz hell erleuchtete erhobene Hand aus der Menge, die vergeblich versuchte, die Kamera abzudecken. Was hatte der junge Prüfling gebrüllt? Freiheit, Gleichheit, Brüderlichkeit war es wohl kaum gewesen.

»Simon Bruhns Name findet sich tatsächlich in der Kartei der Verbindung. Er ist ordentlicher Student und hat seine

Aufnahmeprüfung schon zwei Jahre hinter sich. Trassmann behauptet, Simon Bruhn hätte seine Mensur gemacht, bevor er die Organisation übernommen hat, und wohne außerdem nicht im Verbindungshaus, daher hätte er sein Gesicht nicht vor Augen«, berichtete Gerhard.

Die anwesenden Kollegen versammelten sich um ihren Schreibtisch. Während sich rund herum ablehndes Gemurmel breitmachte, hielt Willner sich auffallend zurück.

Eva musterte ihren Chef. »Was machen wir mit Trassmann?«, fragte sie und versuchte dabei, ihrer Stimme den allzu nachdrücklichen Tonfall zu nehmen. Da schaltete der Chef gern auf stur. Auf noch sturer als sonst. Und sie hoffte, dass er ihr den Groll nicht anhörte. Was auch immer er zu Regina über sie gesagt hatte, war im Moment zweitrangig. Sie mussten etwas tun. Wenn der Verbindungsmann Spuren verschwinden lassen wollte, gaben sie ihm gerade alle Zeit dazu.

Willners Kiefer schoben sich übereinander, dann sah er sie direkt an. »Wenn alle den Schliff und den Corpsgeist einer ordentlichen Verbindung hätten, gäbe es viele der Probleme, mit denen wir uns herumschlagen müssen, gar nicht.«

Hatte sie wirklich richtig gehört? Eva sog die Luft ein. »Der Präsident will Ergebnisse, die ganze Ostalb wartet. Und wir haben hier eine ganz heiße Spur und verfolgen sie nicht?«

»Frau Brenner hat recht«, mischte sich Gerhard ein, während der Chef sich mit stoischem Blick in Richtung Gang vorarbeitete.

Eva verschränkte die Arme. Willner selbst musste Verbindungsmitglied sein, woher sonst kam diese Sympathie? So oder so, der hochgelobte Corpsgeist war ihm selbst nicht fremd. Doch hatte der Chef nun studiert oder nicht? Vor allem die Älteren unter den Kollegen hatten nicht immer den langen Ausbildungsweg gewählt und bei anstehenden Beförderungen mit ihrer Erfahrung statt mit Theorie gepunktet. Da war es zweitrangig, ob sie ursprünglich einmal den gehobenen oder den höheren Bildungsweg gewählt hatten. Sie wusste viel zu wenig über ihn.

Eva erinnerte sich an eine Situation mit dem Sokoleiter, die bereits ein paar Jahre zurücklag. Sein fünfzigster Geburtstag. Hatte er da nicht einen Geschenkkorb von irgendeiner Verbindung bekommen? Aus Hamburg oder Göttingen, irgendwo im Norden. Ja, es lag auf der Hand. Auch sein Denkmuster passte zu dem eines Verbindungsmitglieds: Was nicht sein durfte, konnte nicht sein. Das sture Festhalten an dieser Prämisse war allerdings äußerst untypisch für ihn, schränkte es doch die Objektivität gewaltig ein.

Eva nahm die Abkürzung um einen Schreibtisch und stellte sich ihrem Chef in den Weg. »Sagen Sie nicht immer selbst, dass sich das Böse kein festes Milieu aussucht?«

Willner wandte sich ab. Für ihn war das Thema abgeschlossen.

Derweil schloss auch Gerhard zu ihnen auf. »Wenn dieser Trassmann sich um alle Belange der Verbindung kümmert, weiß die Leitung über seine Handlungen unter Umständen gar nicht Bescheid.«

»Dann lade ich ihn also offiziell vor«, stellte Eva mit neutraler Stimme fest. »Und wir sichten die Unterlagen der Verbindung. Ohne großes Aufhebens natürlich.«

Willner legte einen Finger an die Lippen und sah konzentriert zu Boden. Die Blicke der versammelten Mannschaft schienen seine Entscheidung positiv zu beschleunigen, denn nun nickte er kurz, um dann ohne weiteren Kommentar in sein Büro abzurauschen.

Was der wieder hatte. Aber egal. Eva klatschte Gerhard ab und machte sich umgehend daran, ein Fahrzeug nach Ulm zu schicken, bevor der Chef es sich wieder anders überlegte. »… Sichtung aller Unterlagen … Einen DNA-Test für Tim Trassmann. Und sein Alibi für beide Todeszeitpunkte. … Im ersten Fall sind noch einige Lücken zu klären. Bitte unbedingt nachprüfen lassen. Und vorladen, am besten gleich! … Ja, genau. Bis wann kriegt ihr das hin?«

Sie lauschte in den Hörer und lächelte zufrieden. Am nächsten Morgen würden sie erste Informationen in Händen halten.

Eva hatte gar nicht bemerkt, dass Willner vor ihrem Tisch stand. Der war doch eben erst ... Er hielt eine Akte in der Hand und musterte sie stumm.

Sie legte auf und schaute hoch. »Was gibt es?«

»Tippen Sie mir doch mal die Berichte hier ab, bevor wir die ganze Truppe weiter aufwiegeln.« Die Miene des Chefs war verschlossen wie immer, aber der Ton seiner Stimme konnte Felsen zertrümmern. Und die Falte zwischen seinen Augenbrauen war beachtlich. Vor Eva klatschte die Akte auf den Tisch.

Gerhard und Regina warteten – äußerst konzentriert in ihre Arbeit vertieft –, bis der Schlagabtausch vorüber war. Eva starrte derweil mit verschränkten Armen auf die Papiere. War sie jetzt Willners Sekretärin, wenn Frau Schloh Feierabend hatte? Wut heizte ihre Wangen auf, die vermutlich schon rot glühten. So langsam reichte es! Wenn es auf dieser Basis weiterging, würde sie irgendwann vor versammelter Mannschaft ausflippen.

Sie fasste sich ein Herz. Sie stand auf und folgte Willner, der schon fast den Gang erreicht hatte. »Haben Sie eine Minute?«

Mitten im Lauf drehte er sich um und schien einen Moment lang zu zögern. »Das reicht nicht für eine Zigarette. Kommen Sie mit raus.«

Sie folgte Willner auf die Terrasse. Dort zog er eine zerknautschte Zigarettenschachtel hervor. Hinter den Hügeln war die Sonne inzwischen vollends untergegangen. Eva spürte den frischen Abendwind auf ihren Wangen, die sich langsam abkühlten; doch unter der Haut schlug ihr Puls Stakkato.

»Sie rauchen wieder?«, fragte sie im Plauderton, der ihr mehr schlecht als recht gelang.

Nach der Trennung von seiner Frau vor etwa zwei Jahren hatte Willner erst stark zugenommen, nach einigen Wochen wieder zu rauchen begonnen und über zwanzig Kilo abgenommen. Nach bedrohlichen Werten bei der jährlichen Untersuchung hatte der Sokoleiter sein Laster dann wieder aufgegeben und, wie es schien, nun erneut angefangen.

Willner inhalierte tief. »Die Presse macht uns ganz schön zu schaffen, oder?«

War die Presse alles, was ihren Chef interessierte? Und warum erwiderte er Evas Blick nicht? Stattdessen suchten seine Augen den Wohnblock auf der anderen Straßenseite ab, als ob es dort etwas Spannenderes zu sehen gäbe als Balkonfronten und Topfpflanzen. Als ob sie ihm egal geworden sei. Die Wut schnürte Eva die Atemluft ab.

»Warum sprechen Sie mit Kollegin Wernhaupt über mich?«, platzte es aus ihr heraus.

Jetzt hatte Eva Willners volle Aufmerksamkeit. »Was soll ich denn mit ihr über Sie gesprochen haben?«

Eva versuchte, sich zu konzentrieren, die Vernünftige zu bleiben in einer Sache, die sich schon seit Längerem entwickelte, ohne dass sie Einfluss darauf hatte, und die schon längst nicht mehr vernünftig war. Was war jetzt besser, langsam einzusteigen oder gleich in die Vollen zu gehen? Ach, sie hatte diese Spielchen so satt.

»Dass Sie mir nicht mehr vertrauen«, behauptete sie ins Blaue hinein. Inmitten des beständigen Brummens von der Bundesstraße quietschten Reifen, dann hupte jemand.

Willner nahm einen tiefen Zug, bevor er antwortete. »Das hat sie Ihnen erzählt?«

Eva verzichtete auf eine Antwort.

»Berufliche Gespräche sind vertraulich.« Weder wiegelte er ab, noch war sonst eine Reaktion in seinem Gesicht zu erkennen.

»So vertraulich, dass Sie mit einer dahergelaufenen …« Eva biss sich auf die Zunge, aber die Worte waren schon heraus.

»Sprechen Sie jetzt besser nicht weiter.« Willners Blick hätte Brot schneiden können.

»Es ist also so, Sie misstrauen mir?«, fragte Eva bitter.
Willner hob halbherzig die Hand, der Rauchfaden seiner Zigarette wirkte wie die Verlängerung seines Mittelfingers. Aus seinem verschlossenen Gesicht war nach wie vor nichts herauszulesen. »Frau Brenner, jeder hier kennt und schätzt Ihre Arbeit. Ich am allermeisten. Aber meine Einschätzung in der aktuellen Situation müssen Sie mir schon selbst überlassen.«

Kein Bedauern, keine Entschuldigung. Eva nickte, dann machte sie auf dem Absatz kehrt und stob zurück ins kühle Innere des Präsidiums. Empfahl er ihr im nächsten Schritt womöglich, interne Stellenausschreibungen zu lesen?

Sie ließ sich hart in ihren Stuhl fallen. Gerhard und Regina hoben kurz den Kopf und vertieften sich dann wieder in ihre Arbeit.

Tatsächlich rief Eva als Erstes die Stellenausschreibungen im Intranet auf. Eine Stelle bei den Drogenfahndern war zu besetzen, dazu eine befristete in Reutlingen beim Cybercrime. Ein bisschen mehr Auswahl wäre nicht schlecht gewesen, aber vermutlich war jetzt bis zum Ende des Jahres nicht mehr viel Bewegung drin. Eva versuchte, sich beim Tippen eines Berichts zu beruhigen, aber sie spürte, wie ihr Körper immer noch vor innerer Anspannung vibrierte. Am liebsten hätte sie einen Schrei losgelassen.

Regina saß da und ahnte nicht mal, was sie mit ihrem Satz angerichtet hatte. Klappe halten war ja ganz offensichtlich nicht ihr Ding. Eva rührte in ihrem Kaffee, einem kläglichen Rest, in dem es eigentlich nichts mehr zu rühren gab. Aber den Gang zur Kaffeemaschine im Flur, um dann vielleicht Willner in die Arme zu rennen, den wollte sie sich in jedem Fall ersparen.

Was hatte sie getan, dass der Chef ihr misstraute? War sie nicht zu jeder verdammten Tages- und Nachtzeit da, vernachlässigte Freundschaften und verpasste Familienfeste für diesen Job? Gab die Liebe auf? Und bekam sie Anerkennung dafür? Nein. Und an dem Tag, der diesen Keil zwischen Willner und sie getrieben hatte, da hatten sie und Björn nur ein winziges Zeitfenster gehabt. Jeder traf mal falsche Entscheidungen. Darum ging es auch gar nicht. Es war besser, eine falsche Entscheidung zu treffen, als gar keine. Keiner wusste das so gut wie ihr erfahrener Chef.

Eva kannte ihn besser, als er vermutlich ahnte. Willner brauchte einen Schuldigen, um das Geschehene besser erklären zu können. Und da Björn nicht mehr greifbar war, traf es eben sie. Aus der einen Schublade rausgezogen, um in der anderen zu verschwinden.

Die Uhr auf dem Bildschirm zeigte einundzwanzig Uhr dreißig. Eva tippte gerade den letzten Bericht, da bemerkte sie, dass sie ihr Handy ausgeschaltet hatte. Sie drückte auf den Knopf, und kaum war es hochgefahren, da surrte es. Eine Nachricht von ... nein, natürlich nicht von Tom. Dafür lächelte ihr Gerdas hübsches Gesicht mit den braunen Ringellocken vom Display entgegen. »Haben uns ja ewig nicht gehört, sag mal! Willst du gegen sechs vorbeikommen?«

»Wie lang bist du wach?«, tippte Eva. Sie war eine der Letzten im Büro, sogar der Sokoleiter war inzwischen schon nach Hause gegangen. Nur langsam ließ das Rauschen in ihren Ohren nach. Es wurde Zeit, dass sie hier rauskam und Willner Willner sein ließ.

Halb elf. Der Stieglitzweg in Oberbettringen lag im Dunkeln, Nachtfalter flatterten im schummrigen Licht der Laternen, und ab und zu war kurz die Silhouette einer Fledermaus zu sehen, die sich eins der Tierchen schnappte. Ein kühler, leichter Wind bewegte die Äste der Birken. Eva schaute hinüber zu dem Mehrfamilienhaus. Einige der Fenster waren hell erleuchtet, doch im Erdgeschoss war alles dunkel. Eigenartig, Gerda musste doch zu Hause sein, sonst hätte sie nicht geschrieben.

Eva nahm den Finger hoch, wollte den Knopf neben dem vertrauten Namen auf dem Klingelschild drücken. Dann senkte sie den Arm wieder. Nicht, dass sie eins der Kinder weckte. Gerdas Handy war an, aber sie nahm nicht ab. Vielleicht war ihre Freundin im Wohnzimmer eingeschlafen.

Eva ging an der Hecke entlang und machte im Mondlicht die Umrisse des Sandkastens, eines umgekippten Reittiers und der gemütlichen Rattan-Sitzecke aus, auf der sie manche laue Sommernacht verbracht hatten. Das Wohnzimmer lag dunkel und verlassen da, Gerda hasste es, die Rollläden herunterzulassen.

Erinnerungsfetzen. Sie und Gerda mit einem Stapel Taschentücher kurz vor Weihnachten beim Liebesfilmmarathon, Chips und ein Glas Hugo auf dem Tisch. Ihre Clique ausgelassen beim Weiberfasching in Essingen oder während des Kneipen-Hoppings beim Guggentreffen in Gmünd, wo Gerda ihren Mann kennengelernt hatte (der sie dann 2016 genau dort gegen ein neueres Modell eintauschte). Auf den PH-Feten und FH-Ersti-Partys. Die unbeschwerten Zeiten waren vorbei, wie es schien.

Eva beschloss, den direkten Weg durchs Gestrüpp zu nehmen, an der Stelle, die durch die Kinder schon gelitten hatte und durchlässig geworden war, und an die Terrassentür zu klopfen. Alles, nur den Abend nach diesem verkorksten Tag nicht allein verbringen. Die Zweige kratzten ihren Arm, jemand auf der anderen Straßenseite schloss geräuschvoll das Fenster. Besser, sie ließ es bleiben. Wenn sie einer hier im Dunklen bei dieser Aktion erwischte, rief der womöglich noch die Polizei.

Bestimmt war Gerda wieder mit den Kindern eingeschlafen. Eva ließ das Handy noch einmal klingeln und blieb eine Weile stehen, dann beschloss sie, dass es ziemlich blöd war, spätabends in einer menschenleeren Straße in der Dunkelheit vor einem dunklen Haus zu warten. Langsam trottete sie am Eingang vorbei zurück.

Selbst Gerdas alter Golf wirkte verlassen und einsam, wie er da so schräg über dem Randstein stand. Fettige Fingerspuren hatten ein Mondgesicht auf die hintere Seitenscheibe geschmiert, Stifte und Papier lagen verteilt auf Sitzen und dem Boden, ein Papierflieger hatte die Mittelkonsole erobert, dazu gab es zwei fleckige Kindersitze. Die Sitzerhöhung hing schräg auf dem Beifahrersitz. Eva nahm den Schlüssel aus der Hosentasche und setzte sich hinters Steuer ihres Fiat Tipo, wo sie noch einen Moment verharrte und die Straße hinunterschaute, bis sie schließlich doch den Motor startete.

SIEBEN

»Und wo wurde jetzt welches Handy gefunden?«, fragte ein Kollege.

»An zwei Stellen. Ausgehend vom letzten Punkt, an dem sie eingeloggt waren.« Willner stand vorn im Büro an der Übersichtstafel, an die Stecknadeln mit verschiedenen Farbköpfen gepinnt waren. Die Muskeln in seinem Nacken arbeiteten, als er zwei weitere Nadeln in die Landkarte trieb. In verschiedenen Farben zeigten sie die Fundorte der Leichen, weiterer Reifenspuren und möglicher anderer Spuren. Und jetzt kamen zwei orangefarbene Pins für die Fundorte der Handys dazu, daneben ein Foto von einer Mülltonne. Eva vermisste den Pin an dem Ulmer Verbindungshaus, aber so weit reichte die Karte sowieso nicht.

Ob sich bei der Durchsuchung schon etwas ergeben hatte? Doch Willner schien nicht über die neue Entwicklung dort sprechen zu wollen. Einer der Punkte, die die nächste Besprechung der Soko Prinz klären müsste, wenn erste Ergebnisse der Spurensicherung zum Mord an Simon Bruhn vorlagen.

»Simons Handy befand sich in einer Mülltonne in Leinrot. Es ist nicht beschädigt, nur der Akku war leer. Alexanders Telefon haben die Kollegen nach aufwendigerer Suche vor etwa zwei Stunden unterhalb eines Hanges bei Sulzbach gefunden, nicht einmal drei Kilometer vom Fundort seiner Leiche entfernt.«

Endlich mal ein Erfolg. Es war nicht immer ganz einfach, rasch an Daten der Handyortung zu kommen, aber nach einigen Kämpfen und Änderungen rechtlicher Gegebenheiten in den letzten Jahren hatte die Zusammenarbeit mit den Anbietern deutliche Fortschritte gemacht. Schwierig wurde es immer, wenn eine Zustimmung aus Nicht-Schengen-Ländern wie den USA eingeholt werden musste.

»Dann legen Sie mal los!«, forderte Willner den Spezialisten auf.

Der IT-Fachmann schaute ihn groß an. »Wir haben die Telefone eben erst gefunden.«

»Dann sagen Sie bitte etwas zu den Festplatten von Simon Bruhn«, ranzte der Chef.

Der Kollege blies die Backen auf. »Aber hallo! Wir haben gestern Nacht eine Sonderschicht gefahren.«

»Ich meine jetzt nicht die tollen Filme. Das ist mir schon zu Ohren gekommen.« Willner trommelte mit den Fingern auf den Tisch.

»Okay, okay.« Der ITler winkte ab. »Bisher unauffällig, keine Kontaktlisten oder Ähnliches, wenn Sie das meinen.«

Eine ungute Stimmung lag in der Luft. Eva beobachtete Willner. Es war mal wieder so weit. Keiner traute sich, Fragen zu stellen. Und noch immer war Trassmann nicht hier. Vielleicht sollten sie die Sache größer anlegen und die ganze Verbindung überprüfen, nicht nur Trassmann. Konnte es denn wirklich Zufall sein, dass beide Opfer mit ihm zu tun gehabt hatten? Doch den Chef in dieser Stimmung anzusprechen brachte überhaupt nichts.

Nicht nur der Sokoleiter stand sichtbar unter Strom, auch im Rest des Teams äußerte sich die Anspannung in allgemeiner Nervosität. Die Kollegen rollten Stifte auf dem Tisch vor und zurück, Reginas Absätze tippelten unter dem Tisch, Gerhards Hände umklammerten seinen Block so fest, dass die Fingerknöchel weiß hervortraten. Und die Rechtsmediziner brauchten für ihren Bericht vermutlich noch Zeit. Zeit, die sie nicht hatten.

Fast jeder von ihnen war schon auf den Fall angesprochen worden, obwohl noch keine vierundzwanzig Stunden vergangen waren. Nein, der Förster hatte der Soko keinen Gefallen getan mit seiner Öffentlichkeitsgeilheit. Wie sollte man sich konzentrieren, wenn das Telefon den ganzen Morgen lang unablässig klingelte? Warum der Kollege am Portal die Anrufe überhaupt an die Abteilung weiterleitete, verstand

Eva nicht. Vermutlich stummer Protest, zumindest hatte er am Morgen auch demonstrativ weggeschaut, anstatt zu grüßen wie sonst. Nun hatten sie minütlich besorgte Bürger, besorgte Journalisten und besonders besorgte Politiker am Hörer, und die erkundigten sich nach der Sachlage, bekundeten ihre Angst, beschworen das Jüngste Gericht oder sprachen sogar offene Drohungen gegen die Beamten aus.

Die Kommentare in den sozialen Netzwerken hatten sie weitestgehend im Griff, aber es war mit viel Arbeit verbunden. Obwohl der ursprüngliche Post mit dem Bild des Toten gelöscht war, lud es immer wieder jemand hoch, und die Kollegen aus der Pressestelle hatten alle Hände voll zu tun, die Posts zu überwachen und löschen zu lassen. Appelle ans Verständnis der Leute wurden zum Großteil gehört, aber jeder einzelne weitere Post reichte, um ihnen die Arbeit schwer zu machen. Und ein Ende war nicht abzusehen. Kommentare wie »1x mit Profis arbeiten! Räumt endlich auf auf unserer Ostalb« waren noch die netteren.

Inzwischen verbreitete sich das Foto hauptsächlich über private Dienste per Handy, was die Sache jedoch nur unübersichtlicher machte. Was für Menschen waren das, die eine solche Nachricht nutzten, um Panik oder eigene Wahrheiten zu verbreiten? Bald stand wieder eine Wahl an, da konnte man die Tat doch prima vermeintlichen Verfehlungen des politischen Gegners in die Schuhe schieben: Hätten die einen nicht so viele Lehrer entlassen, hätten die anderen nicht die Zuschüsse für kulturelle Einrichtungen gekürzt, dann hätten die Leute jetzt Besseres zu tun, als junge Männer zu ermorden und ihnen Kronen ins Haar zu nähen. So oder so ähnlich hatte zumindest die Aussage eines Bürgers geklungen, der vorhin zu ihnen durchgestellt worden war.

Doch es waren auch Anrufe von Tourismusmitarbeitern dabei, die flehten, das kulturelle Kleinod Ostalb nicht in einem so katastrophalen Licht darzustellen. Die Buchungen für die Sommerferien liefen auf Hochtouren, und wenn jeder Mann unter dreißig Angst haben müsse, tot am Hang des Büchelberger Grats zu enden, dann käme ja keiner mehr hierher. Als ob sie, die Beamten, es waren, die den Touristen Leichen vor die Füße warfen!

»Katastrophe«, raunte Frau Schloh, die sich eben neben Eva setzte.

»Kannst du überhaupt weg vom Telefon?«

»Drei Stunden Telefondienst gestern und zwei heute sind genug. Ich habe die Rufumleitung auf die Pressestelle zurückgestellt. Nur für die nächste halbe Stunde. Sollen die sich um die besorgten Bürger kümmern. Willner wird es mir verzeihen.«

Etwas vibrierte. Die kleine grauhaarige Frau zog ihr Handy hervor und stellte den Flugmodus ein, dann lehnte sie sich in den Stuhl zurück und lächelte.

»Die Unterlagen aus der Verbindung sind weitgehend gesichtet«, informierte ein Kollege den Sokoleiter, legte eine Mappe auf den Tisch, nuschelte etwas und war wieder verschwunden.

Willners Knurren und ein Blick zu Eva waren Antwort genug. Er war immer noch sauer.

»Ich nehme das mal als ›Und?‹«, klinkte sie sich ein und blätterte durch die Ergebnisse.

Willner sah Eva nicht mal an, also sprach sie etwas lauter zu den Beamten im Raum. »Seit Trassmann für die Aufnahme neuer Studenten zuständig ist, werden rund die Hälfte weniger Bewerber angenommen.«

»Woher haben wir diese Info?« Torbens Gesicht hob sich vom Computer.

Eva sah sich das Blatt an. »Die vorherigen Annahmen und Ablehnungen sind von einem Olaf Schwerd unterzeichnet und von Tim Trassmann nur gegengezeichnet. Seit Beginn des letzten Semesters im September steht unter den Anträgen nur noch Trassmanns Unterschrift – dafür sind diesmal nur acht Neue angenommen worden, im Vergleich zu siebzehn im Vorsemester und sogar zweiundzwanzig im Semester davor.«

»Ein klarer Unterschied«, bestätigte Regina.

»Es gibt also diese beiden Toten, von denen der eine Mitglied in der Ulmer Vereinigung war und der andere nicht angenommen wurde«, überlegte Gerhard laut. »Dass Trassmann in unserer Gegenwart deutliche Spuren von Nervosität gezeigt hat, können meine beiden Kolleginnen bestätigen.«

»Absolut lächerlich!« Willner war im Begriff gewesen, aus dem Raum zu gehen, doch jetzt drehte er sich um. »Stellen Sie Ihre Ermittlungen auf solide Grundlagen, um Himmels willen. Wir sind hier nicht auf der Kadettenschule! Was sollte Trassmann denn mit den beiden Toten zu tun haben? Haben Sie mal auf die Landkarte geguckt?«

Mit einem Schritt stand er vor der Übersicht an der Wand, hieb mit seiner Pranke an eine Stelle auf der Karte und verfehlte den Pin nur knapp, der in der Pappe steckte. »Das hier ist Abtsgmünd.« Dann schlug er auf eine andere Stelle unterhalb der Tafel. »Und hier ungefähr ist Ulm. Wir haben ein profundes Alibi und keine DNA.«

»Trassmanns DNA wird zurzeit überprüft«, gab Eva sich unbeeindruckt. Ihre Stelle war sowieso mehr als unsicher, da musste sie vor den Launen des Chefs weiß Gott nicht mehr kuschen. »Falls seine DNA nicht mit der am Fundort der Leichen übereinstimmt, bedeutet das nur, dass *er* nicht dort war. Einer seiner finsteren Gesellen oder andere aus dem Netzwerk können sehr wohl ihre Finger im Spiel haben.«

Willner drehte sich wieder um und verschränkte die Arme. »Wissen Sie was? Ihre Vorurteile gehen mir gehörig auf den Zeiger.«

»Siehst du, er ist selbst Verbindungsmitglied«, flüsterte Eva.

»Also ich habe mich da mal informiert.« Gerhard erhob sich von seinem Bürostuhl.

Willner fixierte ihn argwöhnisch, der Rest gab sich eher erstaunt.

Evas Lieblingskollege schaute in die Runde. »Auch wenn seit den 68ern die Kritik laut geworden ist, hat eine Verbindung durchaus ihre Daseinsberechtigung in der heutigen Welt«, erklärte er.

»Hört, hört«, raunte Regina amüsiert.

Eva grinste. Jaja, der *Dr.* Vollrath.

»Die wichtigsten Komponenten sind Convent und Lebensbund«, fuhr Gerhard unbeeindruckt fort. »Die Korporation ist eine Festung der Zuverlässigkeit in den instabilen Zeiten. Hier gelten eigene Regeln, die Comments. Das bedeutet, man geht eine lebenslange Verpflichtung ein, für alle Mitglieder einzustehen. Alte Werte also.«

Der Chef nickte zufrieden.

»Eine ganz schöne Klüngelei«, empörte sich hingegen Frau Schloh.

»Wen willst du lieber in deiner Firma haben? Irgendwelche Heuschrecken, denen nichts heilig ist, oder eher ein Netzwerk aus Leuten, die stabile Grundsätze vertreten? Da ist doch nichts dran auszusetzen.«

Die Diskussion hatten sie mit Trassmann ja schon zur Genüge geführt. »Weißt du was über den Aufbau?«, fragte Eva.

»Bis zum Erwerb des ersten akademischen Abschlusses heißen die Mitglieder ›Füchse‹«, übernahm Sokoleiter Willner, der offensichtlich eine innere Wandlung vollzogen hatte. Er war in seinem Element, die Augen glänzten, und alle Wut war aus ihnen verschwunden, auch seine puterrote Gesichtsfarbe hatte sich normalisiert. »Nach der Reception oder Burschung haben wir vollwertige Mitglieder, die Corpsburschen. Sie alle bilden die Aktiven. Aus den Vollmitgliedern wird die Chargia gewählt, ein Vorsitzender, der Fechtverantwortliche, der Kassenwart.«

»Welche Stellung bekleidet Trassmann?«, fragte Torben.

Eva zuckte mit den Schultern und schaute zu Gerhard. »Irgendwas mit Mitgliederverwaltung?«

»Dann wird er der Fuchsmajor sein«, vermutete Willner.

Eine halbe Stunde später stellte Eva den dünnen Präsidiumskaffee neben ihre Tastatur. Trassmanns DNA-Test war negativ, der Chef hatte es eben besonders laut verkündet, wie ihr schien. Nun prostete ihr ein rotnasiger Nikolaus von der Tasse des Gmünder Weihnachtsmarkts zu, denn das Tassenfach war mangels gespülten Geschirrs mal wieder leer gewesen – so gelangten auch die Tassen aus der letzten Reihe immer wieder zu kurzer Berühmtheit. Das Lächeln des Nikolaus wirkte hämisch. Eva drehte die Tasse um, sollte er jemand anderen angrinsen.

So. Was gab es also zu tun, außer Berichte zu tippen? Bezüglich der Handyinhalte hatten sie noch keine Neuigkeiten, so was konnte dauern. Sie fühlte neuen Schwung, nachdem der Anruf eingegangen war, dass Trassmann am Mittag kommen würde. Er hatte sich so lange geweigert, bis die Kollegen ihm mit Abholung gedroht hatten. Schade, dass sein Test ins Leere gelaufen war. Eva hätte ihn liebend gern selbst ins Auto gepackt. Aber es gab ja noch andere Punkte auf der Liste.

»Was meinst du dazu?« Gerhard biss in seine Butterbrezel und hielt Regina ein Blatt hin, während sie sich setzten.

Der Stuhl der LKAlerin schob sich schwungvoll gegen Evas Lehne. Eva stieß gegen die Tasse, und das Heißgetränk schwappte bis knapp neben die Tastatur.

Regina schien nichts davon bemerkt zu haben. »Weißt du schon das Neueste, Eva? Die KTU hat Fingerabdrücke auf den Handys gefunden, die vom Täter stammen könnten. Geht es offensichtlicher?«

»Und wenn die Spuren absichtlich gelegt sind?« Eva wischte den verschütteten Kaffee weg.

Ihre Kollegin schüttelte energisch den Kopf. »Für mich wirkt das Vorgehen sehr … unprofessionell.«

»Passt das zu deiner Psychopathentheorie?«

»Ja, aber das deutet eher auf einen Soziopathen hin.«

»Ganz schön komplex. Kannst du's kurz machen?«

»Na ja, Soziopathen gelten als gemachte, als produzierte Psychopathen, die am wahrscheinlichsten Traumatisierungen in ihrer Kindheit erlitten haben. Sie sind sozial nicht besonders erfolgreich, wohnen oft auch noch zu Hause und gelten als die, die am ehesten gewalttätig werden. Psychopathen wollen sich nicht an Spielregeln halten, Soziopathen können es nicht.« Reginas Stirn kräuselte sich. »Es passt nicht, dass der Täter einerseits so gezielt vorgeht und andererseits so viele Spuren hinterlässt.«

»Das wirkt schlampig«, pflichtete Gerhard bei und beförderte eine weitere Brezel aus seiner Tüte ans Tageslicht. »Ich bin mir sicher, dass er die Spuren nicht absichtlich legt. Zum Glück ...« Der Biss in das zweite Laugenprodukt verhinderte eine weitergehende Analyse.

»... müssten wir die Auswertung der Spuren des aktuellen Tatorts heute noch bekommen.« Regina klebte ein pinkes Post-it auf eine Mappe und schrieb »Internetkriminalität, bitte prüfen« darauf.

»Was ist das?«, fragte Eva.

Reginas Augen verengten sich. »Kopien der Festplatten aus Simon Bruhns Zimmer. Da drauf sind illegale Downloads en masse. Musik, Filme und Spiele! Ich sag's euch, das hat professionelles Niveau. Ich leite alles an meine Kollegen weiter.«

Eva und Gerhard wechselten einen Blick, als Regina aufstand und in Richtung Hauspost verschwand.

»Verdammt, ich hab den Jungs doch gesagt, dass die Informationen unsere Soko nicht verlassen sollen.« Geradlinigkeit war toll, Empathie jedoch, wie es schien, eine seltene Gabe. »Will sie der armen Mutter jetzt noch ein Verfahren und eine Strafe aufbürden?«

Das Telefon klingelte.

»Kriminalkommissarin Brenner, Präsidium Aalen.«

»Monika Bruhn, hallo.«

»Guten Tag, Frau Bruhn«, antwortete Eva gepresst. Wenn sie wüsste. Die Stimme der Frau klang sowieso schon schwach und verheult.

»Frau Brenner, darf ich Sie um etwas bitten? Unterbinden Sie diese Meldungen. Bei mir klingelt seit dem frühen Morgen das Telefon.« Dann war Stille in der Leitung, bis Monika Bruhn sich die Nase schnäuzte.

Was sollte sie ihr sagen? Evas Blick fiel auf die Mappe auf dem Schreibtisch, die nur ein paar der Ausdrucke aus den sozialen Netzwerken enthielt.

»Der Albverein hat schon sein Beileid bekundet und die örtlichen Schützen. Die Schwulenvereinigung hat kondoliert und wollte mich darin bestärken, als gutes Beispiel und starke Mutter an die Öffentlichkeit zu treten. Der Pfarrer fragt, ob ich über mein Kind reden möchte. Ich bekomme Drohanrufe und zu allem Übel auch noch Verunglimpfungen von irgendwelchen Rechten. Bei mir rufen sogar …« Die Stimme der Frau brach.

»Frau Bruhn, das tut mir alles sehr leid. Die Postings bei Facebook haben wir abschalten lassen, doch einige haben das Bild bestimmt auf dem Handy und verteilen es privat weiter. Aber die größte Welle ist vorbei.« Hoffte sie zumindest. »Soll ich Ihnen eine geheime Nummer freischalten lassen?«

»Ich fahre für ein paar Tage zu einer Freundin«, antwortete die Frau mit leiser Stimme. »Bitte beenden Sie das.«

»Ich verspreche es Ihnen. … Ist Ihnen vielleicht noch etwas eingefallen?« Die Leitung klickte, und Eva lauschte dem Belegtzeichen noch einen Moment. Dann legte sie auf und nahm den letzten kalten Schluck Kaffee, um den Kloß im Hals hinunterzuspülen. Sie packte ihre Nikolaus-Tasse und stand auf.

Der Weg zur Kaffeemaschine führte vorbei an der Hauspost, aus der Eva einen Ordner mit pinkem Kleber nahm. Nachdem Regina nicht zu sehen war, surrte kurz darauf der Reißwolf beim Kopierer.

***

Christof klopfte an die Tür zu Utes Zimmer. Der deftige Bratengeruch stieg bis hier oben und ließ ihm das Wasser im Mund zusammenlaufen. Wenn er lange genug hierblieb, würde Gudrun ihn bestimmt fragen, ob er mit ihnen Mittagessen wollte. Überhaupt mochten Utes Eltern ihn. Doch erklären, warum sie in der letzten Zeit so zickig war, das konnten sie ihm auch nicht. »Christof, nimm sie doch mit zur Chorfeier«, hatte Gudrun ihm vorgestern auf dem Markt zugeraunt.

Und das würde er ja gern machen, aber dazu musste Ute sich schon blicken lassen. Wo steckte sie denn wieder?

Mehr und mehr hatte er den Eindruck, dass sie ein Doppelleben führte. Immer wieder verschwand sie vom Erdboden oder blieb stundenlang in ihrem Zimmer. Auf dem Hof sah er sie so gut wie nicht mehr von seinem Fenster aus.

Er klopfte noch einmal, und diesmal stellte er sich so ungeschickt an, dass er die Klinke ganz aus Versehen nach unten drückte. Er grinste. Sie hatte ihr Zimmer nicht abgeschlossen. Vielleicht würde er sie ja sogar im Bett überraschen, wie lange hatte sie ihn schon nicht mehr zu sich hereingelassen.

Doch das Zimmer war leer. Und ihr Bett im Nebenraum auch, die Decke ordentlich zurückgeschlagen. Nein, ganz leer war es nicht. Vom Kopfkissen erhob sich nun der weiß-braun gefleckte Bo, drückte seine Krallen in den weichen Untergrund, streckte sich gemütlich, machte einen Buckel, maunzte und sprang dann auf den Teppich herunter. Während Christof sich umsah, strich ihm der Kater um die Beine.

Am Schrank hing ein Kleid. Er ging näher heran. Was für ein eigenartiges Modell, aus dickem, glänzendem Stoff, eher fürs Theater geeignet als für einen Chorabend. Die Ärmel waren blau, dazu waren ab der Hüfte dunkelrote Einsätze eingenäht, und an der Brust war es geschnürt.

»Bo, wo ist denn dein Frauchen?«, fragte er, als sein Blick auf den Korb mit Wolle auf dem Schreibtisch fiel. Ute und Handarbeiten? Das wurde ja immer seltsamer. Dieses ständige Alleinsein tat ihr nicht gut.

Im Frühling hatte er zu viel auf dem Hof zu tun gehabt, um sich dauernd um sie zu bemühen, wie sie es eben wollte. Und dann hatte sie ihn mal wieder abblitzen lassen. Was dachte sie eigentlich, wer sie war?

Christof trat einen Schritt auf eins der Poster an der Wand

zu. Diese ganzen blassen, feinen jungen Menschen, Vampire oder was immer sie darstellen sollten, seit wann hingen die hier? Hatte sie die Bravo-Starschnitte ihrer kleinen Cousinen geschenkt bekommen? Das passte doch alles nicht hierher nach Lissenzell und auf den Hof. Und zu seiner Ute passte es schon gar nicht. Das musste er ihr noch einmal deutlich sagen. Was verdammt fehlte ihr denn? In letzter Zeit benahm sie sich wie eine Siebzehnjährige.

Heute Abend bei der Chorfeier würde er die Zeit haben, ihr den Kopf zurechtzurücken, ihr zu erklären, wo ihr Platz war.

Er hob ein Stück glitzernde Borte vom Boden auf. Kater Bo nutzte die Gelegenheit für einen Frontalangriff und drückte seinen Kopf demonstrativ in die dargebotene Handfläche. Christof kraulte das Tier, während er die Borte genauer betrachtete. Solche verschnörkelten Bänder hatte seine Oma für ihre Häkelarbeiten verwendet. Was wollte Ute denn mit dem ollen Kruscht, als Schmuck für die Tiere aufarbeiten? Dabei stellten ihre Eltern gar nicht auf Sauenprämierungen aus. Das hätte sie ihm doch erzählt. Fasching war auch nicht, da war Ute nicht der Typ dafür. Wenn überhaupt, ging sie höchstens zum Aalener Kneipenfestival. War der Stoff als Zierde für ein Hoffest gedacht? Wohl kaum. Er schüttelte den Kopf. So etwas hatten die Pfänders noch nie veranstaltet, warum auch? Und heiraten wollte Ute ja nicht. Zumindest nicht ihn, das hatte sie ihm ins Gesicht gesagt unten im Goldenen Hirsch, und zwar vor der versammelten Fußballmannschaft. War das ein Gelächter gewesen. Für alle, außer für ihn. »Christof, i bring d'r den Katalog vom Emil mit, der hot sei Frau au aus Thailand. Mit derra kohsch wenigschtens was anfanga, die isch net so widerschpenschdig«, hatte der Karl lachend gerufen und ihm auf die Schulter gehauen.

Er knüllte das Band in seiner Faust zusammen und warf es in den Wollkorb, als er einen Luftzug spürte.

»Was willst du hier?«, erklang Utes Stimme unvermittelt hinter ihm.

Er drehte sich zu ihr um und lächelte die Unsicherheit weg.
»Machst du neuerdings Handarbeiten?«

Ihr verzerrter Gesichtsausdruck und die roten Flecken auf ihren Wangen erschreckten Christof.

»Wie kommst du in mein Zimmer?«

»Ich … ich wollte dich an heute Abend erinnern. Kommst du mit?«

»Weg von meinem Schreibtisch!«, brüllte Ute mit drohend aufgerissenen, schwarz umrandeten Augen.

Seit wann schminkte sie sich?

»Raus!«

In diesem Zustand war bestimmt nicht gut Kirschen essen mit ihr. Christof hatte sie in letzter Zeit öfters abweisend erlebt, aber so rüde war sie ihm gegenüber noch nie gewesen.

»Dann frage ich halt Kathi!« Abwartend blieb er stehen. Eine leere Drohung, Kathi ließ ihn nicht mal ran, wenn sie besoffen war. Doch Ute tat nichts, außer dazustehen, diesen starren Blick auf ihn gerichtet und die Hände in die Seiten gestemmt.

Auf dem Weg zur Tür versuchte Christof, einen möglichst großen Bogen um sie zu machen. Bo war die Situation offensichtlich ebenfalls nicht geheuer, denn der Kater witschte zwischen seinen Beinen durch und war gleich darauf verschwunden.

In der Tür drehte Christof sich um. »Zieh dir noch was Hübsches an! Ich hol dich um sechs ab.« Vielleicht musste es ja nicht unbedingt dieses eigenartige neue Kleid sein, aber vorsichtshalber verzichtete er auf diesen Hinweis. Zur Sicherheit schloss er die Tür und brachte die Treppe schnell hinter sich.

Gudrun streckte den Kopf aus der Küche und sah ihn schweigend an.

Er hob die Hand. Zum Essen würde er heute wohl nicht bleiben. Ihm machte das nichts aus. Ute gab sich manchmal etwas spröde, aber wenn sie betrunken genug war, durfte er sie doch heimbringen und bei ihr übernachten. Und allein kam Ute doch gar nicht mehr aus ihrer Bude raus.

Ihre Eltern hatten ja auch schon über die Zusammenlegung der Höfe gesprochen; irgendwann würde das sture Weibsstück schon erkennen, dass sie zusammengehörten.

***

Als Trassmann aus dem Aufzug stieg, war ihm nichts von der Nervosität anzusehen, die Eva mehrfach in der Verbindungsvilla aufgefallen war. Er grüßte kurz, während ihn eine Kollegin über den Flur begleitete. Sein Blick war nach vorn gerichtet, den Rücken hielt er beim Gehen gerade wie ein besonders braver Schüler.

Willners Tür war verschlossen. Eva hatte nicht damit gerechnet, aber jetzt schlich sich eine leise Hoffnung ein, dass er diese Befragung nicht mit seinen Störmanövern gefährden würde. Er hatte ja, was er wollte. Trassmanns Test war negativ gewesen.

»Ist der Chef noch zu Mittag?« Gerhard gesellte sich mit einem Block zu ihnen, gefolgt von Regina. Sie gaben Trassmann die Hand.

Eva zuckte mit den Schultern und führte den Gast zum Besprechungszimmer. Sie würde die Chance nutzen. Willner war selbst schuld. Wer an die Tafel schaute, der wusste von Trassmanns Termin. Als sie die Tür des Chefs passierten, äußerte zum Glück auch keiner ihrer Kollegen den Wunsch, den Sokoleiter zu informieren.

»Kaffee?«, fragte Gerhard, und Trassmann nickte.

»Bring mir auch einen mit.« Eva stellte Wasser auf den Tisch und lächelte dem jungen Mann zu. Ein gutes Gefühl vermitteln, auch wenn es ihr bei diesem arroganten Typ schwerfiel. Jetzt keine weiteren Mauern aufbauen. Denn sie hatten: nichts. Eva hatte sich die Zeugenaussagen eben noch einmal vorgenommen. Trassmann war zur fraglichen Zeit mehrfach gesehen worden, ob bei seiner Familie oder in der Verbindung. Klar, es gab besagte Lücken, und doch war seine Tatbeteiligung weitgehend ausgeschlossen. Aber diese

Nervosität bei den letzten Befragungen hatte einen Ursprung. Interessant war also die Frage, ob vielleicht andere Verbindungsmitglieder etwas mit den Morden zu tun hatten.

Doch eine Überprüfung der Mitglieder musste äußerst gut begründet sein. Gut begründet und vermutlich gegen den Willen von Willner kaum durchzusetzen. Die Vorgaben waren engmaschig. Eingrenzung vor falscher Vorverurteilung. Der Schutz der Bürger wurde hier tatsächlich ernstgenommen, ernster, als es Eva manchmal von Nutzen schien.

»Hatten Sie eine gute Anreise?«, fragte sie, während Regina etwas auf ihren Block schrieb.

»Danke. Ich hoffe, wir können es bei dem einen Mal belassen.« Auch Trassmann hatte seine Klauen noch nicht ausgefahren. Sogar frisch rasiert war er, und er trug auch keinen seiner Zopfpullunder über dem Hemd.

Gerhard brachte den Kaffee und setzte sich ebenfalls.

»Kann ich die Akten unserer Mitglieder gleich wieder mitnehmen?«, fragte Trassmann beflissen.

Diese unterwürfige Haltung im Gespräch mit der Polizei passte nicht zu Tim Trassmann. Während Eva noch überlegte, was es mit dem neu entdeckten Wesenszug des Verbindungsmanns auf sich haben könnte, klärte Gerhard ihn über seine Rechte auf.

»Wie kommt es, dass Sie die Mitgliedsanträge im Moment alleine bearbeiten?«, fragte sie dann.

»Olaf ist für ein Semester in Finnland, da bleibt alles an mir hängen.«

»Okay. Ist diese Überlastung der Grund, dass Sie deutlich weniger Studenten angenommen haben?«

Trassmann lachte kurz auf, und da war sie wieder, die feine Nervosität in einem sonst kontrollierten Gesicht. Eva nahm einen Schluck Kaffee und beobachtete ihn. Welches Stichwort hatte ins Schwarze getroffen? Die Überlastung? Der Annahmeprozess der Studenten?

Sie zog die Liste aus der Mappe. »Wir haben hier aktuell acht neue Füchse. Im Vergleich zu siebzehn –«

Trassmann wiegelte ab. »Ja, ich weiß. Und?«

»… und davor zweiundzwanzig. Woher kommt der Unterschied?«

»Einer Verbindung stehen drei Gremien vor«, warf Gerhard ein, »reden die mit, oder sind Sie allein für die Neumitglieder zuständig?«

Trassmann rutschte auf seinem Sitz hin und her. »Ja, vielleicht ist es so, wir haben ein Nachwuchsproblem. Dieses Semester bin ich quasi allein auf weiter Flur, die neuen Füchse bleiben hinter den Erwartungen zurück, was das Engagement angeht. Die Chargia ist zurzeit unvollständig, unser Vorsitzender fällt auf unbestimmte Zeit aus.«

»Wissen die anderen, dass Sie aussieben?«, fragte Regina.

»Ich siebe doch nicht aus! Das, was sich da als neue Studenten ausgibt, ist nicht einmal Mittelklasse.«

»Ich habe mir Ihre Alten Herren angeschaut. Konstantin Klopfer ist doch Vorstand bei der hiesigen Zerbot AG.« Gerhard lehnte sich zurück und verschränkte seine Arme. »Wie steht denn das Philisterium dazu, dass Sie ihnen den Nachwuchs abgraben?«

»Ich denke, hier geht es um einen Mordfall.« Trassmanns hellblaue Augen hatten sich geweitet. Die Aussicht auf Unterrichtung eines Alten Herren bereitete ihm offensichtlich Sorge. »Was interessiert Sie denn, welche Entscheidungen ich zu treffen habe, damit meine Verbindung nicht auseinanderfällt und in ein paar Jahren kaputt ist, weil wir die falschen Leute rekrutieren?«

»Ihre Verbindung? Ich glaube, das können Sie nicht allein entscheiden.« Eva beschloss, ihn zu provozieren, indem sie seine Befugnisse deutlich in Frage stellte.

»Wir haben Post in Ihren Unterlagen gefunden. Alexander Kanze hatte einen Anwalt angeheuert, weil er Ihre zweifelhaften Methoden nicht akzeptiert hat.« Gerhard zog eine Augenbraue hoch.

»Dass ich aussiebe oder aus welchen Gründen das geschieht, geht Sie einen Scheißdreck an!« Trassmanns Stimme entglitt ihm komplett. Ins Schwarze getroffen. »Und ein Anwalt kann mir gar nichts«, schob er fast trotzig nach.

Regina schob den Stuhl näher an Trassmann heran. »Der vielleicht nicht. Aber wenn die Phili... die Alten Herren das hören ...«

»Dann sollen sie diese Entscheidungen eben selbst treffen. Man vertraut mir voll und ganz.« Damit schob er den Unterkiefer vor und fuhr durch sein schweißnasses Haar. »Egal, was Sie tun, Sie haben nicht das Recht, über diese Dinge zu reden.«

Das alles sprach eher nicht für die Mordthese, sondern tatsächlich dafür, dass der Gute narzisstische Züge hatte. Er sah sich ganz offensichtlich ein wenig zu sehr als Alleinherrscher in seinem kleinen Imperium und hatte Angst, dass man ihm nun einen Strick daraus drehte. Ganz wie Regina angenommen hatte.

Doch was, wenn eines der beiden Mordopfer seiner Stellung gefährlich geworden, ihm bei seinen Umtrieben auf die Schliche gekommen war? Oder sogar beide?

Gerhard sah zu Eva herüber und hob ebenso wie sie die Schultern.

»Da hat sich wohl jemand etwas weit aus dem Fenster gelehnt für seine Stellung«, flüsterte Gerhard amüsiert. Eva und er sahen Trassmann hinterher, wie er einen Karton mit Akten über den Flur trug, seinen Blick auf den Boden geheftet. Vier Kartons standen schon im Aufzug.

»Das muss jetzt der letzte sein«, sagte Eva. »Ich frag mich nach wie vor ...«

»... ob ihm eines der Opfer an den Karren fahren wollte, meinst du?« Gerhard nickte nachdenklich. »Aber dann hätte es Spuren gegeben. Entweder in den Unterlagen der Verbindung oder auf den Rechnern der Opfer.«

»Und die illegalen Geschäfte von Simon? Das Einzige, was wir gefunden haben, waren handschriftliche Zettel mit Schulden seiner Kunden. Laut IT keine Kundendaten auf keiner der Festplatten. Nicht ein Hinweis.« Eva legte nachdenklich den Zeigefinger an ihre Lippe.

»Bis auf das ganze illegale Zeug. Aber ganz unrecht hast du nicht.« Gerhard überlegte. »Bei einer Erpressung würde keiner der Beteiligten Spuren hinterlassen wollen.«

»Meinst du, wir sollten das gleich beim Chef anbringen?«

»Ist der Zeitpunkt dafür jemals günstig?«

Eva schaute hinüber zur Tür des Chefs, doch sie blieb weiterhin verschlossen. War er außer Haus?

***

»Soko-Meeting!« Die Tür zu Willners Büro hatte sich schon wieder geschlossen, doch sein Bass hallte über den Gang nach.

»Ist er also doch da.« Gerhard stand schon.

»War mit dem Präsidenten beim Mittagessen.« Der ihm vermutlich noch mehr Druck gemacht hatte, denn Willners Stirnfalte schien tiefer denn je, sollte dies überhaupt möglich sein. Eva gähnte, dann nahm sie einen Joghurt aus dem Kühlschrank und ging mit Gerhard hinüber zum Besprechungsraum. »Meinst du, ich soll das mit der Überprüfung der Mitglieder jetzt anbringen?«

»Ein DNA-Test für die ganze Verbindung? Bloß nicht.« Gerhard runzelte die Stirn.

Dabei schien es ziemlich wahrscheinlich, dass der Sokoleiter nun zum nächsten Schritt blies, ja blasen musste, das Mittagessen mit seinem Vorgesetzten war ein weiteres Zeichen dafür gewesen. Alle Spuren waren bisher im Sand verlaufen, und Untätigkeit wollte sich das Präsidium nicht vorwerfen lassen. Ihr Vorschlag hätte genau jetzt, da die Ermittlungen ins Licht der Öffentlichkeit gezerrt worden waren, gute Chancen. Wenn die Morde fürs Erste unter der Decke geblieben wären, hätten sie gezielter ermitteln können, aber interner und vor allem externer Druck waren durch Simons Foto in den Medien enorm gestiegen. Ein Phantom, über das man schlicht nichts wusste, das überall und jeden angreifen konnte. Die verängstigte Bevölkerung wartete auf einen Erfolg.

Gerhard genehmigte sich einen appetitlich aussehenden Tomate-Mozzarella-Briegel. Auf den Tischen waren schon wieder keine Plätzchen eingedeckt, was wohl der kurzfristigen Ankündigung geschuldet war. Und der Tatsache, dass die Sekretärin mit Telefonieren beschäftigt war. Evas Augen blieben am Bild von Alexanders Exfreundin Samira hängen, das inzwischen auch an der Tafel klebte.

»Was gibt's nun?« Regina schaute sich aufmerksam um, dann stand sie auf und ging nach vorn.

Eva sah hoch. Wo blieb denn der Chef, beließ er es bei der Ankündigung einer Besprechung? Übertrug der Sokoleiter der LKA-Kollegin schon Leitungsaufgaben, oder wieso stand sie jetzt da vorne? Mit ihrem zurückgegelten Kurzhaarschnitt, der Satinbluse, den Jeans und diesen Cowboyboots sah sie ein bisschen aus wie ein Zirkuspferd. Zugegeben ein edles, so ganz in Schwarz. Was wusste sie mehr als Eva, was wusste sie mehr als Gerhard oder die anderen?

»Was hat die Befragung von Frau Khaledi eigentlich ergeben?«, fragte Eva laut.

»Sie sagte aus, dass sie Alexanders letzte Freundin kannte, ein Nachbarsmädchen«, antwortete Regina von vorn, als ob sie bei der Befragung dabei gewesen wäre. »Keine Besonderheiten ansonsten, außer dass er im letzten Jahr seine Bierdeckelsammlung aufgelöst hat.«

Vereinzeltes Kichern. Eva öffnete ihren Joghurt. Himbeer. Lecker.

Nun schaltete Regina den Beamer an und griff nach Willners Mappe, die auf dem Tisch lag, als wäre es die größte Selbstverständlichkeit der Welt. Und da hieß es immer, das LKA agiere unauffällig.

Nicht zum ersten Mal seit Reginas plötzlichem Auftauchen konnte man den Eindruck gewinnen, dass es zwischen Willner und ihr eine *hidden agenda* gab. Entweder hatte Eva in den letzten Tagen eine furchtbar lange Leitung entwickelt, oder da war etwas Größeres im Gange. Wieder verstärkte sich ihre Vorahnung. Willner würde sie demnächst in sein Büro bitten, um ihr eine Versetzung zu empfehlen. Nicht nur, dass er Eva nicht mehr die freie Hand ließ, die er ihr früher immer gelassen hatte. Er beobachtete sie, hielt sie für schwach und zweifelte immer öfter auch ihre Fähigkeiten und Einschätzungen an.

»Ich sollte überprüfen, ob es Hinweise gibt, woher die Borte kommt«, meldete sich Torben zögerlich von hinten. Er schien sich nicht sicher zu sein, ob er loslegen konnte oder doch besser auf den Chef warten sollte.

Vor ihm auf dem Tisch lagen mehrere Proben von Zierborten, schmale, breite, goldene und silberne. Als er die Aufmerksamkeit aller hatte, hob er eine davon hoch. »Die Zierborte in dieser Machart, die verwendet worden ist, ist eine Standardborte, die sowohl im Internet als auch in Schwäbisch Gmünd, in Aalen, in Ellwangen und im weiteren Umland in zwei oder drei Handarbeitsgeschäften vorrätig ist und erworben werden kann. Den Mitarbeitern ist niemand aufgefallen, der in letzter Zeit eine besonders große Menge erworben hätte, aber sie meinen, dass die Nachfrage vor Fasching immer ansteigt. Da gibt es ein paar, vor allem Vereine, die meterweise Borte für ihre Kostüme kaufen. Videoüberwachung über mehr als vierundzwanzig Stunden gibt es keine.«

»Danke, Torben.« Regina warf dem Beamten einen etwas kühlen Blick zu. »Am ersten Tatort gibt es also männliche und weibliche DNA-Spuren, die eine nahe Verwandtschaft nahelegen«, sagte sie laut. »Wir haben uns die Proben noch mal angeschaut und erneut mit den Datenbanken abgeglichen. Hier gibt es nach wie vor keine weiteren Hinweise.«

Die haben *wir* uns noch mal genauer angeschaut. Aha.

Lautes Gemurmel brandete auf, als Willner in den Raum trat. Er blieb kurz stehen und musterte Regina. »Ruhe«, knurrte er dann.

Dabei benötigte er nicht einmal viel Lautstärke, um die fast zwanzig anwesenden Beamten zum Schweigen zu bringen. Schwerfällig umschiffte er die Tische, um schließlich nach vorn zu treten. Regina machte einen Schritt zur Seite.

In die Stille hinein nahm Willner ein Blatt hoch, klickte am Beamer auf eine Totalansicht des toten Simon und zog dann umständlich die Lesebrille von seiner kahlen Stirn auf die Nase.

»Die KTU hat mir die Tatortauswertung auf den Schreibtisch gelegt. Ich verlese nun die Informationen. Zudem arbeiten Kollegen inzwischen die Handys der Toten durch und prüfen Kontakte.« Der Chef räusperte sich und ignorierte Regina nebenbei komplett. »Dr. Gantner, wollen Sie?«

Gantner, der ganz hinten saß, winkte ab.

»Okay. Fangen wir bei den naheliegenden Dingen an. Simon Bruhn, einundzwanzig Jahre alt, ähnliche Verletzungen am Hinterkopf wie das erste Opfer. Da er etwas größer ist als Alexander, befindet sich die Stelle, an der er von der vermutlich selben stumpfen Tatwaffe getroffen wurde, etwas tiefer. Wir gehen also mit großer Sicherheit davon aus, dass es sich um ein und denselben Täter handelt.«

Gut, das hatte Eva erwartet.

»Seine Haut roch eigenartig, und ich habe eine Probe genommen«, meldete sich Gantner von hinten, »und es sieht so aus, als ob er posthum mit Rosencreme behandelt wurde.«

»Posthum? Wie bitte kann man das nachweisen?«, fragte Torben.

»Die Haut nimmt Creme ganz anders auf, wenn die Zellen noch leben und Poren ihren Zweck erfüllen. Natürlich finden die organischen Prozesse nach dem Tod auch weiterhin statt —«

»Danke«, unterbrach Regina ihn. »Haben Sie an dem ersten Opfer denn auch solche Spuren gefunden?«

»Das, geschätzte Kollegin, wollte ich eben ausführen. Ja, wobei der Extraktionsprozess, nun ja, ein wenig schwerer war.«

»Rosencreme«, überlegte Eva. »Ist dir der Geruch in letzter Zeit irgendwo aufgefallen? Bei den Eltern der Opfer oder in der Verbindung oder bei Bentz?«

Gerhard verneinte. »Aber bei meiner Mutter. Die verwendet Wildrosencreme, die kauft sie immer im Erlebniszentrum der Weleda im Großpack.«

»Apropos Rosencreme«, sagte Eva lauter. »Was ist mit den Blüten?«

»Gute Frage, gute Frage«, antwortete Gantner. »Traubenhyazinthe und Margerite. Ich habe diesmal nachgeschlagen.« Er nickte Gerhard zu. »Wollen Sie zuerst, Herr Vollrath?«

»Aber gerne, lieber Kollege.« Gerhard drehte sich um, während Willner vorne die Arme verschränkte und ungeduldig mit dem Fuß auftrat. »Hyazinthen also. Sie bedeuten Hoffnung, Warten oder auch Stolz. Margeriten hingegen sind etwas kniffliger. Natürlichkeit und Glück. Wenn Liebende sie jedoch verschenken, kann das eine Art Fragezeichen sein.«

Jemand pfiff. Das war natürlich eine romantische Deutung, aber ob das stimmte?

»Blüten wurden über die Jahrtausende unterschiedlich gedeutet«, erklärte Gantner. »Blumensymboliken gab es schon in vorchristlicher Zeit, bis hin zur viktorianischen Blumensprache – da kann die Deutung schwierig werden.«

»Blüten, Rosencreme, vielleicht sollten wir den Schwerpunkt der Ermittlungen doch aufs Homosexuellenmilieu legen«, meinte der Kollege links neben Eva.

Willner schnaubte. »Papperlapapp. Erster Toter: eine Lilie. Zweiter Toter: Traubendingsda und Margerite. Punkt.«

Eva hob den Kopf. Auch die anderen Gespräche waren abgeebbt. Willner wollte auf etwas Bestimmtes hinaus.

Er klickte die Bilder auf der Leinwand weiter, bis ein Tuch in einem Beutelchen zu sehen war. »Aufgrund der aktuellen Spurenlage gehen wir davon aus, dass Simon Bruhn von einem Einzeltäter ermordet wurde. Und der ist …« Lärm brandete auf, und Willner verstummte, bis wieder Ruhe eingekehrt war. »… weiblich.«

Erneutes Raunen ging durch die Reihen.

»Das weibliche Genmaterial entspricht zu 99,99 Prozent den Spuren am ersten Tatort, damit wird die Täterschaft dieser Person wahrscheinlich. Wir haben mehrere Spuren gefunden, allerdings nur Hautschuppen und ein Haar an seiner Kleidung. Das lässt darauf schließen, dass kein direkter Körperkontakt erfolgt ist. Keine sexuellen Handlungen, genau wie beim ersten Opfer. Was den direkten Verwandten angeht –«

Regina, die sich über den Ordner gebeugt hatte, verschränkte die Arme. »Das ist nicht möglich!«

»Warum nicht?«, fragte Gerhard, wurde jedoch von keinem beachtet.

Eva tauchte den Löffel in den Joghurt und vergaß, ihn in ihren Mund zu schieben, zu sehr war sie damit beschäftigt, das Mienenspiel der beiden genauer zu beobachten. Wenn Regina diese Information noch gar nicht gehabt hatte, warum hatte sie sich dann am Anfang da vorn postiert und die Moderation der Sokobesprechung übernommen? Angenommen, Kurt Willner hatte sie gar nicht darum gebeten, ihn zu unterstützen? Daran hatte Eva noch gar nicht gedacht.

Vermutlich war es Regina nicht schnell genug gegangen. Und im Gegensatz zu allen anderen Anwesenden wartete sie nicht ab, sondern übernahm lieber gleich selbst. Also, wenn sie eins hatte, dann war es Schneid. Eva schob den Löffel nun doch in den Mund und fragte sich, wie Reginas Art im LKA wohl so ankam. Bei den Kollegen, die sie sonst in den Sonderkommissionen unterstützten, hatte es trotz ihres immensen Fachwissens noch nie Anlass zu Kompetenzgerangel gegeben.

Während Willner unbeeindruckt von Reginas Protest weitere Details verlas, lehnte Eva sich zurück und konnte nicht anders, als das Schauspiel ein kleines bisschen zu genießen. Regina gegen Willner, zwei Alphatiere auf der Sokobühne. Nicht einmal Dr. Gantner war nach vorn getreten, und seine Aufgabe wäre es eigentlich gewesen, für Fragen bereitzustehen. Eva drehte den Kopf, er saß immer noch in der letzten

Reihe. War er hinten geblieben, weil er geahnt hatte, was kommen würde? Und umspielte da etwa ein feines Lächeln seinen Mund?

Es war schon ziemlich dreist, was Regina da abzog. Was brachte sie überhaupt zu der Annahme, die KTU könnte sich bei der Spurensuche vertun? Eigentlich musste dem LKA-Shootingstar doch unabhängig von jeder Fachkompetenz klar sein, wer der Stärkere war. Dabei waren die Zeichen eindeutig. Willner war zu routiniert für ein solches Machtspiel, aber wer ihn kannte, verstand die Ansage. Der Chef drehte sich zur Seite, streifte Regina mit seinem Blick und hob die mächtigen Augenbrauen nur ein winziges bisschen – was normalerweise ausreichte, um die gesamte Abteilung zum Schweigen zu bringen.

Einzig Regina zeigte sich unbeeindruckt. Sie nickte Gantner zu. »Dann suchen Sie bitte noch mal. Es muss weitere Spuren geben!«

Der Rechtsmediziner zwinkerte Willner aus der letzten Reihe provozierend zu. Der schüttelte nur stumm den Kopf und schaute generell drein, als ob er auf einem fremden Planeten gelandet und sich noch nicht ganz sicher sei, ob er mit Angriff oder Zurückhaltung auf die Bewohner dort reagieren sollte.

Gerhard stellte ins allgemein aufbrandende Gemurmel hinein die entscheidende Frage: »Was macht dich eigentlich so sicher, dass es keine Frau gewesen sein kann?«

Regina kam tatsächlich ins Stocken, doch nur einen Moment lang. »Wieso? Weil es das erste Mal wäre, soweit mir bekannt ist.« Sie holte Luft und hob die Hände. »Taten wie diese, also aufgrund einer dissozialen Persönlichkeitsstörung begangene, werden in neunundneunzig Prozent aller Fälle von Männern begangen. Frauen morden aus Verzweiflung, aus Liebe, aus Frust. Immer aus solchen Gefühlen heraus. Es passt nicht.«

Eva schaute zu Willner. Da fehlte eigentlich nur Popcorn. Der Chef stand unbeweglich und fixierte die Kollegin mit verschränkten Armen. Er hatte sich gut im Griff und ließ, typisch für ihn, nicht im Entferntesten erahnen, was er dachte. Vermutlich war seine Taktik, sie ins Messer laufen zu lassen.

»Und so sieht es an den Fundorten auch aus.« Regina schien sich ihrer Sache sehr sicher, sie zeigte keinerlei Nervosität. »Wenn eine Tat geplant ist, dann hat immer eine Beziehung zum Opfer bestanden. Die gibt es hier nicht.«

Irgendwie war der Glaube an die eigenen Fähigkeiten auch beeindruckend. Kein Zweifel, sie hatte einen bestimmten Täter im Sinn, und Eva wusste auch, wen. Und diese Meinung vertrat sie, ganz egal, ob die Spuren am Tatort zu Holger Bentz passten oder nicht.

»Woraus schließen Sie, dass keine Beziehung –«, setzte eine Kollegin an.

»Danke, Frau Wernhaupt.« Energisch brachte Willner alle mit einem Wisch zum Schweigen.

Eva stutzte. *Frau Wernhaupt.* Nun hatten sie ja doch was gemeinsam.

Regina hatte in der Zwischenzeit die Hände hinter ihrem Rücken verschränkt und sah aus dem Fenster.

»Dann können wir ja weitermachen. Hier habe ich noch zusätzlich Unterlagen von Alexander Kanzes ausgewertetem Rechner. Bruhns Festplatten sind ja komplett durchgecheckt.« Willner hob eine dünne Mappe hoch. »Nicht viel, aber auch nicht unwichtig.« Er pinnte zwei Blätter an die Tafel.

»Ein Datingportal«, mutmaßte Eva. »»love@new«.«

»Und eine attraktive Frau«, befand Gerhard.

»Diese zauberhafte junge Dame, die sich hier Loana nennt, ist die einzige Verbindung zwischen den beiden Toten, die wir neben dem Kontakt zu Trassmann und der Ulmensis liberitas gefunden haben.« Der Chef hielt ein Foto hoch.

»Wer so aussieht, hat doch kein Datingportal nötig«, befand Torben. »Die ist nicht echt.«

Wo er recht hatte, hatte er recht. Ob das Bild echt war, mussten die Profis einschätzen. Das Mädchen hätte modeln können, weiße Haut, helle Augen, weißblondes Haar und ein ungewöhnlich ausdrucksvolles Elfengesicht. Vielleicht war es auch das Profil einer Professionellen, die hoffte, auf diese Weise Männer anzulocken und Geld verdienen zu können.

Willner guckte grimmig. »Der Kontakt von beiden Männern zu ihr ging laut IT nicht über ein, zwei Nachrichten hinaus. Unauffällig. Da sind andere Chats auffälliger, mal vom Bild abgesehen. IT, bitte prüfen Sie noch mal auf Auffälligkeiten.«

»Ich finde trotzdem, dass –«, begann Regina.

»Ja, Frau Wernhaupt, nach wie vor können wir trotz alledem eine männliche Beteiligung nicht ausschließen – das sollten wir auch nicht! Wir haben männliche Spuren am ersten Opfer, wir haben männliche Kontaktpersonen. Kneiser, Poschke, Sie überprüfen das Alibi von Holger Bentz bitte nochmals und bringen mir Zeugen für dieses Alibi, am besten mehrere und außerhalb der Familie.«

Willner hielt kurz inne, als ob ihm etwas eingefallen wäre. In Wirklichkeit machte er die Pause nur, um zu sehen, ob seine Autorität wiederhergestellt war oder jemand – also Regina – dazwischenquatschte. Doch alles blieb still, die Beamten schauten ihn abwartend an.

Er räusperte sich. »Ich werde außerdem einen DNA-Test innerhalb der Ulmer Verbindung anordnen, der Präsident hat mich freundlichst darum ersucht. Alle Mitglieder plus jeweilige Liebschaft. Frau Brenner, Sie haben Erfahrung, setzen Sie die Nachricht auf, schicken Sie sie aber noch nicht ab. Wir können nicht die ganze Bevölkerung untersuchen, solange es keine klare Eingrenzung gibt. Ab jetzt heißt es, Präsenz verstärken, vorhandene Spuren überprüfen. Entweder wir kommen über dieses Portal oder über ein Mitglied der Ulmer Verbindung an eine weibliche Tatbeteiligte. Die Spurenlage ist zwar gelinde gesagt dünn, aber an irgendeinem Faden müssen wir ziehen, um den Knoten zu lösen. Zudem erwarten wir die Spurenauswertung der Opferhandys.« Er klappte sein

Notebook zu. »Nächste Besprechung am Spätnachmittag, bis dahin habe ich die Ergebnisse.«

»Dann wollen wir mal!« Eva löffelte den Rest ihres Joghurts aus und freute sich, dass es nicht sie gewesen war, die das unangenehme Thema DNA-Test beim Chef losgetreten hatte. »Was hat Regina eigentlich geritten?«

»An der Chefrolle muss sie noch arbeiten. Aber sie hat das Zeug dazu, wenn du das hören wolltest.« Gerhard grinste.

ACHT

»Loana, 112 Besucher haben dein Profil besucht und du hast 23 neue Nachrichten«.

Utes Blick folgte den roten und rosafarbenen Herzchen auf ›love@new‹, die von oben nach unten über den Monitor segelten wie Blütenblätter. Seit dem Treffen mit Simon hatte sie den Computer ein paarmal hochgefahren, war aber nicht auf der Datingseite gewesen. Alles Schall und Rauch; diese ganzen Typen hatten gar kein Interesse an der wahren Liebe. Es ging nur um Äußerlichkeiten, die schnelle Nummer, die Suche nach irgendwelchen Magermodels, nichts zum Anfassen.

Und trotzdem siegte jetzt die Neugier. Hundertzwölf Besucher in so kurzer Zeit. Ute klickte auf den Desktop, wo sie ein Bild von sich platziert hatte. Eins, das sie vor dem Goldregen im Hof zeigte. Wie oft hatte sie schon mit dem Gedanken gespielt, ihr Foto an die Stelle dieses blonden, viel zu zarten Wesens zu setzen. Als Nickname hatte sie Loana gewählt, und wenn es dann zum Briefeschreiben kam, hieß sie Stella. Aber nie war sie Ute. Ein Netzwerk aus Lügen. Wie hatte sie nur denken können, dass sie damit das Glück finden würde? Verdammtes Bild. Irgendwo im Netz hatte sie es gefunden, war sich sicher gewesen damals, dass bei den Bildern doch jeder schummelte. Es würde sich schon alles ergeben, wenn der Mann ihrer Träume sie erst traf. Inneres stach Äußeres. Hatte sie gedacht.

Für einen Moment irritierte sie ein leichter Windzug. Sie drehte den Kopf. Es war Bo, der sich durch den Türspalt geschoben hatte und nun ganz in den Raum hineinschlüpfte, um sich schnurrend zwischen Utes Beinen zu rekeln. Sie griff nach unten und kraulte den Kater eine Weile, bis Bo sich entschied, nun doch lieber auf ihren Schoß zu hüpfen und hier ein kleines Nickerchen zu halten.

Während Ute Bo mit der linken Hand kraulte und die wohlige Wärme des kleinen, vibrierenden Körpers spürte, klickte sie auf die Nachrichten. Ein paar der Männer hatten ein Profilbild eingestellt.

Nein, weiter würde sie nicht gehen, schon gar nicht auf eine der Mails antworten. Enttäuschungen hatte sie mit Alexander und Simon genug erlebt, die Wunden in ihrem Herzen waren frisch, und sie war entschlossen, sich nie wieder auf einen dieser oberflächlichen Schönlinge einzulassen.

Dennoch sah sie sich die Fotos an. Sie sagten einiges über die Männer aus. Bei manchen erkannte man auf den ersten Blick, dass die Aufnahmen schon ein paar Jahre alt sein mussten, von anderen erfuhr man es erst beim Date. Und mal wieder postete einer einen Sonnenuntergang statt eines Profilbildes. Bei diesen Typen steckte immer eine Beziehung dahinter, sie wollten von niemandem erkannt werden.

Bei einem hatte sie es mal drauf angelegt: Fast ein Vierteljahr hatte es gedauert, bis er Vertrauen gefasst und ihr ein richtiges Foto gesendet hatte. Ob es auch wirklich von ihm stammte, blieb weiterhin fraglich. Aber damals hatte sie noch unter ihrem richtigen Bild gechattet und weit weniger Rückmeldungen bekommen.

Der nächste Mann war einer der Fraktion Schönling mit Muskeln und wenig Kleidung. Diese Bilder sah Ute gern an, doch niemals hätte sie einem von ihnen geschrieben.

Von einer Hilfsarbeiterin auf dem Hof wusste sie, dass diese Typen nur auf schnellen Sex aus waren. Sie schrieben jeder Frau, auch wenn sie achtzig Jahre alt gewesen wäre. Sogar ihr, als sie sich noch nicht als Loana ausgegeben hatte. »Ute, der hat seinen Sixpack nicht nur für mich«, hatte die Hilfsarbeiterin immer gejammert, um dann doch wieder auf die nächste Anfrage zu antworten.

Nichtsdestotrotz waren sie hübsch anzuschauen. Der hier hatte sich, nur mit Jeans bekleidet, lasziv auf dem Sofa niedergelassen und schmachtete von unten in die Kamera wie ein Bernhardiner. Dunkler Teint, helle Augen. Wer das Bild aufgenommen hatte? Ein Kumpel vermutlich, der hinter der Kamera Kommandos gab, wie der tolle Hengst sich ins rechte Licht rücken sollte. Was schrieb der Master-of-desaster93 denn? »Hallo Schnecke. Lust auf ein Date?« Na toll. Sehr kreativ.

Sie klickte weiter. Ein fader Bankangestellter, ein bleicher Computerfachmann, ein nussbrauner Surfertyp am Strand. Immer weiter scrollte sie das Rad an der Maus. Moment, wer war das? Sie drehte das Rad zurück. Der mit dem grünen Hemd? Nein, der konnte es nicht gewesen sein. Sie fand das Bild nicht mehr.

Bo, der alte Schmuser, brummte derweil in anhaltend tiefem Ton, während seine massiven Katerpfoten abwechselnd durch die weiche Hose in Utes Oberschenkel drückten. Das hatte er schon als kleines Kätzchen getan, damit zeigte er höchsten Gefallen. Ute drückte ihm einen Kuss auf den weichen Pelz. Er drehte sich, und eine Pfote patschte mit eingezogenen Krallen auf ihre Wange.

»Hey, du wilde Bestie«, kicherte sie. »Sollen wir weitergucken, wer uns den Hof macht?«

Bo nahm wieder seine Wellnessposition ein und vibrierte unbeeindruckt weiter.

Ute klickte noch ein paar Kommentare an, von »Ciao Bella« über »Was machst du heute Abend?« über »Heißer Feger!« bis zu »Du bist ein Stern, der vom Himmel gefallen ist« war mal wieder alles dabei. Der Typ, der vor einem Porsche posierte, der bestimmt nicht sein eigener war, schlug sogar ein »langsames Kennenlernen bei Candlelight« vor. Wo war denn der Interessante von gerade eben nur?

Da war er. Er fiel sofort auf, ein schmaler junger Typ mit großen braunen Augen. Wieso hatte sie ihn so schnell weggescrollt? Sie klickte sein Bild an. Kurzes, strubbeliges Haar, helle Haut, dazu ein Bärtchen, das seine feinen Gesichtszüge und die edle Nase unterstrich. Sie schaute hinauf zu ihrem »Dark Dragons«-Poster. Er war fast noch ein bisschen hübscher als Leander aus dem »Midshadow«-Band. Ute stellte ihn sich in dunklen Klamotten und mit einem Umhang vor. Die noble Blässe hatte er schon mal.

»Schau mal, Bo …« Thilo. Grandioso, na ja. Mussten Männer immer so auftragen? Thilo also.

Sie klickte sich durch seine Bilder. Ein Bild beim Wandern, sie meinte die Felsformationen zu erkennen. Bestimmt war es beim Steinernen Meer aufgenommen worden. Ein Bild, das ihn beim Bearbeiten eines Tisches zeigte. Arbeit oder Hobby? Ihr Blick fiel auf die langen, schmalen Finger.

»Komm, Bo, nur mal schauen, was er schreibt.«

»Hallo Zauberfee, ist dir auch gerade langweilig?« Und einen Smiley hatte er geschickt.

Ihre Hand ging zur Tastatur, doch dann zog sie die Finger wieder zurück. Nicht noch eine Verletzung. Es war genug. Ein Typ, der so schrieb, fragte nach kurzer Zeit nach dem ersten Nacktfoto.

Im Hof brummte der Traktor. Sie schaute auf die Uhr, kurz vor sechs. Zeit, die Schweine zu füttern. Und die verdammte Futtermaschine war immer noch nicht repariert. Nicht mal mehr darum kümmerte sich Vater.

Ute wollte das Portal schließen, doch etwas ließ sie zögern. Der Motor des Traktors ratterte, dann erstarb sein mechanisches Schnauben. Kurz darauf hörte sie ihren Vater fluchen, dann traf Metall auf Metall. Ein paar Minuten, dann würde er sie wieder rufen und dafür verantwortlich machen, dass die Maschine nicht geölt oder rechtzeitig beim TÜV gewesen war. Irgendetwas würde er schon finden. Er fand immer irgendwas.

Ute sog den Atem tief ein, dann schob sie den Cursor auf »Antworten«. »Meinst du, er mag uns?«

Bo maunzte leise, bevor er seinen Kopf wieder brummend in Utes Schoß schmiegte.

***

»Ein Anruf aus dem Lager. Ich nehm ihn an«, sagte Gerhard. »Vollrath, Soko Prinz?«

Er nickte konzentriert. Eva beobachtete ihn.

»Bis gleich.« Damit legte er auf. »Die Kollegen haben was gefunden, was sie nicht einordnen können.« Gerhard schloss seine Mappe und schob sie unter einen Block. Der Schreibtisch war immer akkurat aufgeräumt, auch wenn er nur kurz aus dem Büro ging, da hätte sich mancher Kollege eine Scheibe abschneiden können; Eva inklusive.

Regina hatte schon ihre Lederjacke übergezogen, bereit für die Pause. Trotzdem kam sie herüber. »Nächste Station Lager?«

»Erstes UG.«

Unten trafen sie auf zwei Kollegen, die Handschuhe trugen und diesen speziellen »Eigentlich hätte ich Mittagspause«-Blick. Auf dem Boden waren verschieden hohe Papierstapel aufgehäuft. »Notizen« stand auf einem ganz kleinen Stapel, »Werbung« auf einem deutlich höheren zweiten, »Rechnungen« auf einem dritten. Eva fühlte sich an die Meldungen erinnert, in denen Paparazzi ganze Mülleimer nach Interessantem durchsuchten. Zum Glück für die Ermittlernasen ging es hier nicht um Restmüll, sondern nur um Papier; davon aber gut und gerne einen halben Container.

»Wo hatten die Bruhns diese Menge Papier denn gestapelt?«, fragte Eva.

»In der Garage«, antwortete einer der Beamten, schüttelte eine Zeitung aus und legte sie dann auf einen Stapel, der so hoch war, dass Eva ihn erst gar nicht wahrgenommen hatte. Hinter dem Mann standen bestimmt ein Dutzend weitere Kartons, die ebenfalls viele ungelesene Werbezeitungen zu enthalten schienen.

»Um dieses Blatt hier geht's.« Der zweite Mann nahm ein Blatt vom Tisch und reichte es Eva. »Leider das einzig Private, das wir bisher mit Bezug zu Simon Bruhn gefunden haben.«

»Was soll das sein?« Eva befühlte das griffige, unebene Papier. Offensichtlich ein Brief. »Lieber Simon« stand da in schnörkeliger Mädchenschrift.

»Ein Liebesbrief auf Büttenpapier!«, frohlockte Gerhard

hinter ihr. »Wobei Büttenpapier eigentlich eine falsche Formulierung ist. Es besteht streng genommen nicht aus Papier, sondern aus Baumwolle oder Textilresten.«

»Kein Mensch schreibt heute noch Liebesbriefe.« Regina runzelte die Stirn.

Da musste Eva ihrer Kollegin ausnahmsweise mal beipflichten. »Bestimmt von seinem Schulschwarm.«

»Diesen Brief hat er vermutlich mit dreizehn bekommen und bis heute aufgehoben«, bestätigte der Beamte. Sein Kollege lächelte versonnen.

Gerhard schnappte sich den Brief und las konzentriert. »Ich sag's euch: Das ist unsere heiße Spur!« Er reichte das Blatt zurück an Eva.

»Kein Datum drauf.« Eva schüttelte den Kopf. »Leute, das macht man heute nicht mehr.«

Ihr Kollege widersprach, mit väterlich-verständnisvoller Grimasse für die Flausen einer Halbwüchsigen. »Eva, so ein Schreiben ist was ganz Besonderes. Erinnerst du dich nicht mehr? Wann hast du deinen letzten Liebesbrief bekommen, sag mal?«

»Kann ich dir genau sagen«, behauptete Eva. »Also das war, das war ... Moment ...«

»Im letzten Jahrtausend«, antwortete stattdessen Regina und besaß die Frechheit, Eva auch noch zuzuzwinkern. »Guck nicht so! Geht mir doch nicht anders.«

»Lies mal vor, Eva. Dann werdet ihr's verstehen.« Gerhard zog die Stirn kraus.

Lieber Simon,
gerade scheint die Sonne durchs Fenster, und die Blätter im Wald rascheln so geheimnisvoll, und ich weiß nicht warum, aber ich muss dauernd an dich denken. Obwohl wir uns erst zweimal geschrieben haben, habe ich das Gefühl, dass ich dich vermisse, wenn morgens kein Brief im Postkasten ist.
Deine Geschichte vom Trip durch Australien hat mir

gut gefallen, vielleicht kannst du mir am Lagerfeuer mehr erzählen. Bringst du deine Gitarre mit? Ich freue mich so auf unser Treffen! Aber ich hab es nicht ganz so eilig, vorher möchte ich noch ein bisschen von dir erfahren.
Du hast mich um Fotos von mir gebeten, die sollst du auch bekommen; aber erst, wenn wir uns treffen.
Denk dran, dass du meinen Brief verbrennst, wenn du ihn gelesen hast. So haben wir unser Geheimnis ganz für uns.
Deine Stella

Eva gab Gerhard den Brief in die Hand. »Och, Kinders! Glaubt ihr wirklich, da schreibt ihm eine Torte erst so einen Brief und näht ihm dann liebevoll eine Krone auf den Kopf?«

Einer der Beamten nickte bekräftigend.

»Ihr habt ja keine Ahnung«, behauptete Gerhard. »Romantik! Bald haben die Leute genug von ihren Smartphones und kehren zu den alten Mitteln der Verführung zurück. Walther von der Vogelweide, die höfische Minne! Wo sind wir nur hingekommen? Schicken uns stattdessen Kurznachrichten und machen per SMS Schluss.«

Eva schluckte.

»Jede Generation bekommt die Romantik, die sie verdient.« Regina zuckte die Schultern.

»Wo ist der Umschlag zum Brief?«, fragte Eva. Wenn es einen Absender gab, konnten sie das überprüfen.

»Gibt's nicht.« Der Beamte schaute so nachdrücklich auf seine Uhr, dass es auch ja alle mitbekamen.

Gerhard faltete das Papier auf seine ursprüngliche Größe zusammen. »Prüfen Sie die restlichen Kartons heute noch?«

»Bis morgen sind wir durch.«

Eva überlegte kurz, ob sie die verbliebenen Stapel über die Mittagspause im Schnellverfahren auf eigene Faust durchsuchen sollten, verwarf den Gedanken angesichts der schieren

Menge aber gleich wieder. Das Altpapier musste die halbe Garage der Bruhns in Beschlag genommen haben.

Auf dem Weg nach oben hatte ihnen einer der Beamten aus dem Lager den Aufzug weggeschnappt, schließlich musste er in die Mittagspause. Und so machten sie sich zu Fuß auf in den ersten Stock.

»Wieso sollte er denn so einen Brief wegwerfen, wenn er aktuell wäre? Da hängt doch irgendwo das Herz dran, oder?«, überlegte Eva, während sie die Stufen hochstiegen.

»Der ist alt, ich sag's ja«, bestätigte Regina. »Und seine Mutter räumt gern auf.«

»So alt kann er nicht sein. Wenn darin von einem Australien-Trip die Rede ist«, entgegnete Gerhard. »Ein Liebesbrief, da bin ich ja gleich wieder in Stimmung. ›Sie konnten beisammen nicht kommen, das Wasser war viel zu tief ...‹« Seine tiefe Stimme hallte durchs Treppenhaus.

»Gerhard, du nervst.« Regina verdrehte hinter ihm die Augen.

Eva wusste nicht, was sie mehr beeindruckte: dass die Neue nach dieser kurzen Zeit schon den Mumm hatte, Gerhard zu sagen, dass er allen unglaublich auf den Senkel ging, oder dass ihr Kollege darüber nicht einmal eingeschnappt zu sein schien.

Gut gelaunt verteidigte er sich. »Ihr mögt vielleicht denken, das Lied sei romantischer Mumpitz. Dabei geht es hier um Hochkultur. Der Geist, aus dem sich unsere Kultur herausgebildet hat! Immerhin liegt der Ballade der Königskinder die antike Schwimmersage zugrunde.«

»Und du meinst also wirklich, dass der Brief ein Hinweis sein könnte?« Eva begutachtete das Papier – pardon, die Bütten – etwas ratlos, als sie den beiden die Tür zum Flur im Erdgeschoss aufhielt. »Romantische Liebe statt Datingportal?«

»Stand heute, dreizehn Uhr neununddreißig«, Regina schaute auf die Uhr an der Wand, »glaube ich nicht, dass es sich um tatrelevantes Material handelt. Und jetzt versuche ich, noch einen Happen in der Kantine zu ergattern.«

»Kantine?« Eva hob fragend die Augenbrauen.

»Du musst dir deinen Happen selber mitbringen«, rief Gerhard ihr nach. »Ist dir das in den letzten Tagen noch nicht aufgefallen?«

Regina blieb stehen und drehte sich mit zusammengekniffenen Augenbrauen zu ihnen um. »Ich hatte nicht die Zeit, darüber nachzudenken.«

»Die Kantine ist nicht bewirtschaftet«, erklärte Eva. »Du kannst dir was bestellen oder, wie die meisten von uns, selber was mitbringen.«

»Dann eben in der Stadt.« Damit hob sie die Hand und verschwand durch die Sicherheitsschleuse.

Gerhard schien einen Moment lang zu überlegen, dann setzte er ihr nach. »Ich hab auch Hunger.«

Eigentlich warteten die Berichte, aber ... Auch Eva schloss zu Regina auf, die draußen neben der Sandsteinstatue stand und auf ihrem Smartphone herauszufinden versuchte, wo es etwas zu essen gab. »Wir begleiten dich.«

»Gibt's hier in der Nähe was?« Schon hatte die LKAlerin ihre Lederjacke übergezogen.

Eva verneinte. »Warst du schon mal im Aalener Zentrum?«

»Haben wir denn Zeit?«

»Die nehmen wir uns«, entschied Gerhard, dessen Magen passenderweise knurrte.

Sie verließen das Präsidiumsgelände und bogen in die Obere Wöhrstraße Richtung Innenstadt ab.

Vorn an der Kreuzung überholte sie der zweite Beamte aus dem Lager.

»Wohin geht's?«, fragte Eva den Mann, der völlig außer Puste war.

»I brauch no a Flächalos! I han scho die ledschte Versteigerung verpasst. Sonst hend se wieder zu, bei meine derzeitige Arbeitszeita.«

Eva schmunzelte. »Herr Kollege, für dich wird es auch so langsam Zeit.«

»Zeit für was?«, fragte Gerhard irritiert.

»Auf der Ostalb verschwindet der Moh von Oktober bis März im Wald und macht sein Flächalos. Müsstest du doch inzwischen wissen.«

»Und was macht die Frau in der Zeit?«

»Keine Ahnung. Die backt vielleicht Brot.« Eva dachte schmunzelnd an ihre Oma und das kleine Backhäusle.

»Hast du mich eigentlich schon mal eine Kettensäge benutzen sehen?« Gerhard schüttelte den Kopf. »Dafür ist Carola zuständig.«

Und ihr Mann stand vermutlich mit verschränkten Armen daneben und gab wertvolle Tipps zu Böden im Allgemeinen und Pflanzen im Besonderen. Ob seine Frau dann ehrfurchtsvoll lauschte oder eher die Kettensäge aufheulen ließ, um ihn zum Schweigen zu bringen? »Ich ersteigere dir ein Flächenlos zum Geburtstag, Dr. Vollrath«, erklärte Eva. Wenn du mir zu sehr auf die Nerven gehst, fügte sie in Gedanken hinzu.

Regina hatte dem Gespräch mit ungläubigem Schweigen gelauscht. »Könnt ihr mich mal aufklären? Was bitte ist ein Flächenlos?«

»Ein Flächenlos ist eine Waldparzelle, die einem Käufer oder Ersteigerer zum Brennholzschlagen zugeteilt wird«, erklärte Eva.

»Und was zeigen wir jetzt unserem Gast hier in der Stadt?«, überlegte Gerhard, als sie die Fußgängerzone erreicht hatten.

»Flammkuchen im ›Podium‹? Vielleicht kriegen wir außen einen Platz«, schlug Eva vor. »Dann können wir den Spion beim Wachehalten beobachten. Und vielleicht ein Spionle zum Nachtisch essen.«

Marktplatz und Rathausbrunnen waren immer ein besonderes Kleinod für Besucher, vor allem bei so schönem Wetter wie heute. Sie konnten einen Moment inmitten des bunten Treibens innehalten, die Leute beobachten und die verwinkelten Gässchen bewundern.

»Oder ins ›Rambazamba‹, den ›Roten Ochsen‹ oder den ›Spion‹? Ich hätte lieber einen Zwiebelrostbraten oder einen Burger.« Gerhard schaute sehnsüchtig die Radgasse hinunter.

Regina sah zum Turm des Alten Rathauses hoch, wo der Aalener Spion mit der Pfeife im Mund fleißig wie immer seinen Kopf drehte. »Habt ihr schon mal auf die Uhrzeit geguckt?«

»Zweimal Tafelspitz bitte.« Im »Rosemarie« gab es zum Glück noch ein paar Restportionen. Regina fand für sich Nudeln mit Wokgemüse.

Auf der Herdplatte an der Rückwand der offenen Küche stand ein Kochtopf, der bestimmt zwanzig Liter fasste. Die drei Frauen waren noch mit dem Aufräumen des Mittagsgeschäfts beschäftigt. Ein paar frühe Nachmittagsgäste saßen bei Kaffee und Kuchen.

Eva und ihre Kollegen hatten einen ungestörten Platz in einer Nische gefunden. Durch die großen Fenster wärmte die Sonne den Holztisch, und so genehmigten sie sich nach dem leckeren Mahl noch einen Cappuccino.

»Ein Jammer, dass das Präsidium so weit weg ist.« Gerhard wischte sich mit der Serviette den Mund ab. »Ich wechsle in das Revier hier vorne an der Ecke.«

»Bestimmt vermisst uns der Chef schon«, bemerkte Eva, nachdem die beiden anderen keinerlei Anstalten machten, ihren Kaffee auszutrinken.

»Machst du Witze?« Regina bedachte Eva mit fast mitleidigem Blick. »Mit Sicherheit genießt er die Ruhe.«

»Ich denke auch, dass ihm das ein bisschen viel Gegenwehr war in den letzten Tagen«, bestätigte Gerhard mit feinem Grinsen.

»Kommt euer Verhältnis wieder in Ordnung?« Eva musterte Regina.

»Ach, der Kurt ...« Sie ließ ihren Stuhl nach hinten kippen.

»Ab jetzt eher wieder Herr Willner, oder?« Gerhard schmunzelte.

»Der kriegt sich schon wieder ein.« Regina zuckte mit den Schultern.

Hatte sie Willner schon einmal beleidigt erlebt? Das ging nicht so schnell vorbei. Der Chef hatte ein Gedächtnis wie ein Elefant – wobei die ungeschriebenen Regeln des Beleidigens und Beleidigtseins natürlich nicht für ihn selbst galten. Eva konnte ein Lied davon singen.

»Ganz leicht hat er's ja auch nicht, seit Christel mit Gregor durchgebrannt ist.«

»Ach, du kennst seine Frau? Aber sie sind doch seit zwei Jahren … Und wer ist Gregor?« Evas Mund stand offen.

»Kurts bester Freund.« Regina lächelte etwas gequält. »Wir waren mal Nachbarn, ich bin quasi bei den Willners aufgewachsen und hab früher manchmal auf ihre Kinder aufgepasst.«

Daher kam also die Vertrautheit der beiden. Der Chef war am Anfang ihrer Karriere vermutlich so etwas wie ein Mentor für Regina gewesen.

»Also versteht mich nicht falsch, die beiden sind schon lange getrennt, und alles hat seine Richtigkeit. Kurt setzt seinen Sturkopf auch zu Hause ganz gern mal durch – und Gregor war halt immer für Christel da.« Sie machte eine kurze Pause. »Und Christel war für Gregor da nach dem Tod seiner Frau.«

Eva rührte nachdenklich in ihrer leeren Cappuccinotasse. Das erklärte natürlich viel. Auch, warum Regina sich so anders verhielt als die LKA-Kräfte, die sie bisher unterstützt hatten. Für Regina war es offensichtlich nicht ganz einfach, die private Seite von der professionellen zu trennen. Und vermutlich verstand sie auch jetzt nicht, was Willner an ihrem Auftritt bei der letzten Sokobesprechung gestört haben könnte. In Sachen Feingefühl stand sie dem Chef in nichts nach. In Sachen fehlendes Feingefühl. Tja, mit diesem Führungswillen war ihre Karriere vorgezeichnet.

***

Der verdammte graue Umschlag. Eva schaute ihn einen Moment lang an, dann nahm sie die Schere, um ihn zu öffnen. Besser, sie brachte es schnell hinter sich. Papier für den Papiermüll, ein erster Schritt, um ihren Schreibtisch aufzuräumen.
Sie entfaltete das innenliegende Blatt.

Sehr geehrte Frau Brenner,
nach unserem letzten Gespräch bin ich mit dem Gefühl zurückgeblieben, dass wir auf einem guten Weg sind. Den Folgetermin Anfang Mai haben Sie allerdings zuerst verschoben und schlussendlich bis heute nicht wahrgenommen. Auf meine Telefonate reagieren Sie nicht, obwohl ich auf Nachfragen erfahren habe, dass Sie ansonsten fähig sind, Ihren Dienst ganz normal zu versehen.
Natürlich ist es nicht so, dass Sie gezwungen wären, weiter zu unseren Gesprächen zu kommen, aber ich möchte Sie um Ihrer selbst willen trotzdem darum bitten. Solange die Träume nicht aufgehört haben und Sie Probleme in …

Eva knallte das Blatt auf den Tisch und loggte sich auf ihrem Rechner ein.
»Was hast du da?« Regina setzte sich auf den Rand des Schreibtischs.
»Ach nichts.«
»Wenn du das zu oft ignorierst, steht die Psychologin irgendwann vor deinem Tisch. Oder befragt deine Kollegen. Die lassen nicht locker.« Regina schaute Eva so unverwandt an, dass es ihr unangenehm war. »Ist ja schließlich auch eine Versicherungssache.«
Woher wusste sie …? Evas Blick fiel auf den Stempel auf dem Blatt. Schnell schob sie den neutralen Umschlag darüber.
»Das ist jetzt über ein Jahr her.«
»Ist noch keine lange Zeit für ein Trauma. Was war?«

»Da musst du nicht mich fragen. Jeder hier weiß Bescheid, sogar bis zu Gerhard hat es sich rumgesprochen.« Eva bemerkte selbst die Schärfe in ihrem Ton. Jemanden wie die perfekte Regina hatte ihre private Situation nicht zu interessieren. Auch wenn sie momentan ein Team bildeten. Wenn der Fall gelöst war, würde Regina das Präsidium durch diese Tür wieder verlassen. Bis dahin mussten sie sich zusammenraufen.

»'tschuldigung«, setzte Eva hinzu.

»Schon okay. Du musst nicht. Kaffee?« Regina schob ihren Hintern vom Tisch und kehrte gleich darauf mit zwei Tassen zurück.

Eva beobachtete sie. Von der abteilungsinternen Tassenregelung hatte die Gute wohl noch nichts gehört. Dabei war es in jeder Firma das Gleiche: Die IKEA-Einheitstassen standen zur allgemeinen Verfügung, die Sprüchebecher gehörten den Kollegen, und jeder Neue hielt sich an das ungeschriebene Gesetz, entweder eine unbedruckte Tasse zu nehmen oder wenigstens den Anstand zu besitzen zu fragen.

Regina natürlich nicht. »Hase oder Bulldogge?«

»Hase. Danke.« Die Tasse mit dem flauschigen rosa Osterhasen war sogar die ihre, ein Geschenk ihrer Nichte Laura. Eva verzichtete auf den Hinweis, dass das Team Willner die Bulldoggentasse zur letzten Weihnachtsfeier geschenkt hatte. Der Kopf formte den Henkel, der Hintern streckte sich dem Betrachter entgegen – beziehungsweise dem Besucher des Chefbüros. »Das geht mir am Allerwertesten vorbei«, stand darauf. Ganz nach dem Geschmack des Chefs vermutlich, zumindest nutzte er die Tasse gern.

Irgendwie passte der Spruch auch prima zu Regina. Deren Absätze klackten gegen den Unterschrank, als sie sich wieder auf den Tisch setzte. Eva war gnädig. Wer ihr Kaffee brachte, durfte ausnahmsweise auch auf der Tischplatte Platz nehmen. Dafür störte Torben, der unverwandt zu ihnen herüberstarrte.

»Alles okay?«, fragte Eva und nickte verstohlen in seine Richtung.

»Ach, wie das so ist«, wiegelte Regina ab und strich sich durchs kurze Haar, während sie den Kopf zu ihm drehte. Sofort kniff er die Augenbrauen zusammen und schaute wieder ernst auf seinen Bildschirm.

»Habt ihr Knatsch?«

Die LKAlerin zuckte mit den Schultern. »Wir sind doch gar nicht zusammen. Aber er macht gerade ein bisschen ein Drama draus.«

So locker hätte sie die Dinge gern selbst genommen. Ohne um Erlaubnis zu fragen, wanderten Evas Gedanken zu Tom. Der hatte sich auch etwas anderes vorgestellt. Wenn er wenigstens ein Drama draus gemacht hätte. Das würde ja bedeuten, er machte sich noch etwas aus ihr.

»Ich war vor drei Jahren in Behandlung.« Regina rührte mit dem Löffel in ihrer Tasse.

»Was?« Der Themenwechsel kam abrupt. »Was ist passiert?«

Regina kräuselte die Lippen. »Nicht einmal etwas Bestimmtes. Wir hatten Dealer am Neckarhafen beobachtet und über die Autobahn verfolgt, bis wir sie kurz hinter Heidenheim hochgenommen haben. Zwei Tote, ein verletzter Kollege. Ich war dreiundzwanzig und dachte, wenn ich diese Bilder im Kopf wegschieben kann, schiebe ich alles andere auch weg.«

»Und irgendwann wird es zu viel.«

»Ziemlich schnell. Ein halbes Jahr später, um genau zu sein. Das Öffnen einer Wohnung, in der einer liegt, der sich den Kopf weggeblasen hat. Ein Algerier, der dich bei einer Routinekontrolle anspuckt. Ein Ultra, der dich anschreit und beleidigt. Dann kam der Drogenkurier, der mir das Messer an den Hals gehalten hat.« Regina sagte das Ganze eher beiläufig, doch ihre Hand, die die Tasse hielt, zitterte leicht. »Und du?«

Evas Stimme war belegt, als sie zu erzählen anfing. »Es gab eine Geiselnahme. Die Tochter einer Industriellenfamilie. Alles, was wir hatten, waren Indizien. Es gab Hinweise, dass wir das Mädchen retten können, dass es noch lebt. Wir waren in der Nähe bei einer Überprüfung, dann kam der Anruf: Hier muss sie sein. Keine zwei Kilometer weg. Und wir mussten entscheiden. Aufs SEK warten oder selber reagieren. Wir sind in die Abrissfabrik bei Nördlingen rein, und natürlich war das, na ja, nicht abgestimmt.« So wie schon ein paarmal zuvor auch, aber mit dem Unterschied, dass die Male zuvor alles gut gegangen war.

»Manchmal geht's nicht anders.«

»Dachten wir auch. Die Entführer hatten nicht mit uns gerechnet, so weit lief die Sache wie geplant. Aber dann sind sie durchgedreht. Es gab einen Schusswechsel, die sind getürmt. Mein Kollege hat einen erwischt, hatte aber selbst einen Durchschuss. Ich wurde niedergeschlagen und bin in einem dunklen, halb eingefallenen Keller wieder aufgewacht. Jemand hatte Feuer gelegt, das Erdgeschoss stand in Flammen. Sie haben mich rausgeholt, als ich schon bewusstlos war. Die junge Frau wurde gerettet, und Björn hat überlebt, aber er leidet an Angstzuständen, hat Brandverletzungen und bis heute Schmerzen. Und mich erinnern die eigenartigsten Situationen an damals. Manchmal, da ist es ganz weg. Aber dann wieder, wenn wir in eine schwer einschätzbare Situation gehen …«

»… wie bei der Hütte von Bentz …«

»Du hast was gemerkt?«

Regina nahm einen Schluck Kaffee. »Wer die Anzeichen kennt, sieht es.«

»Es gibt auch andere Situationen, nur kurze Momente. Als wir zum Beispiel Alexanders Leiche gefunden haben. Manchmal ist es eine Treppe, die mich an die Fabrik erinnert. Kälte. Nässe. Schimmelgeruch, düsteres Licht.«

»Und die Psychologin brauchst du wirklich nicht?«

»Das Konzept ist, dass ich drüber rede, oder? Sie sitzt da, guckt verständnisvoll und lässt mich erzählen.«

Regina zog die Augenbrauen hoch. »Na, das musst du wissen.«

Eva legte ihre Akte vor sich und tat beschäftigt. Belehrungen konnte sie jetzt wirklich nicht brauchen.

Ihre Kollegin seufzte, als sie sich vom Tisch gleiten ließ und an ihren Platz setzte. »Nach ein paar Wochen bin ich auch nicht mehr hingegangen.«

NEUN

Mark Forster näselte »Flash mich« im Radio, der Regler auf laut gedreht.

Thilo kaute an seinem Stift. »Mach mal leiser, die Mucke!«

»Warum so gereizt?« WG-Kollege Ömer steckte sich eine selbst gedrehte Zigarette in den Mund und guckte über Thilos Schulter.

»Ich muss 'nen Brief schreiben. An ein Mädel.« Thilo starrte auf das leere weiße Blatt aus dem Drucker seiner Werkstatt, weil ihm das Karopapier seines Blockes ungeeignet vorgekommen war.

»Einen Brief? An ein Mädel?«, wiederholte Ömer mit offenem Mund.

»Komisch, was? Ich hab sie auf einem Datingportal kennengelernt. Stella, eine ganz süße Maus. Und sie steht auf Briefe. So ganz klassisch. Papier und Tinte.«

»Oh.« Ömer steckte sich die Zigarette an und schaute ratlos, während sich der Rauch im Zimmer ausbreitete. Erst unter Thilos strengem Blick verschwand er auf den Balkon. »Na, wenn sie's wert ist.«

Wenn sie es wert ist ... Ob sich der Aufwand lohnte? Thilo war sich unsicher. Aber irgendwie hatte sie was. Er war Single, und einen Versuch war es zumindest wert. Also klickte er auf den Kuli.

Liebe Stella ...

Eine Weile starrte er auf das weiße Papier, dann nach draußen auf die Felder und die ruhig dahinfließende Schneidheimer Sechta.

Also. *Liebe Stella.* Er kratzte ein paarmal mit dem Kuli übers Papier, bis endlich blaue Farbe herauskam. Was bitte schrieb man denn in so einen Brief? Vielleicht das Gleiche wie in eine Nachricht in ›love@new‹? *Liebe Stella, was machst nachher noch? Tschö, Thilo.* Wohl kaum. Er grinste, schob seinen Stuhl zurück und fasste sich mit den Händen ins Haar. Dann atmete er laut aus. Welches Mädchen erwartete denn einen Brief?

Die Balkontür öffnete sich. »Und? Lies mal vor.«

»Da gibt's nichts vorzulesen.« Thilo hielt die Luft an, so markant war die kräutrige Duftwolke, die Ömer umwaberte. »Mir fällt nichts ein.«

»Ist doch einfach: Meine holde Fee-eeeh, wenn ich dich wiederse-heeh ...«, intonierte Ömer und kicherte. Jedes Mal, wenn er seine spezielle Kräutermischung geraucht hatte, wirkte der Maschinenbauer, als hätte er 'nen Clown gefressen. Vielleicht hätte Thilo auch ausnahmsweise einen Zug nehmen sollen, denn der Geistesblitz für diesen Brief blieb weiterhin aus. Aber er musste seinem Kunden ja nachher noch den handgearbeiteten Eichentisch für zweitausend Euro schmackhaft machen, sonst war's das mit der Werkstattmiete für den nächsten Monat. Und allein das Material kostete schon fast die Hälfte. Verdammte Selbstständigkeit.

»Meinst du es ernst?«

Thilo legte die Stirn in Falten. »Sie schaut halt gut aus ... irgendwie anders. Und so schreibt sie auch. Hör mal.« Er klappte das Notebook auf.

Lieber Thilo,
du siehst aus, als wärst du was ganz Besonderes. Hast du Lust auf ein bisschen Romantik und Abenteuer? Ich würde dich gern kennenlernen, aber nicht so oberflächlich. Weißt du, was ich meine? Nicht immer die gleichen Textnachrichten, das gleiche Gelaber bei immer gleichen Dates. Bist du dabei? Dann schick mir deine Adresse, und ich schreibe dir meine tiefsten Gedanken und Sehnsüchte und freu mich auf deine.
Deine Stella (Loana)

»Scroll mal hoch! Ist sie das? Scharfe Schnecke. Und die krassen Augen!«

»Hast du überhaupt zugehört?«

Ömer hustete. »Ihre tiefsten Sehnsüchte? Die kannst du doch gar nicht befriedigen. Du bist ein feingeistiger, gefühlsduseliger Schlappsack, auf so was steht keine Frau. Die will einen mit Muskeln, so wie mich!«

»Muskeln, wo denn? Du halluzinierst wohl schon.« Thilo kickte mit dem Fuß nach seinem glucksenden Mitbewohner. »Karohemd und Samenstau, ich komm vom Maschinenbau ... Raus mit dir!«

»Wir Maschbauer werden total unterschätzt.« Ömer hob klagend die Arme vors Gesicht. »Lass die Finger davon. Das ist bestimmt ein Fake-Account! In Wirklichkeit sitzt da ein haariger, dicker Kerl am anderen Ende vor dem Monitor, der sich an deinen intimen Jungmänner-Geschichten aufgeilt. Komm lieber mit ins Wohnzimmer. Ich hab den neuen ›Star Wars‹ als Torrent da.«

Damit fiel die Zimmertür hinter ihm ins Schloss.

**

Jemand räusperte sich. Eva drehte sich um. Dr. Gantner stand in seinem grünen Kittel hinter ihnen. Sie hatte ihn nicht kommen gehört. Hatte er auch Samstagsschicht, oder weswegen war er heute hier? Der Rechtsmediziner wandte sich gleich Regina zu. Und warum wirkte er so verdrückt, als ob er ein schlechtes Gewissen hätte?

»Bei der letzten Sokobesprechung vorgestern hatten Sie mich doch gebeten, nach weiteren Spuren an Fundort zwei zu suchen.« Er blickte sich um, als ob er etwas höchst Unrechtes damit tat, allein hier im Raum zu stehen.

Darum ging es also? Eva verstand die Heimlichtuerei nicht. Er und der Chef konnten sich nicht leiden, und es war nur recht und billig, dass Gantner seine eigenen Entscheidungen traf. Dass Regina ihn eigenständig gebeten hatte, den Ort nochmals abzusuchen, war die eine Sache. Dass Gantner dem auch nachgekommen war und die Spurensicherung noch mal losgeschickt hatte, die andere. Was sollten sie schon entdeckt haben? Das Team arbeitete absolut zuverlässig und höchst präzise. Reginas Verdacht gegen Holger Bentz stand konträr zu den Spuren am Tatort. Aber was brachte Gantner dann dazu, sich so defensiv zu verhalten?

»Die Spurensicherer haben etwas gefunden«, erklärte er knapp und legte ein Blatt vor Regina auf den Tisch. Er verharrte kurz und musterte die Bulldogge auf ihrer Tasse mit einem Stirnrunzeln. Die gleiche Reaktion hatte Eva schon zuvor gezeigt, denn Regina war der Meinung gewesen, dass ein bisschen Humor auf den Tassen zur Stimmung beim Wochenenddienst beitragen würde – und hatte wieder Hase und Hund ausgewählt.

Also gut. Vermutlich waren neue Spuren der Grund, warum der Doktor sich so heimlich angeschlichen hatte. Wenn wichtige Details übersehen worden waren, konnte er das nicht in aller Öffentlichkeit zugeben. Eva versuchte einen Blick auf das Papier zu erhaschen.

»Haben unsere Leute nicht sauber gesucht?«, fragte da auch schon Regina in ihrer üblichen Lautstärke.

»Es ist nicht so, wie Sie denken«, beschwichtigte Gantner deutlich leiser und rieb sich mit dem Ärmel über die feuchte Stirn. »Wir haben die Hundler noch mal hingeschickt. Und dieses Material wurde in einiger Entfernung vom Fundort entdeckt. Es stand eigentlich überhaupt nicht in Zusammenhang mit den Spuren an der und um die Leiche.«

»Eigentlich? Der Fehler wird doch sicher nicht bei Ihnen liegen?« Regina lächelte charmant und entließ den Mann trotzdem nicht aus ihrem Blick.

Eva verkniff sich ein Lächeln. Willner 2.0. Der Chef, nur in charmant.

»Seien Sie froh, dass wir unsere Arbeit so genau machen. Das Ergebnis wird Sie erstaunen.« Jetzt trug der Gute doch ein bisschen auf, wurden seine Pausbacken nicht sogar ein bisschen rot?

Konnten die beiden zum Punkt kommen? Eva nahm demonstrativ das Blatt, auf dem nichts Besonderes zu sehen war außer einer Art Kinderkritzelei. »Die Hundeführerstaffel war dabei, sagen Sie? Und die Hunde haben neue Hinweise gefunden?«

Gantner winkte ab. »Wir haben die drei eingesetzten Tiere ganz allgemein nach menschlichen Spuren suchen lassen. Das wird ja auch gleich so kostenintensiv. Und wenn Willner meinen Alleingang mitbekommen hätte …« Er senkte seine Stimme und beugte sich über das Blatt.

»Das da«, er zeigte auf ein sehr windschiefes Rechteck, »ist der Ablageort des toten Bruhn. An diesen Stellen wurden Spuren fremder DNA gefunden.« Er nahm einen roten Stift und kreuzte ein paar Punkte an, dann lehnte er sich zurück und betrachtete sein Werk.

»Was ist mit dem Gebüsch da am Bildrand?«, fragte Eva.

»Das«, der rote Stift kreuzte einen Punkt daneben an, »ist der Fundort des neuen Materials. DNA. Blut an einem Dorn. Es stammt von Holger Bentz. Und ein paar Fasern.«

Regina sog scharf die Luft ein.

»Ist nicht wahr.« Eva stellte die Hasentasse ab, die sie gerade erst an den Mund geführt hatte.

»Die Spurensicherung hat Blut und Fasern nur durch Zufall gefunden. Wie gesagt, am Tatort sind so viele Spuren, dass eine Ansammlung von Sträuchern über fünfzig Meter entfernt nicht mehr hinweisrelevant erschien.«

»So weit entfernt? Aber warum?« Regina starrte Gantner an, als müsse er für dieses Rätsel auch gleich eine Lösung parat haben.

»Er muss sich an den Brombeeren aufgekratzt haben. Aber es hilft alles nichts. Seine Spuren befinden sich nicht am Opfer – sie sind nicht einmal in seiner Nähe.«

»Dann hat er vielleicht zumindest etwas beobachtet. Oder was kann das bedeuten?«, fragte Eva.

»Wenn ich das wüsste. Zufall?« Gantner hob die Hände. »Sei es, wie es will, ich muss die Info an den Sokoleiter weitergeben.«

Sie schauten dem Rechtsmediziner nach, der gemessenen Schrittes durchs Büro ging und offensichtlich so gar keine Lust hatte, Willner mit dieser Nachricht zu überraschen.

Als Eva den Autoschlüssel aus dem Fach des Rollcontainers nahm, war Regina schon unterwegs zum Pausenraum, um Gerhard zu holen.

**

»Post für ›Stella‹.« Mutter warf den weißen Umschlag auf den Esstisch. »Warum nennsch du dich so? Führsch du a Doppelleben, oder g'fällt dir dein Name net?«

Verdammt. Warum war der Postbote heute so früh dran? Ute stellte die Schüssel weg und schaute auf den Absender. Ihr Herz machte einen kleinen Hüpfer. Thilo hatte geschrieben! Und so schnell. Der Brief in ihren Händen zitterte. Sie drehte sich um und starrte ihre Mutter an, die hinter ihrem Rücken stehen geblieben war. »Ist was, Mutti?«

»Du muscht noch dr Termin mit dem Veterinär machen.«

»Das lass mal meine Sorge sein!« Damit stieg Ute die Treppe hoch und verschloss ihre Zimmertür von innen. Draußen maunzte Bo, aber der musste warten.

Hastig riss sie den Umschlag auf. Na toll. So ein billiger weißer DIN-lang-Umschlag, dazu dünnes Kopierpapier. Ute setzte sich. Und Kuli. Große Mühe hatte er sich ja nicht gegeben. Ein echter Romantiker. Nicht mal ein neues Blatt Papier hatte er genommen, als der Stift nicht gleich funktioniert hatte. Na ja. Was schrieb er denn?

Hallo Stella,
auch du scheinst eine ganz besondere Person zu sein. Ich bin kein oberflächlicher Mensch, aber leider ist Schreiben nicht so mein Ding. Können wir uns nicht treffen? Ich möchte dich gern kennenlernen. Auf dem Umschlag steht meine Handynummer. Vielleicht können wir ja nächste Woche mal ins Kino oder in den China Imbiss

*nach Aalen. Ich arbeite als Schreiner und kann mich
zeitlich nach dir richten.
Dein Thilo*

In den China Imbiss! Sie schaute einen Moment lang auf den Brief, dann zerknüllte sie ihn und warf ihn in die Ecke. »Leider ist Schreiben nicht so mein Ding«, klar.

Sie ließ die Arme auf die Tischplatte sinken, ihr Herzschlag pulsierte in ihren Ohren. So langsam hatte Ute die Faxen dicke. Bei Simon hatte sie noch drüber weggesehen, als er schrieb, dass er gern mehr »Bilder, na du weißt schon« von ihr hätte. Aber bei diesem Thilo hatte sie den Eindruck, dass er sich über sie lustig machte.

Dann eben nicht. Tief drinnen spürte Ute ja, dass sie nicht bereit war für eine weitere Enttäuschung. Für einen weiteren Verlust. Was suchte sie auf diesem Onlineportal überhaupt noch? Es hatte doch eh alles keinen Sinn mehr. Besser, sie machte sich bald selbst auf den Weg.

※※※

Eva klopfte an die Hüttentür, Gerhard schaute durch ein Seitenfenster. »Alles still.«

»Bestimmt lauert der Perverse uns wieder auf.« Reginas Blick tastete die Umgebung ab. »Komm, wir gehen rein, dann taucht er schon auf.«

Eva runzelte die Stirn. »Wenn er diesmal zur Sicherheit abgeschlossen hat …«

Der Fuß ihrer LKA-Kollegin hieb gegen die Tür, gleichzeitig zog sie den Knauf zu sich. »Offen.« Damit schob sie sich in den dunklen Flur, als ob sie in der Hütte regelmäßig ein- und ausging. Gerhard schaute beeindruckt.

Eva blieb auf dem Türabsatz stehen. Bei Bentz konnte man nicht sicher sein, was er plante. Seine Morde in der Vergangenheit mochte ein vergeistigter Weltverbesserer als verjährte Jugendsünde abtun, aber nach allem, was sie jetzt von Regina wusste, änderte sich keiner, der auf diese Weise tötete, geplant und mit voller Absicht. Sein Kopf konnte verstehen, was man von ihm wollte, warum er nicht der Norm entsprach, das Herz nicht. Wenn er wieder auf den Geschmack kam, das Gefühl übermächtig wurde, dann war alles Wissen verloren, dann würde der Instinkt reagieren, der Frust oder was auch immer. Bentz war am zweiten Fundort gewesen. Inwiefern er auch beteiligt war, blieb unklar, aber einen Zufall schloss sie aus.

Und war es jetzt also Zufall, dass das Grundstück so still und verlassen dalag? Sie hatten extra ein Stück weiter hinten am Rand der Wiese geparkt, aber der Schall pflanzte sich zwischen den Bäumen fort wie durch einen Verstärker. Bentz konnte sie gehört haben.

Eva hörte die leise Unterhaltung ihrer Kollegen und spürte die Vibration der Holzdielen, auf denen sie gingen, bis hier draußen. Etwas raschelte im Gebüsch. Eva drehte sich und sah sich im gleichen Moment einer Amsel gegenüber, die knopfäugig aus ihrem Versteck linste und dann weiter am Boden nach Würmern wühlte. Ein tiefer Atemzug. Sie nahm die Waffe aus dem Holster. Verrückt machen würde sie sich nicht lassen von Bentz.

Evas Blick fiel auf die bearbeiteten Steine neben der Tür. Hier hatte sich etwas getan, das war offensichtlich. Auf den großen Fratzen mit den Knochenzähnen und auf dem Boden lag feiner Staub. Bentz hatte gearbeitet, aber offensichtlich an kleineren Werkstücken. Sie ging in die Hocke und schob einen der Steine zur Seite. Ein länglicher Stein dahinter schien erst frisch bearbeitet worden zu sein, die Oberfläche war hell, und Reste von Steinstaub lagen wie ein feiner Film darauf. Eva hob ihn hoch.

Es handelte sich um eine abstrakte Figur. Eine Frau. Der Stil passte nicht zu den anderen Motiven, denn bei diesem hier hatte Bentz den Stein in seiner natürlichen Form belassen und nur an manchen Stellen kleine Riefen hineingeschlagen oder bestehende vertieft, um Details wie die Arme deutlicher abzuheben. Auf das Gesicht hatte er nicht viel Wert gelegt, hier hatte er die Maserung des Steins größtenteils für sich wirken lassen und nur die Augenbrauen durch eine schmale Vertiefung hinzugefügt. Auch an Brust und Po hatte er nicht übermäßig viel Interesse gezeigt. Die Figur war unnatürlich lang gezogen und hätte ohne die Arme auch eine Robbe darstellen können.

Die Arme. Sie schienen ihm wichtig. Je weiter es auf die Hände zuging, desto sauberer wurde seine Arbeit. Jeder Finger war einzeln herausgearbeitet. Dabei war auch einer abgebrochen, so fein zu arbeiten war offensichtlich schwer. Warum also die Hände? Das Handeln?

Eva drehte den Stein und folgte dem Verlauf. Von Kopf bis Fuß. In die eine Handfläche war ein winziges Loch eingearbeitet. Ein simples Loch, aber warum? Sie untersuchte die Mulde. Es schien, als ob etwas hineingesteckt gewesen war. Eva ging wieder in die Knie und untersuchte den Boden zwischen den Steinen und Abfällen. Das da vielleicht. Sie nahm den kleinen kalkweißen Knochensplitter hoch und steckte ihn in die Vertiefung. Er passte. Eine liegende Frauenfigur, bei der nichts sauberer ausgestaltet war als die Hände, von denen eine etwas – ein Messer? – hielt.

»Hier ist nichts.« Gerhard streckte den Kopf aus der Tür. »Oh. Ist das neu?«

Eva nickte. »Was immer es bedeutet, wir sollten Bentz dringend finden.«

***

Die Klingel von Haus 78 in der Rotzeller Hauptstraße schrillte. Im Nebenhaus bellte ein Hund.

Es war ganz offensichtlich Bernd Bentz, Holgers Bruder, der ihnen öffnete. Die Ähnlichkeit zwischen den beiden Männern war unverkennbar, die Augen im gleichen Grau, die gleiche Nase, das gleiche Kinn. Und doch, seine Erscheinung war eine ganz andere. Während Holger Kälte und Abscheu ins Gesicht geschrieben standen, hatte Bernd Lachfältchen um die Augen und strahlte Wärme aus. Auch dass er seinem Bruder ein falsches Alibi gegeben hatte, schien ihn ganz offensichtlich nicht weiter zu belasten.

»Wir suchen Ihren Bruder Holger.«

Bentz hob etwas ratlos die Hände. »Er hatte heute Morgen doch seinen Termin beim Sozialarbeiter. Hier ist er schon vor zwei Stunden los und müsste längst wieder an seiner Hütte sein. Kommen Sie doch kurz rein.«

»Bei Ihnen ist er nicht?« Konnte Regina das Misstrauen der Familie gegenüber nicht ein klein wenig überspielen? Natürlich hatte er bereits gelogen, aber wohl nicht aus Bosheit, sondern um sich bei all dem Stress, den er sich mit dem schwarzen Schaf der Familie angetan hatte, nicht selbst noch in etwas zu verstricken. Dass er dabei das Gegenteil bewirkt hatte, war ihm nicht klar gewesen.

»Wo hält er sich denn noch so auf, wenn er nicht auf dem Grundstück ist oder bei Ihnen?«, fragte Eva und achtete darauf, durch ihre offene Miene Empathie zu zeigen.

»Dalia hat ihm gestern ein großes Paket frische Wäsche und Essen rübergebracht. Ich habe Urlaub und bin deshalb zu Hause. Heute Abend fliegen wir nach Zypern.«

Bentz bat sie trotzdem ins Haus. Im Obergeschoss peste ein Fahrzeug über den Gang, begleitet von freudigem Gejohle. Frau Bentz schaute nur kurz übers Geländer herunter und grüßte. Der ganz normale Familienalltag. Nur auf den ersten Blick?

»Warum ist Ihr Bruder eigentlich so, wie er ist?« Eva wusste, dass sie gerade auch nicht sonderlich diplomatisch war. Sei's drum. Zum Glück hielten Gerhard und Regina sich jetzt im Hintergrund.

»Ich ... war vermutlich der Glücklichere von uns beiden. Unsere Eltern wollten mich, ich kam sozusagen geplant.« Bentz lächelte sie kurz an, dann ging sein Blick nach draußen. »Holger hatte nicht so viel Glück. Er kam als Nachzügler, Vater im Ausland, Mutter krank und in Vollzeit tätig. Dass sie ihn so früh zu den Großeltern auf den Hof gesteckt haben, war im Nachhinein nicht die beste Entscheidung. Dort hat ein rauer Wind geherrscht.«

»Wie war denn Ihr Verhältnis?«

Bentz zuckte die Schultern. »Ich war zehn Jahre älter und hatte andere Interessen. Wenn der Kleine da war, hat er ständig Rabatz gemacht.« Er sagte das fast entschuldigend.

Nun gut, an der Entwicklung seines kleineren Bruders hätte er so oder so nichts ändern können, aber das Schuldgefühl blieb wohl. Immerhin hatte die Familie den Bruder trotz seiner Gewalttaten hier wohnen lassen.

»Wie Ältere halt sind«, bestätigte Gerhard, der es mit zwei eigenen älteren Geschwistern ja wissen musste.

»Herr Bentz, wenn Ihr Bruder eigentlich schon wieder bei der Hütte sein sollte – haben Sie eine Vermutung, wo wir ihn finden können?«, fragte Eva. »Bitte seien Sie ehrlich.«

»Hängt er in dem Mord mit drin, der in den Netzwerken war?«, fragte Dalia Bentz alarmiert, die die Treppe heruntergekommen war und nach oben schaute, ob die Kleinen auch nichts mitbekamen.

Eva schüttelte den Kopf, bevor Regina etwas sagen konnte. »Die DNA-Spuren passen nicht zu ihm, keine Angst. Aber er könnte etwas wissen oder etwas gesehen haben, deshalb möchten wir noch mal mit ihm sprechen.« Vor dem Urlaub wollte sie diese Familie nicht noch mehr irritieren, als es sowieso schon geschehen war. Gerhard nickte bestätigend.

»Vielleicht ist er jagen und kommt bald zurück«, überlegte Bentz.

Regina sah ihn streng an. »Wildern ist verboten.«

Der Familienvater lachte trocken auf. »Danke, diese Belehrung haben wir vom Förster durchaus auch schon erhalten.«

»Können Sie eigentlich Kontakt mit ihm halten, über ein Handy oder anderweitig?«

Dalia Bentz verneinte. »Handys lehnt er total ab.«

Es musste doch irgendeinen Tipp geben, wo er sein könnte. Warum eigentlich hatte Eva das Gefühl, dass er schon länger weg war? Sie versuchte sich zu erinnern. Die Hütte stand in einem finsteren Loch, und auch wenn es Juni war, war es dort feucht und kühl. Kalt, genau. Und beim ersten Besuch hatte er auch genau deshalb den unerlaubt eingebauten Kamin angehabt. Zumindest war ihr Wärme entgegengeschlagen, als er die Tür geöffnet hatte. Und heute hatte sie dieses Gefühl nicht gehabt.

Die Luft in der Hütte war ausgekühlt gewesen. Keinerlei Hinweis, dass der Kamin in den letzten Stunden in Betrieb gewesen war. War das schon ein Hinweis? Einen Wagen mit Beamten zu bekommen, die Bentz beobachteten, würde schwer werden, Spuren am Fundort hin oder her. Es waren eben nicht die relevanten Spuren.

Trotzdem herrschte auf der Heimfahrt Einigkeit darüber, die Kollegen gleich per Telefon zu informieren. So konnte jemand anderes Willner die Neuigkeiten überbringen, und seine Entscheidung würde eventuell ergebnisoffener ausfallen.

***

Bei der Rückkehr ins Präsidium war die Entscheidung schon gefallen. Sie würden Holger Bentz stundenweise eine Streife zur Kontrolle schicken, aber keine Ermittler für eine Fahndung absetzen. Die brauchten sie in dieser Phase der Ermittlungen sowieso an allen Ecken und Enden.

Immerhin, die Liste der Verbindungsmitglieder war ausgedruckt und der Termin, wann sie sich in den Verbindungsräumen einzufinden hatten, versendet. Wenn bei einem von ihnen der Test anschlug, war das Rennen vorbei. Wenn. Doch noch war es nicht so weit, sie mussten die gesetzlichen Bestimmungen einhalten, und die Hürden waren hoch, wenn sensible Daten von einer so großen Gruppe Menschen eingesammelt wurden. Auf der Liste befanden sich einhunderteinundachtzig Namen exklusive Trassmann. Die Genehmigung war auf die Partnerinnen der Verbindungsmitglieder, auch der Ehemaligen, ausgeweitet worden, denn weibliche Genspuren waren nun mal weibliche Genspuren.

Eva nutzte eine ruhige Minute, um den Bericht zu tippen. Auch Gerhard zog seine Lesebrille aus dem Rollcontainer und seufzte theatralisch.

Mit einem Ohr hörte Eva, dass Regina begonnen hatte, den für Bentz zuständigen Sozialarbeiter zu ermitteln. Und das am Samstag, zu ihrem Durchsetzungsvermögen kam auch das Glück, die entsprechenden Stellen zum passenden Zeitpunkt zu erwischen. Sie zog ihr Ding durch, und alles und jeder fügte sich.

Irgendwie beeindruckte es Eva, dass die Kollegin ihren eigenen Weg so konsequent verfolgte, jenseits von Willners Weisungen. Aber ob es deshalb der richtige war? Die relevanten Täterspuren am Fundort zeigten in eine ganz andere Richtung. Eine Richtung, die überallhin führen mochte, nur nicht zu Bentz.

Aber Regina wollte wohl einfach sichergehen. Warum auch nicht eine Beamtin auf ihn ansetzen, wenn doch sonst alles im Nebel lag und sie Schwierigkeiten hatten, die Hinweise zusammenzuführen. So konnte nachher keiner behaupten, dass sie ihn nicht im Blick behalten hatten.

Reginas Finger flogen schon wieder über die Telefontastatur. »Herr Hönnigheimer? Wernhaupt, LKA. Es geht um Ihren Klienten Herrn Bentz. Haben Sie einen Moment?«

Das ging ja schnell. Eva winkte Regina zu und hielt sich ihren Hörer ans Ohr. Gerhard tat es ihr gleich. Regina nickte, während sie dem Sprechenden zuhörte, und so drückte Eva auf »Mithören«. Wie praktisch, dass die Apparate am Tisch diese Verbindung hatten.

»... ja, war heute Vormittag bei mir.« Die nasale Stimme des Sozialpädagogen brachte Eva zum Schmunzeln. Sie stellte ihn sich mit Wollpulli, Kräutertee und Nickelbrille vor.

»Erzählen Sie mir ein bisschen von ihm.«

»Auf welcher Basis? Auch ich habe ein Wochenende und bin nur in Notfällen erreichbar.«

Hönnigheimer war ganz offensichtlich keine Plaudertasche. Regina runzelte die Stirn.

»Ich meine, da könnte ja jeder anrufen und behaupten, er sei vom LKA«, näselte der Sozialarbeiter. Gerhard grinste.

Reginas Stimme wurde süßlich. »Haben Sie die Bilder des Ermordeten in den sozialen Netzwerken gesehen?« Hönnigheimer bestätigte. »Gut. Dann haben wir zwei Möglichkeiten. Entweder Sie besuchen mich hier im Präsidium, oder Sie beantworten mir die paar Fragen am Telefon.«

»Mein Kalender ist recht voll. Na gut ... Also zuallererst: Die Gespräche mit Bentz sind von seiner Seite aus freiwillig. Dadurch, dass er nach Jugendstrafrecht ...«

»... verurteilt wurde«, sagte Eva automatisch und riss eine Nanosekunde später erschrocken die Augen auf. Verdammt. Regina und Gerhard bedachten sie beide mit einem rügenden Blick.

»Frau Wernhaupt?«, fragte Hönnigheimer mit kritischem Unterton.

»Entschuldigung«, Regina atmete laut aus, »ich habe Sie auf Lautsprecher.«

»Dann hört das ganze Präsidium mit?«

»Nein, nur meine zwei Kollegen, die Bentz bereits getroffen haben.«

Diese Antwort schien für ihn in Ordnung zu gehen. Eva presste zur Sicherheit die Lippen zusammen und schob den Hörer von ihrem Mund weg.

»Also, er muss nicht zu Ihnen kommen, tut es aber freiwillig. Beziehungsweise Sie besuchen ihn«, nahm Regina den Faden wieder auf. »Wie führt er sich denn?«

»Unauffällig.« Hönnigheimer schien zu überlegen. »Also er hat sich im Griff. Los wird er die Mordphantasien nie. Wichtig ist, dass sein Wille den Trieb kontrolliert.«

»Nimmt er Psychopharmaka?«, fragte Eva. Jetzt, da sie als Mithörerin eh schon enttarnt war, war es auch egal.

»Oder weiß man sicher, ob er sie nimmt?«, fragte Gerhard.

»Hallo, wer auch immer Sie jetzt sein mögen. Ja, seine Medikamente nimmt er. Die Rezepte holt er regelmäßig ab.«

ZEHN

»Tobi passt auf die Kids auf. Um sieben beim ›Spongebob‹. Ich freu mich!«

Eva schloss die Wohnungstür ab, während sie die Nachricht nochmals las. Endlich mal pünktlich raus aus dem Präsidium, was allerdings auch bedeutete, dass sie immer noch auf der Stelle traten. Sie hob den Kopf, das Kehrwochenschild baumelte drohend an der Wand. Montagabend, da blieb Eva ja noch die ganze Woche. Spätestens am Wochenende würde sie Zeit finden, vielleicht. Mit etwas Glück lief sie bis dahin nicht Familie Gensle über den Weg, und die Chancen standen gut, denn sie hatten beim letzten Treffen gemeint, dass sie die nächsten Wochen bei der Tochter in Waldstetten renovieren mussten.

Der Tipo blieb in seiner Parkbucht; ein bisschen Bewegung würde ihr guttun. Sie ging die Auffahrt hinunter, passierte den alten Südbahnhof an der Radtrasse, für den jetzt endlich ein neuer Pächter gefunden worden war. Das Bild vom Klepperle tauchte vor ihren Augen auf. Oft hatten Eva und ihr Bruder es sich gewünscht, mit dem Göppinger Zügle zu fahren, sie hatten sogar ein Märklin-Modell davon gehabt. 1984 war der Verkehr leider endgültig eingestellt worden.

Wieder einmal stellte sie fest, dass sie kaum noch raus kam. Sogar wenn Eva zum Sport ginge, würde sie das Auto nehmen, schon allein aus Zeitgründen. Dabei hätte es sich wirklich gelohnt, Zeit im Freien zu verbringen, seit Gmünd sich für die Landesgartenschau 2014 aufgehübscht hatte und das historische Zentrum um den Marktplatz und die Rems entlang ein paar seiner dunklen Ecken verloren hatte.

Sie bog in die Uferstraße ab und nahm den kleinen Umweg über die liebevoll gestaltete Anlage des Waldstetter Bachs. Ein paar Jugendliche zeigten sich gegenseitig Skateboardkunststücke. Ein Paar Minuten hatte sie noch, und so machte sie einen kurzen Abstecher in die Ledergasse, um im dortigen Spielwarengeschäft eine Kleinigkeit für Gerdas Bande zu kaufen. Als sie die Tür öffnete, weckte das Klingeln Kindheitserinnerungen. Wie gut, dass hier nach Schließung des alten Spielwarenladens wieder ein neuer eröffnet hatte. Sie schaute auf die Uhr. Noch eine Viertelstunde. Wann hatte Eva zum letzten Mal zu viel Zeit gehabt? Sie lächelte unwillkürlich, verließ den Laden und bog ins Pfeifergässle ab.

Einen schnellen Blick ins Programm des Turmtheaters, mal sehen, ob ein netter Film für sie lief. Wenn man Zeit hatte, wurde man schon verwöhnt mit Freizeitangeboten. Freie Zeit, hm. Vielleicht war es wirklich an der Zeit, etwas zu ändern, vielleicht hatte die Psychologin recht gehabt.

Ein junger Mann mit einer riesengroßen Mappe versuchte diese zu balancieren, während er einen Schlüssel aus der Jackentasche hervorzog, um die hölzerne Tür des Fünfknopfturms aufzuschließen. Oh, war das Turmstipendium etwa wieder neu aufgelegt worden? Nachdenklich blickte Eva an dem fünfeckigen, wunderschön erhaltenen Turm mit den drei charakteristischen Erkertürmchen nach oben. Mit den strengen Brandschutzbestimmungen war das wohl eher unwahrscheinlich.

Die Uhr des nahen Münsters schlug. Jetzt musste sie sich aber beeilen. Endlich mal pünktlich; ob Gerda es bemerken würde?

Sie erkannte ihre Freundin schon von Weitem, wie sie am Rande der Freitreppe zur Rems an einem der Außentische unter einem hellen Schirm saß, vor sich – natürlich – ein Glas Hugo. Gut sah sie aus, die glänzenden braunen Locken umfingen ihr sommersprossiges Gesicht, sie trug einen Bleistiftrock und hohe Schuhe. Gerda und Absätze? Ein Anblick, den Eva zum letzten Mal vor über zehn Jahren gesehen hatte, bevor sie ihre drei Kinder bekommen hatte.

Sie umarmten sich, und Eva war überrascht, wie wunderbar sich das anfühlte, wie sehr sie ihre Freundin vermisst hatte.

»Magst du auch einen Hugo? Es gibt so viel zu erzählen«, platzte Gerda heraus, und ihre Locken wogten um ihre strahlend blauen Augen. Sie streckte den Finger, und der Kellner war sofort am Tisch.

Was für eine Dynamik ihre Freundin ausstrahlte. Als ob sie ... »Bist du frisch verliebt?«, fragte Eva.

Gerdas Strahlen war die Antwort. »Ich date jetzt und hab Tobi bei Tinder kennengelernt.«

»Tinder?« Eva zog ungläubig ihre Augenbrauen hoch. »Da lernt man doch höchstens jemanden für eine Nacht kennen.«

Gerda lächelte. »Tja ... Willst du ihn mal sehen?«

Wie ein kleines Schulmädchen schwärmte sie Eva von ihrem neuen Freund vor, dem man immerhin zugutehalten musste, dass er jetzt im Moment auf ihre drei Kinder aufpasste, während die beiden sich hier treffen konnten. Und er schien Gerda gutzutun.

»Einen Sohn und seit einem halben Jahr getrennt«, fügte sie hinzu und schaute einen Moment lang stumm auf die Rems. Fast betreten, meinte Eva. Sie nahm einen Schluck Hugo.

»Aber der Grund für seine Trennung bist nicht du?«

Gerda strich sich eine Locke hinters Ohr und wich Evas Blick aus. »Na ja, wenn die Liebe mal weg ist ...«

»Verstehe.« Sie entschied sich, Gerda ebenfalls ein Bild zu zeigen.

»Oh, hübsch! Dein neuer Freund?«

Eva schüttelte den Kopf und sah zu Boden. Sie spürte, wie das Gefühl des Versagens auf ihr Herz drückte, aber mit wem, wenn nicht mit ihrer besten Freundin, hätte sie über ihre wahren Gefühle für Tom sprechen können? Stockend begann sie zu erzählen, von der Liebe auf den ersten Blick, von der Verbundenheit, die sie bei den langen Telefonaten gespürt hatte, von der Enttäuschung, dass Tom sich nicht auf ihre Arbeitszeiten einlassen wollte. »Vermutlich trifft er schon die Nächste. Das ist doch üblich.«

Gerda schaute unentschlossen drein. »Willst du es nicht

noch mal versuchen? Von Stuttgart nach Böbingen ist er gezogen, sagst du, und er kennt sich hier in der Gegend noch nicht aus? Zeig ihm Gmünd. Nimm ihn mit hoch zur Weleda zum Himmelsstürmer, da habt ihr eine geniale Aussicht. Das ist so romantisch da oben, jetzt wo die Rosen alle blühen.«

In ihrer Schwärmerei konnte vermutlich nichts die Freundin davon überzeugen, dass Tom nein gesagt hatte. Zwecklos, weiter mit ihr darüber zu sprechen.

Eva wechselte das Thema, und sie quatschten zwischen Einheimischen, Studenten, Dozenten und Touristen, während der Abend langsam über Gmünd hereinbrach, und es lag ein Gefühl in der Luft, das Eva an früher erinnerte. Sie beobachteten die Sonne, die ihr flirrendes Licht auf die ruhig dahintreibende Rems und die Entenfamilien im Gras warf und ein pinkoranges Farbenspiel über die feinen Wolken legte. Langsam, aber sicher ging sie hinter dem Bahnhof unter.

***

Ein Schwall Suppe ergoss sich in den Teller, etwas davon schwappte über den Rand.

»'tschuldigung«, nuschelte Ute und senkte den Kopf, um dem Blick des Vaters nicht zu begegnen.

»Ich hab mit dem Christof g'schwätzt. Er isch traurig, dass du nicht mit auf der Feier vom Chor warsch«, sagte ihre Mutter und putzte beiläufig die übergelaufene Suppe weg.

»Na und?« Ute schaufelte sich ein Stück Fleisch in den Mund.

»Wie soll des eigentlich weitergehen?«, fragte Vater nach einer Weile in die Stille.

Ute schnitt ein weiteres Stück vom Siedfleisch ab, dann schob sie die Fettaugen auf dem Teller zusammen, bis sie ein großes, glänzendes Ganzes um den zerfaserten Fleischbrocken herum gebildet hatten. Zögernd hob sie den Blick. »Was meinst du?«

Ihr Vater schlug unvermittelt auf den Tisch. Der Salzstreuer klirrte gegen Utes Wasserglas. »Morga am Freitag hab i mein nächschta Arzttermin. I komm über der Winter in Kur. Vorher verschteifet se mein Rücka, operieret mei Hüfte, ond i koh nix meh schaffe aufm Hof. Dei Mudder hot Arthritis ond kann nemme. Ond du dommes Gör läsch dr Christof abblitza, als ob du jeden haben könntsch!«

Ute suchte den Blick von Mutter, die die tickende Küchenuhr fixierte. Als sie zu ihrer Tochter sah, erschrak Ute über die Kälte in ihrem Gesicht.

»Hasch du eigentlich amol in der Spiegel neig'schaut?« Der Mund der Mutter war schmal wie ein Schlitz. »Du führsch dich auf wie Fräulein Nobel. A Wunder, dass dr Christof dir überhaupt noch den Hof macht, so wie du mit ihm umgehsch. Was der an dir findet? An deim Aussäha kann's net liegen.«

»Dann schenk mer ihm den Hof dazu«, schlug Vater vor.

Fassungslos schaute Ute vom einen zur anderen. Den Alten war nichts rechtzumachen. Was konnte sie denn dafür, dass sie als Mädchen auf die Welt gekommen war? Sie umklammerte das Messer in ihrer rechten Hand, dann schleuderte sie es über den Tisch, drückte sich mit dem Stuhl nach hinten und stand auf.

Ihr Vater schob sich ebenfalls aus dem Stuhl hoch. Ute sah mit Genugtuung an seinem verzerrten Gesicht, welche Schmerzen ihm die schnelle Bewegung bereitete. »Du stehsch erst auf, wenn i des sag!«

Sie antwortete nicht, reckte nur ihr Kinn trotzig vor, während ihr Stuhl hart auf dem Boden aufschlug. Dann drehte sie sich um, hörte ihre Mutter in ihrem Rücken keifen. Ihre Umgebung war verschwommen, als sie die Stufen nach oben ging und die Tür hinter sich zuschlug.

Ute stieg über Bo und warf sich auf ihr schmales Bett. Dort blieb sie eine Weile liegen und starrte an die Wand, hörte das Geschrei, den Streit in der Küche unter ihr wie durch Watte. All die Nächte, die sie im Stall mit den Schweinen verbringen musste … Das faule, undankbare, hässliche Gör, das nicht schätzte, was für es getan wurde und sich nicht fügen wollte.

Seit sie ihrem Vater im letzten Jahr ins Gesicht geschlagen hatte, als er wieder mit dem Gürtel in der Tür gestanden hatte, seitdem kamen sie bei einem Streit wenigstens nicht mehr herauf zu ihr. Hier oben ließen sie sie in Ruhe. Hier war ihr Reich.

Ute setzte sich auf und spürte Bo, der über ihr stand. Sie kraulte ihn. Draußen war alles grau, graue Wolken hingen in grauen Hügeln. Ihr Blick glitt durch die Schlafzimmertür ins Zimmer, über die Bücher, die CDs, den Schreibtisch. In der hinteren Ecke neben dem Mülleimer lag ein zusammengeknülltes Blatt. Thilos Brief.

Sie stand auf und angelte das Papier hinter dem Schreibtisch hervor. Ihre Finger glätteten das Papier, und sie überflog seine Worte erneut. Hatte sie ihm vielleicht Unrecht getan? Machte er sich vielleicht gar nicht lustig über sie? Wahrscheinlich war sie nach den Enttäuschungen etwas dünnhäutig geworden. Sie atmete tief ein und zog den Stuhl her.

Er sollte seine Chance bekommen. Nein, sie sollten ihre Chance bekommen. Und wenn es die letzte war.

***

Als Thilo die WG-Tür aufschloss, fiel das gelbe Ponyhof-Schild mal wieder ab, das Ömer von seinen Kumpels zum zweiundzwanzigsten Geburtstag bekommen hatte. Thilo stellte die Papiertüte vom Regionalmarkt zur Seite, bückte sich und entdeckte da erst den Brief, der sich im Türspalt verklemmt hatte. Er zog den widerspenstigen Umschlag heraus und klebte das Schild wieder fest.

Zartrosa Papier, eine Hochzeitseinladung wahrscheinlich. Wer heiratete denn? Erst als er den Brief umdrehte, entdeckte er den Absender. Stella. Thilos Herz setzte einen Schlag lang aus. Was war dieser Samstag für ein verrückter Tag. Erst hatte er den Tisch fertiggestellt, dann hatte der Kunde einen zweiten, größeren beauftragt und den Preis akzeptiert, ohne mit der Wimper zu zucken. Und jetzt Stella.

Fiebrig warf er seine Tasche in den Flur und riss das feine Papier auf. Und grinste. War das Rosenparfum? Ein Passbild fiel aus dem Umschlag. Er hob es auf. Es war das Bild, das sie auch auf »love@new« verwendete. Hinten drauf hatte sie einen dunklen Lippenstiftkuss gedrückt.

Er faltete das Papier auf, während er mit dem Fuß die Tür zu seinem Zimmer aufstieß. Wieso schrieb sie erst jetzt, obwohl sie es erst ganz eilig gehabt hatte? Nachdem er nichts mehr von ihr gehört hatte, hatte er sie eigentlich abgehakt und wieder angefangen, anderen zu schreiben. Hatte eigentlich auch gar nicht mehr mit ihr gerechnet, nach dem Fake-Account-Geschwätz von Ömer. Erst gestern war er mit einem Mädel aus Ellenberg weggewesen, bei einem kleinen Liveauftritt im Irish Pub in Ellwangen. Ein bisschen geknutscht hatten sie. Aber ob sie sich wiedersehen würden? Er wusste es nicht.

Mein lieber Thilo,
ich will ehrlich mit dir sein. Ich wusste nicht genau, ob ich dir zurückschreibe. Ich war mir nicht sicher, ob ich dir vertrauen will. Aber vielleicht muss es diesmal so sein, dass ich mich zuerst dir öffne, und du wirst mein Vertrauen erwidern. Manchmal hat man Zeit, sich kennenzulernen, und manchmal geht es eben auch ganz schnell.
Hin und wieder liege ich mit meinem Kater Bo auf dem kleinen Bett in meinem Zimmer und schaue aus dem Dachfenster. Dann träume ich mich in andere Städte, in denen ich noch nie war. Kennst du Paris? Ich meine nicht den Eiffelturm, sondern die dunklen, geheimen Ecken. Die Katakomben, aus deren Gestein die ganze obere Stadt errichtet wurde und in denen sechs Millionen Menschen bestattet sind. Die Gänge sind 280 Kilometer lang, überleg mal. Und wir beide in der Stille unter der Stadt, alles ruhig, ganz friedlich. Und keiner weiß, dass wir da sind.

Was sind deine Träume, wo warst du schon? Komm doch am Dienstag zu mir und erzähle es mir. Kein unpersönliches Schnellrestaurant, nur du und ich. Sagen wir 14 Uhr am Bahnhof in Ellwangen?
Deine Stella

Sein Herz klopfte. Sie war tatsächlich auf das Treffen eingegangen. In drei Tagen würde es so weit sein.

***

Die nächsten Tage brachten wenig Neues. Die Streife hatte Bentz gestellt, doch er hatte die Kollegen glatt runterlaufen lassen, dass er viel in der Umgebung unterwegs wäre und eine Leiche mit Sicherheit gemeldet hätte. Na klar. Aber was sollten sie tun.

Auf Evas Schreibtisch lag immer noch die Liste mit IP-Adressen, die den Kollegen von der IT interessant erschienen waren. Sie ging sie ein weiteres Mal durch, genauso wie die Protokolle mit Freunden und die Handyruflisten. Nichts, das herausstach. Wo war er, der eine Hinweis, der anders war, der das Bauchgefühl des Ermittlers aktivierte?

Wie oft sie die Ausdrucke schon durchgeschaut hatte nach Auffälligem, Besonderem, nach Ähnlichkeiten der beiden Toten. Die größte Gemeinsamkeit war eben die Verbindung, bei der Alexander abgelehnt und Simon angenommen worden war. Gut, da wurde gerade der groß angelegte Test vorbereitet, aber einen konkreten Hinweis hatten sie nach wie vor nicht. Gemeinsamkeiten. Bei beiden Opfern bestanden Kontakte, die über das Onlineportal love@new zustandegekommen waren und die sich teilweise über Monate erstreckt hatten. Es waren fünf Frauen, mit denen beide gechattet hatten, aber da gab es orts- und auswahlbedingt die üblichen Überschneidungen, hatte einer der ITler gemeint. Dazu eine Menge anderer Kontakte, Freunde, ehemalige Kollegen oder Mitstudenten. Die Mitarbeiter der Soko hatten die Woche genutzt, ihre Befragungen hier zu verschärfen, ohne einen guten Hinweis zu bekommen. Eine Dozentin hatte Simon des Öfteren kontaktiert, und die E-Mails besaßen für Evas Geschmack eine eindeutig private Note. Aber eben nur Simon. Sie machte sich trotzdem eine Notiz und widmete Alexanders Kontakt mit dem Anwalt etwas Zeit. Der junge Mann hatte sich ganz offensichtlich aufgeregt über die Begründung, mit der er abgelehnt worden war. Doch Trassmanns Aussage, er sei nicht qualifiziert für eine Mitgliedschaft, hatte er offensichtlich nur mündlich erhalten, was der Anwalt monierte. Er hatte um handfeste Details oder Zeugenaussagen gebeten. Kanze junior war offensichtlich sehr unbequem geworden, aber für eine Organisation mit so viel Geld im Rücken war es wohl ein Leichtes, solche Störfeuer abzuwehren. Und bestimmt auch Werbung in eigener Sache.

Die Rufnummernauflistung der beiden Handys war eher karg. Eva widmete sich den Bildern, die auf den Handykarten gespeichert waren, doch auch hier entdeckte sie keine Auffälligkeiten oder Verbindungen zwischen den beiden jungen Männern. Auch deutete nichts auf eine bestimmte Szene hin, der sie angehört hatten.

Simon hatte es peinlich vermieden, diejenigen, die er mit schwarzgebrannten Filmen, Spielen und Musik versorgte, von seinem Rechner aus zu kontaktieren, nur auf seinem Handy fanden sich Kontakte. Da war dieser Kobi, der sich in seinen Nachrichten sehr kurz fasste und nur Kryptisches schickte. »Um 5 am Hof?«, »Komm morgen später.« Da war auch Tscharlie, dessen Namen sie ebenfalls auf Simons Liste der Schuldner gesehen hatte. Er schien ein dicker Kumpel zu sein, zumindest schickte er Simon mehr oder weniger lustige private Fotos und Videos. Das letzte ein paar Stunden nach dem Fund von Simons Leiche.

Ein Zettel von Torben war den Unterlagen beigefügt, dass Frau Bruhn alles gesichtet und nichts davon für auffällig befunden habe. Alles Freunde, die schon seit Jahren bei ihnen aus und ein gingen, ansonsten Fußballkumpels oder Mitstudenten. Zwei Kollegen der Soko würden alle Kontakte nochmals überprüfen.

※※※

»Ich bin Ute.«

Sie beobachtete, wie Thilo beim Einsteigen den Kopf einzog. So groß hatte sie ihn sich gar nicht vorgestellt. Wenigstens trug er sein Musketier-Bärtchen vom Foto noch. Eigentlich gefiel ihr das nicht, aber zu ihm und seinem ebenmäßigen Gesicht passte es. Hitze stieg ihr in die Wangen, als er sie musterte. Schnell drehte sie den Kopf und versuchte, sich auf den Verkehr zu konzentrieren.

Anders als Simon hatte Thilo kein bisschen gestutzt, als sie ihm die Geschichte erzählt hatte, dass Stella länger arbeiten müsse und sie gebeten habe, ihn abzuholen. Ein wenig seltsam fühlte es sich schon an, sich so schnell zu treffen. *Verbrenn jeden einzelnen Brief, wenn du ihn gelesen hast! Das ist, als ob wir nie Kontakt gehabt hätten. Als ob wir uns immer neu kennenlernen.* Die fiebrige Geheimhaltung war gar nicht nötig gewesen. Dabei wusste sie doch noch gar nichts über ihn. Aber sie spürte, dass ihnen keine Zeit mehr blieb.

Alexander hatte sie bestimmt ein halbes Jahr lang geschrieben, und als er sich einmal über ein paar Wochen nicht meldete, hatte sie den Kontakt mit Simon begonnen. Würde Thilo der Richtige sein, obwohl er sich so falsch anfühlte?

Er war jedenfalls gekommen, da hatte er gestanden, am Bahnhof in Ellwangen, wie sie es vorgeschlagen hatte. Und wie vor ihm schon Simon und Alexander. Doch heute, mit ihm, war vielleicht alles anders.

»Nett.« Thilo tippte den Bären mit der roten Schleife am Hals an, der vom Rückspiegel baumelte. Ute fiel das schwarze Lederband an seinem schmalen Handgelenk auf. Ein eigenartiger, sichelförmiger Anhänger. Was er wohl bedeutete?

Gerade, als sie fragen wollte, begann er: »Wohnt ihr im gleichen Ort?«

»Nein, wir sind nur Kolleginnen.«
»Ah, okay.«
»Wir teilen uns einen Raum in einem Architekturbüro. Stella erstellt Pläne und stimmt die Projekte mit Kollegen ab. Meins«, sie kicherte, »ist das nicht. Ich bin gut an der Basis, mit den Grundlagen.«
»Solche Leute braucht es auch.« Thilo schaute aus dem Fenster, als sie einen nicht enden wollenden Tunnel schließlich doch durchquert hatten. »Dann ist sie Architektin?«
»Ja.« Na toll. Wie Simon würde auch Thilo ihr auf der Fahrt Löcher über Stella in den Bauch fragen. »Wo hast du sie kennengelernt?«, fragte Ute. Ob er ihr die Wahrheit sagen würde?
»Hat sie das nicht erzählt?«
Ute spürte, wie sie wieder ein bisschen rot wurde, sagte aber nichts.
»Also doch«, riet Thilo, ein klitzekleines Fragezeichen in seiner Aussage. »Datest du auch bei ›love@new‹?«, schob er hinterher.
Ute schüttelte den Kopf. »Das ist nichts für mich. Ich mag keine Gespräche über Belangloses.«
»Da seid ihr euch ja ähnlich, du und Stella.« Thilo grinste.
Er schien sich für sie zu interessieren, für das, was sie zu erzählen hatte. Ute schaute zu ihm hin und lächelte. »Was erwartest du dir denn davon, auf diese Weise jemanden kennenzulernen? Findest du das nicht sehr unpersönlich?«
»Na, immerhin habe ich so Stella kennengelernt.« Er sah sie irgendwie wachsam an.
»Stimmt.« Sie versuchte ein Lachen. »Ich finde, die wirklich romantischen Möglichkeiten, jemanden kennenzulernen, werden durch solche Portale weniger. Gibt man sich wirklich noch Mühe, wenn man jemanden auf der Straße trifft? Oder rennt jeder nur noch Hirngespinsten hinterher? Ist es nicht schöner, wenn man sich wirklich erkennt und nicht nur die Hülle sieht?«
Wieder streifte sie sein Blick, den sie nicht so ganz einord-

nen konnte. Doch dann hellte sich seine Miene auf. »Wie ist das denn bei Stella? Komm, erzähl mir ein bisschen über sie!«

Ute krallte ihre Hände ums Lenkrad. Von wegen, Interesse an ihr. Das schlechte Gefühl vom Anfang hatte sie nicht getäuscht. Er war kein bisschen anders als Alexander und Simon. Verdammte Stella! Hätte sie doch das Bild gelöscht, dann müsste sie jetzt nicht mit diesem überirdisch schönen Phantom und den dummen, verknallten Typen leben! War Thilo denn nicht klar, dass er mit einem Mädchen wie diesem niemals solche Gespräche führen würde, dass so eine ihm niemals solche Briefe geschrieben hätte?

Sie öffnete den Mund, schloss ihn jedoch wieder. Nein. Nein. Keine langen Gespräche mehr. Er hatte es nicht verdient, keine zweite Chance. Thilo meinte es nicht ernst. Hatte er schon vergessen, dass er kein oberflächlicher Mensch war? Schließlich hatte er es selbst geschrieben! Aber nein. Sie würde ihn nicht darauf ansprechen, damit verriete sie sich. Ab zur Scheune, und dann würden sie es bald hinter sich haben. Hier in diesem Leben war kein Glück möglich.

Ute biss sich hart auf die Wange, als sie spürte, wie sich die Tränen aus ihren Augen drückten. Nein, sie würde nicht weinen. Nicht vor Thilo. Mit ihm würde sie die letzten Schritte gehen müssen, aber dann, wenn sie im Licht der absoluten Ewigkeit standen, dann würden Äußerlichkeiten nicht mehr zählen.

Er musterte sie von der Seite. »Ist was mit deinen Augen?«

»Heuschnupfen«, antwortete sie knapp und drückte aufs Gas.

Thilo schien nichts von ihren Gedanken zu ahnen. Er nieste und wischte über seinen Sitz. »Sind das Katzenhaare?«

»Ja. Bo, mein Kater, liegt manchmal auf dem Beifahrersitz.«

In dem Moment, in dem sie es ausgesprochen hatte, biss sich Ute auf die Zunge.

»Bo?« Thilo sah sie aus zusammengekniffenen Augen an.

»Was? Hab ich ›mein Kater‹ gesagt? Nein, Bo ist Stellas

Kater, hat sie dir von ihm erzählt?«, versuchte Ute die Situation zu retten. »Ich ... kümmere mich aber oft um ihn.«

Verdammt. Der Name war ihr so rausgerutscht, sie war nicht richtig konzentriert auf ihre Rolle. Natürlich hatte sie ihm von Bo geschrieben. Sie passierten eine Werbetafel für einen Getränkehandel, der aktuelle Weine im Angebot hatte. Ihr Blick suchte die Tafel ab. »Meiner heißt ... Bardolino.« Utes Lachen klang hysterisch in ihren eigenen Ohren.

»Ach so.«

War da noch Zweifel in seiner Stimme zu hören? Ute spürte seinen Blick auf ihrem Gesicht und die Wärme erneut in sich aufsteigen.

Eine rote Ampel. Er nestelte an seinem Gurt. Würde er jetzt aussteigen? Sie schloss die Augen und atmete tief ein. Als es hinter ihr hupte, tippte Thilo sie an die Schulter. »Grün.«

Ute traute sich nicht, ihn anzusehen, als sie am Palais Adelmann vorbei der Oberen Straße folgten. »Kleiner Umweg ... Hier haben meine Eltern geheiratet.«

Thilos Schweigen zog sich fast bis auf die B 290. Ute war ganz in Gedanken, als er plötzlich fragte: »Und was sollte ich über dich so wissen?«

Diese Sanftheit in seiner Stimme war ihr noch gar nicht aufgefallen. »Über mich? Wenn ich nicht in Stellas Büro aushelfe, arbeite ich auf dem Hof meiner Eltern mit.«

»Ihr habt Landwirtschaft?«

Thilo wollte tatsächlich etwas über sie wissen. Ute überlegte, wie viel sie preisgeben wollte. Was sollte sie von Thilo halten, meinte er es ernst mit seinem Interesse? Vermutlich würde er lachen, wenn sie ihm mehr über sich erzählte, aber das war nun mal ihr Leben, und eigentlich war es so oder so egal. »In den letzten Jahren haben meine Eltern viel Land verkauft, aber wir haben noch ein paar Felder fürs Schweinefutter.«

»Büro und Landwirtschaft?« Thilo hatte die Beine übereinandergelegt und schien tatsächlich ganz interessiert. »Wann hast du Feierabend?«

»Unterschiedlich.« Ein Lkw nahm Ute die Vorfahrt, und sie bremste scharf. Hier konnte sie auch nicht überholen. Während sie der Spur weiter in Richtung Hüttlingen folgten, schien er sich keine Gedanken zu machen, wo sie ihn hinbrachte. Ob sie es noch einmal versuchen sollte?

»Stella hat eine Überraschung vorbereitet«, sagte sie. »Ich fahre dich direkt hin, oder?«

»Schade.« Er sah sie prüfend an. Ute konnte seinen Blick nicht deuten. Was wollte er ihr sagen?

Schweigend fuhren sie weiter.

»Kommst du ab und zu raus?« Thilo ließ nicht locker. »Ich mein, was geht hier so ab?«

Ute lachte auf und dachte an den Januarabend an der Skischanze weiter drüben in Degenfeld. Mit Christof. Letztes Jahr hatte es immerhin mal Schnee gehabt. Und was wollte jemand wie sie in einem Club? Und dann am besten mit diesen Feiermäusen aus dem Verein. Das war nicht ihre Welt.

»Zum Feiern gehen wir gern nach Aalen oder ins ›Belinda‹«, log sie. Sie wartete darauf, dass Thilo den Faden aufnahm, um sich ganz harmlos nach Stellas Feiervorlieben zu erkundigen, aber nichts geschah.

Kurz darauf stellte sie den Combo auf dem Platz vor der Scheune ab. Nun schien Thilo doch etwas ins Straucheln zu kommen. Zaghaft stieg er aus. »Was hast du denn jetzt vor?« Seine Finger zogen an seinem Bärtchen.

»Nicht ich, Stella. Sie hat etwas für dich vorbereitet.« Ute sah ihn einen Moment zu lange an, spürte den prüfenden Blick aus seinen tiefbraunen Augen, der auf ihr ruhte.

»Ute, meinst du, es wäre nicht schöner, wenn wir beide den Abend miteinander verbringen?«, fragte Thilo und zwinkerte ihr zu.

Utes Knie wurden weich. Sie senkte den Kopf, konnte sein Starren nicht länger ertragen. Also doch, sie war aufgeflogen. Sie zitterte, Gänsehaut lief über ihren Rücken. Er wusste, dass sie Stella war. Dass Stella nicht existierte. Und nun?

Der Scheuneneingang war etwa zehn Meter entfernt. Direkt hinter der Tür stand der Knüppel, hier am Auto würde sie ihn nicht überwältigen können. Jetzt hing es von ihrem Kopf allein ab, wie sie ihn da hineinbekommen würde. Sie musste es sofort tun, mit Sicherheit traute sie sich später nicht mehr, diesen Schritt zu gehen. Und was war die Alternative?

Noch bevor Ute reagieren konnte, spürte sie, wie seine Arme ihren Oberkörper umfassten.

»Hey, so schlimm ist es doch nicht. Warum stehst du nicht einfach zu dir?«, flüsterte Thilo ihr ins Ohr. Sie schloss die Augen, als sie die Wärme seines Atems spürte.

Während sie regungslos dastanden, hob sie ihren Kopf und starrte Thilo blöde an, ohne irgendetwas sagen oder unternehmen zu können. Schließlich hob sie ihre Arme und legte zuerst den linken, dann den rechten zögerlich um seine Schultern. Dann ließ sie den Kopf auf seine Brust sinken.

Er entließ sie aus seiner Umarmung. Sie spürte dem sanften Druck nach und öffnete langsam die Augen.

»Was hast du denn vorbereitet?« Thilo war bereits auf dem Weg zur Scheune.

Hinter ihnen knackte etwas im Gebüsch. Zu laut und zu aufdringlich für einen Vogel. Christof? Ute meinte, einen dunklen Schuh zwischen den Dornen auszumachen. Na warte, Bürschchen, dich schnappe ich mir. Aber wie sollte sie es Thilo erklären? Besser, er bekam nichts davon mit.

Hoffentlich hatte Christof nicht bemerkt, dass seine Tarnung aufgeflogen war. Sie drehte den Kopf und folgte Thilo. Vielleicht hatte sich ihre Haltung verbessert, sie ging aufrecht wie eine Königin, die schwarze Stola, die sie extra gekauft und nun um ihre Schulten gelegt hatte, wehte leicht im Wind. Schau her, mit wem ich hier bin, rief sie Christof in Gedanken entgegen. Von wegen, ich bin von dir abhängig und meine einzige Aufgabe ist es, auf dich zu warten. Behalt deinen lächerlichen Hof, deine Kühe, ich brauch dich nicht!

Das wutverzerrte Gesicht ihres Vaters erschien vor ihrem inneren Auge, und sie verscheuchte es.

»Darf ich?« Thilo lächelte sein schräges Lächeln, und ihr Herz machte einen Hüpfer.

Sie schob den kleinen Riegel zur Seite. »So, jetzt kannst du aufmachen.«

Sie schaute über seine Schulter, während er die Holztür zur Seite schob. Fast fünfzig kleine Gläschen hatte sie mit Kerzen versehen, und auch wenn sie diese schon angezündet hatte, bevor sie weggefahren war, so brannten noch alle und tauchten die düstere Scheune in ein warmes, gelbliches Licht. Eine Brenndauer von vier Stunden. Inmitten des Kerzenmeers hatte sie eine Decke fürs Picknick ausgebreitet, der Sekt war kalt gestellt, wie die beiden Male zuvor auch. Aber diesmal würden sie auch in seinen Genuss kommen.

»Wow«, hauchte Thilo und bewegte sich keinen Schritt voran. Ute drückte ihm ihre Hand in den Rücken und schob ihn sanft vorwärts. Der Holzknüppel neben der Tür blieb unbewegt.

»Öffne uns schon mal den Sekt, ich komme gleich.« Damit drehte sie sich um und ging draußen langsam auf die Hecke zu.

Ute tat so, als lade sie etwas aus dem Auto, und verschaffte sich dabei einen Überblick. Neben dem Holzstapel hinter der Scheune stand Werkzeug, den Stiel der Hacke konnte sie von hier aus sogar erkennen. Überraschen würde sie ihn in seinem Versteck. Sie schaute erst in die andere Richtung und machte dann einen plötzlichen Satz auf die Wiese.

»Christof! Komm raus und lass mich endlich –«

Als sie den Mann sah, blieb sie wie angewurzelt stehen. Denn es war nicht Christof, der da hinter den Brombeeren gelauert hatte. Es war ein Fremder. Doch jetzt meinte sie, sich an sein Gesicht zu erinnern, die starren Augen hinter der Brille. Als sie hier neulich beim Heuen allein auf der Wiese gestanden hatte, war er quer übers Gras spaziert, hatte dabei eine ganze Spur plattgetreten und sie so eigenartig angesehen, fast so, als ob er sie gut kenne. Erst als Ute »Hau ab!« geschrien hatte, war er weitergegangen.

»Was wollen Sie von mir?«
»Wie heißt du?«, fragte der Mann.
»Ute«, brummte sie. »Gehen Sie weg.«
»Ute, du kennst mich nicht. Aber ich kenne dich.« Er machte einen Satz auf sie zu und fasste den Zipfel ihrer Stola.
Ute trat einen Schritt zurück und zog ihren Arm weg. »Wer sind Sie?«
»Ich bin Holger. Du musst mich anhören!«
Anhören? Was für einen Mist redete der? Ute musterte den hageren Mann mit der nachlässigen Kleidung und dem aus dem Hosenbund hängenden Hemd. An seinen Wanderstiefeln klebte getrocknete Erde, und über seine Wange verlief ein Kratzer, das ausgetretene Blut war bereits angetrocknet. Vermutlich hatte er sich den in den Brombeerhecken geholt. Geschah ihm ganz recht.

Abwartend und mit starrem Blick schaute dieser Holger sie an und kam Ute immer näher.

Sie hob die Hand, um ihn auf Distanz zu halten, und versuchte gleichzeitig zu hören, ob Thilo drinnen noch mit dem Sekt beschäftigt war oder sie schon suchte. Nicht auszudenken, wenn er sie hier draußen mit diesem Zausel sah. Doch dieser seltsame Typ schien keiner zu sein, den man leicht loswurde.

»Jetzt mach nicht so einen Aufstand«, wies sie ihn zischend an. »Was soll der Scheiß überhaupt?«

»Was hast du mit dem da drin vor?«, fragte der Verrückte mit zittriger Stimme.

»Wen meinst du?« Ute kniff die Augen zusammen.

Der Zausel deutete zur Scheune. »Na, mit dem Kerl da. Meinst du, ich bin blind?«

»Lass Thilo in Ruhe!« Utes Herz schlug schneller. Was wollte dieser Typ mit dem starren, durchdringenden Blick wirklich von ihr? »Verfolgst du mich?«

»Ich folge dir schon eine ganze Weile.« Er machte eine Pause und beobachtete sie. »Seit letztem Dienstag lass ich dich nur noch allein, wenn ich schlafen muss.«

Ute atmete tief ein. Dienstag. »Weißt du ...?« Sie ließ die Frage unvollendet zwischen ihnen stehen.

»Ich weiß alles.«

»Willst du Geld?«

»Nein.«

»Was dann?«

Wieder versuchten seine Hände, ihre Arme zu umklammern. »Du und ich, wir ... wir sind Seelenverwandte.«

»Ute«, erscholl in diesem Moment Thilos Ruf aus dem Inneren der Scheune.

»Komme gleich«, antwortete sie knapp und an diesen Spinner gerichtet: »Wir sind ... was?«

Schweißperlen standen auf seiner Stirn, seine Brille war angelaufen, und seine ekelhafte Stimme klang flehend, als er seine kalten Finger durch die Stola in ihren Arm drückte. »Du bist es. Du bist meine zweite Hälfte!«

Sie wollte ihm ihre Hand ins Gesicht schlagen, doch etwas ließ sie zögern.

»Ich war hier an der Scheune«, keuchte er. »Ich habe dich durch den Wald verfolgt, habe gesehen, wie du den Jungen hergerichtet hast. Mit welcher Hingabe. Du bist die Liebe, ich bin der Hass. Lass es uns diesmal gemeinsam tun.«

Ute lachte. »Als Seelenverwandte?«

»Was spricht dagegen?« Um Holgers Mundwinkel bildete sich ein beleidigter Ausdruck, der gleich wieder verschwunden war. »Du darfst sie töten, und ich ... ich helfe dir. Wenn du willst.«

Die kalten Augen, die Ute fixierten, die Krallenhände, die sie umklammerten. Sie musste den Verrückten loswerden. Nur wie?

Stand das Ding in Reichweite? Ja, neben dem Brennholz, da hatte sie es gestern nach dem Jäten hingestellt. Sie drehte sich, entriss ihre Hände blitzschnell seiner Umklammerung und packte die Hacke in der gleichen Bewegung. Holger wich zurück, doch sie erwischte ihn gerade noch an der Schulter. Die Hacke prallte zurück, wenigstens hatte das Eisen ein Loch in den olivgrünen Parka gerissen. Der Verrückte stöhnte auf, als er nach hinten kippte.

Als er einen Moment lang benommen am Boden lag, gab der Parka seinen Hals frei. Sie sah, wie sich sein Adamsapfel hob und senkte. Ute trat neben ihn und hob die Hacke erneut. »Du nimmst mir meine Chance nicht.«

»Spinnst du! Nimm die verdammte Hacke runter!« Schritte in ihrem Rücken. Ute drehte sich um, senkte die Hacke, schloss die Augen und holte Luft. Thilo würde ihr helfen.

Doch Thilo streifte sie mit einem Blick, der pure Verabscheuung zeigte, und ließ sich neben diesem Holger ins Gras sinken. In schnellem Rhythmus klopfte er dem Mann mit der Handfläche auf die Wange. »Hallo? Hören Sie mich?«

Er wartete einen Moment ab, dann wanderte sein Blick zwischen Ute und dem Reglosen hin und her. Thilos Stimme klang eigenartig schrill, als er fragte: »Warum machst du das?«

Ute antwortete nicht und schaute zu Boden. Der Ekel in seinem Blick schnitt wie eine Klinge in ihren Magen.

»Er stand da einfach und hat uns beobachtet!« Abwehrend hob sie die Hände, während Thilo sich hochdrückte und mit starrem Blick auf sie zukam.

Er kam immer näher, bis sie seinen Atem auf ihren Wangen spüren konnte. »Und deshalb bringst du ihn um?«

Schließlich ließ er von ihr ab, kniete sich neben Holgers Kopf und tastete auf dem Boden herum. »Er scheint auf den Holzscheit gefallen zu sein. Besser, wir bewegen ihn nicht.«

Ute beobachtete ihren Geliebten, schaffte es nicht, seinen Gesichtsausdruck zu deuten. War sie wirklich vorbei, die Chance auf ein bisschen Glück?

Nein. Jetzt war sie dran. Sie durfte ihn nicht so einfach gehen lassen. Sie würden es zusammen schaffen, Ute wusste es.

Sie lehnte die Hacke zurück an den Holzstapel und gab ihrer Stimme einen zärtlichen Klang, als sie ihm die Hand auf den Rücken legte. »Das ist ein Stalker, er lauert mir immer wieder auf.«

»Und deshalb schlägst du ihn mit einer Hacke nieder?«, schrie Thilo sie an und klatschte sich mit der offenen Hand an die Stirn.

»Ach, jetzt lass das doch.« Ute ging an Thilo vorbei und versuchte, die schmerzhaften Worte zu ignorieren. In einer Beziehung musste man Kompromisse schließen, er war eben aufgebracht. »Komm mit, wir lassen uns den Abend nicht verderben.«

Der Mann am Boden zuckte, dann rührte er sich nicht mehr.

»Du bist ja total durchgeknallt!«, kreischte Thilo und bewegte sich nicht von der Stelle. Stattdessen fingerte er an seiner hinteren Hosentasche herum.

»Was hast du vor?« Eine starke Windböe klatschte in Utes Gesicht.

»Den Krankenwagen rufen, das habe ich vor!«

Mit einem Satz stand Ute neben ihm. »Spinnst du? Der wollte dich kaltmachen!«

»Was wollte der? Ich denke, er stalkt dich?« Thilo fuhr sich mit einer Hand durchs Haar und starrte unsicher auf sein Telefon.

»Bitte, warte noch«, schmeichelte Ute, strich ihm über den Arm und nahm ihm das Handy aus der Hand. Da war diese Verbindung, sie war sich sicher, dass er sie auch gespürt hatte. Sie hatten so viel miteinander gemein, das würde ihnen dieser ... dieser Verrückte nicht nehmen.

Thilo ließ sich ins Gras sinken und verbarg den Kopf in seinen Händen. »Also, dass du das Bild einer anderen Frau in ein Onlineportal einstellst, geschenkt. Dass du denkst, dass dich so einer datet – von mir aus. Als ich's gemerkt hab, hast du mir ein bisschen leidgetan, und ich dachte, okay, dann unterhalten wir uns eben ein Weilchen.« Er hob den Kopf wieder und sah sie ausdruckslos an.

Der kühle Wind trieb Ute Feuchtigkeit ins Auge. »Leidgetan?«, presste sie hervor. »Ich habe dir ... leidgetan?«

Thilos abschätziger Blick traf Ute mit voller Wucht. »Ich

weiß auch nicht, was mich geritten hat. Hättest du mich doch gleich zurückgebracht zum Bahnhof. Aber du sahst so traurig aus und ...«

»... und ich krieg in diesem Leben eh keinen mehr ab, willst du sagen, oder?« Ute spürte, wie ihr heiße Tränen über das kalte Gesicht liefen.

Thilo stand abrupt auf. »Jetzt hör auf zu weinen!« Beschwörend hob er die Hände, als ob er auf einen tollwütigen Köter einredete. »Wir holen jetzt einen Krankenwagen, okay? Ich sag denen, dass es Notwehr war, und alles ist okay.« Er ging zu dem immer noch regungslosen Holger und umfasste dessen Arm. »Puls ist vorhanden.«

Dann nahm er das Handy hoch.

Noch bevor er wählen konnte, hatte Ute, blind vor Tränen, den Griff der Hacke gepackt. Sie hob sie hoch über ihren Kopf. Sie hielt einen Moment inne, dann drehte sie die Spitze nach oben. Keine Sauerei.

Mit einem hohlen »Pock« traf der Stiel der Hacke auf Thilos Hinterkopf.

Die beiden Männer lagen regungslos übereinander am Boden. Ute weinte nicht mehr. Sie spürte dem seltsamen Gefühl nach. Alles war ganz still. Kein Auto auf der nahen Landstraße unterwegs, kein Vogel sang im Wald jenseits der Wiese. Die Dunkelheit kam. War das ein Vorgeschmack auf den Frieden, der nicht mehr weit entfernt war?

Sie zog Thilo in den Schuppen und richtete die Decke inmitten der Kerzenpracht her. Die Wärme der vielen kleinen Flammen umschloss sie wie ein warmer Mantel von allen Seiten, während sie ihn in aller Ruhe herrichtete.

Erst als sie das Nähzeug weggepackt und den Cremetiegel verschlossen hatte, suchte sie in ihrer Tasche nach der kleinen Plastikbox, die sie aus dem Badschrank mitgenommen hatte. Sie konnte sie kaum greifen mit ihren zitternden Fingern.

ELF

»Wir haben einen Hinweis!« Torben wedelte mit dem Umschlag.
»Woher?« Eva hob den Kopf. Im Moment mussten sie sich an jedes Detail klammern.
»Simon Bruhns Auto wurde gefunden.«
»Bruhns Auto?« Eva und Gerhard wechselten einen Blick.
»In Ellwangen. Stand in einem Wohngebiet nicht weit vom Bahnhof.«
»Und da fällt ein fremder Wagen über so lange Zeit niemandem auf?« Regina schüttelte den Kopf.
»Die Urlaubsparker in den Orten rund um einen Bahnhof oder Flughafen werden nicht immer bemerkt. Solange das Handy nicht drin liegt und geortet werden kann«, erklärte Torben.
Gerhard nahm derweil den Umschlag entgegen. »Büttenpapier. Wetten, das ist das gleiche wie bei dem Brief?«
»Eine Stella Pfänder, aber keine Adresse.« Eva hielt den Umschlag noch einen Moment in den Händen.
»Kann jemand die Handykontakte abgleichen? Und wir brauchen den Ordner, den wir von der IT bekommen haben. Vielleicht passt dieser Name zu einer der in Frage kommenden IP-Adressen.«
Gerhard schlug den Ordner auf und blätterte eine Weile. »Hier ... Wilhelm Pfänder. Die IP-Adresse von einer der Nutzerinnen von love@new, Loana.«
Eva erinnerte sich und nickte. Das Mädchen mit den seltsamen Augen. Sie zog sich den Ordner heran. »Obere Halde 2, Lissenzell.«
Willner streckte seinen Kopf aus dem Büro. Wie immer hatte er seine Ohren überall. »Brenner, Vollrath! Nehmt ihr Frau Wernhaupt mit und überprüft die Adresse? Bitte unauffällig und aus sicherem Abstand. Ich brauche die Soko für

den DNA-Test. Die Kollegen sind schon auf dem Weg nach Ulm.«

Den Test hatte Eva fast vergessen. Im Vorfeld hatte es eine Menge Ärger und Beschwerden gegeben, denn es traf auch einige höhergestellte Verbindungsmitglieder mitsamt Partnerinnen, und jetzt versuchten manche, ihre Muskeln spielen zu lassen und Einfluss zu zeigen. Doch da kannten sie den Polizeipräsidenten schlecht, der gerade mit versteinerter Miene den Korridor auf und ab ging.

Eva zog ihre Jacke an, Gerhard nahm den Schlüssel und war schon an der Tür. Auch Regina warf ihre Lederjacke über und legte das Holster an. Sie presste die Lippen zusammen.

»Was ist los?« Eva blieb neben ihr stehen.

»Ihr wollt es echt nicht sehen, oder?«

»Hältst du immer noch an diesem Bentz fest?«

»Oh Mann, geht mir einfach weg mit dieser Liebesbriefscheiße!« Regina knallte ihre Schlüssel auf den Tisch. »Bentz' Spuren sind am Fundort! Er ist der Mann im Hintergrund!«

»Aber nur beim zweiten Opfer.« Eva ballte eine Faust. Wie stur konnte man sein?

»Kommt ihr endlich?«, rief Gerhard vom Gang durch den Lärm der Kollegen.

Im Großraumbüro herrschte plötzlich absolute Stille, alle Blicke waren auf sie gerichtet. Willner stand mit einer Akte im Arm da und funkelte sie unter zusammengezogenen Augenbrauen an. »Geht's jetzt endlich los, oder muss ich euch anschieben?«, grollte er, und die Falte zwischen seinen Augenbrauen vertiefte sich weiter.

Regina schnaufte und beugte sich über den Tisch, um ihren Schlüssel erneut zu packen. »Ihr macht einen Fehler.« Damit klackten ihre Absätze übers Laminat.

Eva blieb nichts weiter übrig, als ihr zu folgen. Gerhard würde sie schon abfangen und die Situation mit seiner ausgleichenden Art entspannen.

Doch auf dem Gang angekommen, stand Gerhard allein vor dem Aufzug.

»Wo ist Regina?«

»Hat geflucht wie ein Kesselflicker und ist an mir vorbei die Treppe runtergerauscht.« Lag da Schuldbewusstsein in seinem Blick?

Die Tür des Aufzugs öffnete sich, und Eva drückte auf den Knopf der Tiefgaragenebene. »Bestimmt wartet sie unten.«

Als sie die Brandschutztür aufdrückte, rauschte Reginas MX5 vorbei. Gemeinsam schauten sie den Rücklichtern nach.

»Soll ich ihr in die Reifen schießen?«, knurrte Eva.

Gerhard sah sie von der Seite an. »Manchmal machst du mir echt Angst.«

Um auf die B 19 zu kommen, mussten sie gerade zweimal abbiegen. Doch schon hatten sie Regina aus dem Blickfeld verloren. Evas Hände umkrampften das Lenkrad.

»Lass sie doch.« Gerhard drückte den Knopf des Radios. »Das ganze Team weiß, dass die Spur zu Bentz ins Leere führt.«

Endlich entdeckte Eva den MX5 gut zehn Fahrzeuge weiter vorn. Sie drückte aufs Gas und schoss auf die linke Spur. Hinter ihr hupte es.

»Zum Glück ist gerade niemand in Lebensgefahr«, kam Gerhards auffallend leise Stimme vom Beifahrersitz.

»Okay. Ich weiß, dass ich gerade über Dunkelgelb gefahren bin.« Sie schaltete das Radio wieder aus.

Weit vorn scherte der MX5 aus und schnitt ein Wohnmobil, bevor er in der langen Biegung vollends aus ihrem Blickfeld verschwand.

»Machst du dir Sorgen?«, fragte Eva und hielt brav an der nächsten roten Ampel.

Gerhard schüttelte den Kopf. »Nicht besonders. Regina kann sich wehren, und uns wird auch niemand in ein Verlies sperren, oder?«

»Ich finde schon, dass du ganz gut ins Raster passt«, antwortete Eva und spürte, wie die Wut der üblichen fiebrigen Anspannung vor Einsätzen wich, die sie albern werden ließ. »Diese hohen Wangenknochen, das feine Gesicht. Mit so einem Krönchen im Haar wirkst du bestimmt noch attraktiver.«

Natürlich war diese Beschreibung so ziemlich das genaue Gegenteil von Gerhards Erscheinung, aber seine Nerven schienen im Moment tatsächlich nicht die besten zu sein.

»Frau Kollegin, jetzt reicht's mit den Komplimenten!«

»Ist ja erst einmal nur eine Adresse, die wir überprüfen. Schließlich haben die beiden nicht nur dieses Onlinedating gemeinsam, sondern auch die Ulmer Verbindung.«

»Und diese Spur hat bisher auch ins Leere geführt«, vervollständigte Gerhard den Satz. »Aber jemand, der auf Bütte schreibt, meint es ernst.«

Tja, die Öffentlichkeit forderte sichtbare Erfolge, und so blieb der DNA-Test innerhalb der Verbindung die große Hoffnung. Wenn schon das große Publikumsblatt mit Veröffentlichung der Bilder des Försters drohte, da die Ermittlungen ja offensichtlich nicht so liefen und man nicht fähig schien, die Bevölkerung zu schützen. Lächerlich. Pure Erpressung.

Es kam äußerst selten vor, dass auch die Partnerinnen ihre Probe abgeben mussten, Eva konnte sich an keinen Fall erinnern. Unter diesem Druck rückten andere Spuren in den Hintergrund. Aber ganz wohl war ihr trotzdem nicht, allein mit Gerhard zu dieser Adresse zu fahren.

Sie drückte das Gaspedal des Daimler noch ein Stück weiter durch.

Oder würde Regina recht behalten, und sie suchten an der falschen Adresse? Wenn das so war, schwebte ihre LKA-Kollegin in höchster Lebensgefahr. In die sie sich allerdings selbst gebracht hatte. Wie hoch war das Risiko, wenn sie allein zu Bentz' Hütte fuhr?

Aber Regina war kein unerfahrener Neuling; sie wusste genau, was sie tat. Und wenn sie mit ihrem Sturkopf unbedingt in eine andere Richtung musste, dann war das nicht Evas Problem. Zumindest nicht im Moment.

※※※

Sie drückte auf die Klingel, die früher einmal weiß gewesen war. Das Namensschild war ausgebleicht und stockfleckig, der Name darauf aber noch lesbar. »Pfänder.«

Vielleicht wäre es doch besser gewesen, das SEK zu benachrichtigen. Andererseits, die Kollegen waren alarmiert und würden sofort starten, wenn sie das Signal gaben. Sobald sie auch nur das leiseste Verdachtsmoment fanden.

Einen langen Moment später öffnete sich die Tür, wenn auch nur einen Spaltbreit. »Ja?«

Es war nicht einfach, etwas zu erkennen. Eva spürte das Gesicht im Dunkeln eher, als dass sie etwas hätte sehen können. Misstrauisch funkelte ein Auge durch den Spalt.

»Brenner und Vollrath, Präsidium Aalen. Bitte öffnen Sie die Tür«, ließ Gerhard seinen Bass erklingen.

Die Tür schwang auf. Der ältere, gebeugte Mann in Karohemd und Cordhose mit Hosenträgern im Flur schaute sie abwartend an. War er es, dessen Spuren sie am Fundort von Alexander gesichert hatten? Der Blick war ablehnend und der Mund verkniffen. Grau durchsetztes Haar rahmte den Ansatz einer Glatze ein.

»I hab koi Zeit«, beschied er knapp und schien abzuwarten, ob die ungeladenen Gäste von selbst wieder verschwanden.

»Aber wir haben Zeit«, erklärte Eva und machte einen Schritt ins Haus.

Der Mann wirkte mit seinen hängenden Schultern nicht so, als ob er gleich ein Messer aus der Tasche ziehen würde. Und Schmerzen schien er auch zu haben, denn er vermied es, den rechten Fuß zu belasten, als er nach hinten trat. Trotzdem waren die Augen wach, der Mund unter dem ergrauenden Schnauzer zuckte.

Auf dem Hof hatten sie auf die Schnelle nichts Verdächtiges entdeckt. Ein Glück, dass Herr Pfänder noch nicht bemerkt zu haben schien, dass sie sich bereits umgesehen hatten. Die Schweinezucht und der Geruch waren überall auf dem Hof gegenwärtig, und es gab keine verborgenen Türen oder andere Hinweise darauf, dass die Bauern etwas versteckten. Die Tore der Scheune waren weit geöffnet, am Haus gab es einen Zugang zum Keller und einen zum Schweinestall, beide ebenfalls unverschlossen. Hier draußen auf dem Land hatte niemand Grund, alles zu sichern und abzuschließen, selbst wenn man etwas zu verstecken hatte, vermutete Eva.

Überhaupt, der Hof war ihr entfernt bekannt vorgekommen. Nach ihrem ersten Besuch bei Bentz waren sie hier vorbeigefahren, und wenn sie sich nicht täuschte, hatte sie dabei die Bäuerin beim Beladen ihres Autos gesehen. Nun, sie mussten vorsichtig sein. Diese Adresse stand klar und deutlich auf dem Umschlag.

Als Gerhard in den Flur schlüpfte, bemerkte Eva, wie er seine Hand unter die Jacke steckte. Auch er traute dem Bauern nicht.

»Wo wollet Sie denn hin?«, motzte da auch schon der Alte.

»Sind Sie allein hier?«, fragte Gerhard.

»Nein. Mei Frau isch irgendwo im Haus unterwegs.« Er drängte sich an Eva vorbei und versuchte halbherzig, ihnen den Weg zu versperren. Ein unangenehmer Typ, dessen Schweißgeruch sogar gegen die Schweineausdünstungen ankam, die hier drinnen sogar noch stärker zu sein schienen als draußen. Kurz darauf sah sie auch, warum. Denn neben der Garderobe ging eine Tür ab, auf der ein Schwein »a guads Nächtle« wünschte. Darunter ein Eimer und zwei Paar gelbe Gummistiefel.

Eine grau gelockte Frau in Kittelschürze schaute sie durch die Tür überrascht an und huschte dann weiter über den Flur.

»Gudrun, komm in die Küch!«, wies der Bauer sie an.

Eva nickte Gerhard zu und machte einen Satz an Herrn Pfänder vorbei, um direkt hinter seiner Frau in den Raum zu gelangen. Sie mussten sich einen Überblick verschaffen. Dass hier etwas nicht stimmte, lag zum Schneiden dick in der Luft.

Frau Pfänder räumte in angespannter Haltung die Schwäbische Post und ein paar Unterlagen vom Tisch, anschließend holte sie Gläser aus einem Bleiglasschrank hervor. Dann packte sie eine Glasflasche. Evas Hand ging automatisch hoch und streifte Gerhard am Bauch. Er lächelte angespannt, als die Flasche mit dumpfem Ton auf dem Tisch landete.

»Sorry«, sagte Eva und erntete einen verwirrten Blick von Frau Pfänder. Möglichst unauffällig sah sie sich um. Das Ambiente, diese bäuerliche Einrichtung mit Trockenblumen hinter dem Ecksofa, alles wirkte so aus den siebziger Jahren gerissen und stimmig, dass es fast nur Tarnung sein konnte. Sie ertappte sich dabei, wie sie die Wände des Zimmers, das sie einsehen konnte, nach versteckten Türen absuchte. Nichts, absolut nichts.

»Wollet Sie sich setza? Aber bloß kurz. Mir müsset schaffen.« Der kalte Blick des Bauern fixierte Eva.

Er deutete auf die Bank, doch sie wählte lieber den Stuhl, mit der Tür im Rücken. Wenn er eine Waffe oder auch nur ein Küchenmesser hervorzog, kam sie von hier aus besser hoch.

Auch Gerhard schien angespannt, doch er setzte sich auf die Eckbank. »Sie sind im Stress?«, fragte er im Plauderton, aber in einer gepressten Stimmlage, die Eva überhaupt nicht von ihm kannte.

»Auf em Hof isch immer was zu tun«, sagte die Frau und schenkte alle vier Gläser voll, ohne dass sie vorher gefragt hätte, ob jemand etwas wollte. Dann setzte sie sich ebenfalls, nur er starrte die Beamten weiter unverwandt an und blieb mit verschränkten Armen am Herd stehen. Er trat ihnen offen feindlich entgegen, sie schien wenigstens die Grundformen der Höflichkeit zu kennen. Wobei sie auch nicht gerade den Inbegriff der Herzlichkeit verkörperte.

Wie alt sie wohl waren? Während ihr Mann um die sechzig sein musste, wirkte Frau Pfänder fast wie siebzig, verhärmt und mit Falten um die Augen und die hängenden Mundwinkel, obwohl ihre Extrapfunde vermutlich noch einiges strafften. Schwielen an den Händen von der Hofarbeit hatten sie beide. Schwer vorstellbar, dass diese beiden junge Männer übers Internet ansprachen. Und Verwandte ersten Grades waren die beiden sicher nicht. Nicht nur, dass er von ihr als seiner Frau gesprochen hatte, sie sahen sich auch nicht im Geringsten ähnlich.

»Warum send Sie jetz doh?«, schnaufte der Bauer da auch schon.

»Frau Pfänder, Herr Pfänder, haben Sie uns etwas zu sagen?«, fragte Gerhard mit seiner tiefen Stimme, mit der er den einen oder anderen auch schon mal einschüchtern konnte.

Bei den Pfänders schien das jedoch nichts zu bringen. Das Ehepaar wechselte einen nichtssagenden Blick. Besonders liebevoll schien es in dieser Beziehung nicht zuzugehen. Dann legte der Bauer seine prankenartige Hand auf die Lehne des freien Stuhls. »Könnet Se etwas genauer werden?«

»Von Ihrer Adresse wurde ein Brief abgeschickt«, entschied Eva sich, mit einem kleinen Teil der Wahrheit herauszurücken. Mal sehen, wie sie reagierten.

Unerwarteterweise lachte die Frau auf. »Ja, sie sollte einen Brief abschicken. Und zwar die Steuererklärung.« Als ihr Mund sich öffnete, gab sie den Blick auf gelbe Zähne und eine beachtliche Lücke frei. Sie? Die junge Bäuerin von neulich? Frau Pfänder war es definitiv nicht gewesen, die Eva gesehen hatte, so viel stand fest.

»Haben Sie einen Internetzugang?«, fragte Eva.

Der Mann beugte sich zu ihr herüber und verzog das Gesicht zu einer Grimasse, indem er das eine Auge zukniff und den Mund schief zog. »Mir schreiben Briefe und mir habet Internet, ja. Zwar koi schnelles, aber hinter dem Mond lebt hier oben auch koiner mehr.«

So kamen sie nicht weiter. Sollten sie die beiden direkt mit der Frage nach der virtuellen Loana/Stella konfrontieren? Aber würde dann noch etwas aus dem Ehepaar herauszuholen sein? Vielleicht half ein Ablenkungsmanöver. »Kennen Sie Holger Bentz?«, fragte Eva.

Aus den Gesichtern der beiden war nichts herauszulesen.

Gerhard seufzte. »Aber von den Morden an den beiden jungen Männern haben Sie etwas mitbekommen, oder?«

Wieder wechselte das Ehepaar einen undurchschaubaren Blick. »Was hat des jetzt mit uns zu tun?«

»Oh, Willi, du bisch doch zu domm zum Scheißa.« Seine Frau leerte das Wasser mit einem Schluck und stellte das Glas hart auf den Tisch. Hoppla! Die konnte also auch anders. Eva hielt die Luft an. »Wenn von unserer Adress a Brief abschickt worda isch, dann wahrscheinlich von einem von dene junge Männer, oder?«, fragte sie.

»So ähnlich«, erklärte Gerhard. »Eins der Opfer wurde von Ihrer Adresse aus angeschrieben.«

Jetzt war es heraus. »Zumindest ist Ihre Adresse auf dem Umschlag angegeben«, erklärte Eva.

»Des isch absolut unmöglich!«, polterte Herr Pfänder. Die Augen seiner Frau folgten derweil einer Fliege, die über den Tisch lief.

Eva versuchte, sich auf die Frau zu konzentrieren, die sie gesehen hatte. Etwas mollig war sie gewesen, mit dunklem Haar. Sie hatte eine ähnliche Figur gehabt wie Frau Pfänder, aber sie war jünger und größer. Oder hatte Eva sich getäuscht, und es war doch einer der Nachbarhöfe gewesen?

»Wer wohnt hier außer Ihnen?«, fragte sie.

»Nur unsere Tochter«, sagte Pfänder zögernd.

»Die die Steuererklärung abschicken sollte? Loana? Stella?«

»Ich weiß net, was Sie wollen.« Frau Pfänder umfasste das leere Glas mit beiden Händen. Beim Namen Stella hatte sie eindeutig gestutzt, wenn auch nur kurz. »Die Ute hat damit bestimmt nix zu tun. Die isch sozusagen mit dem Nachbarsbuben verlobt.«

»Außerdem isch sie viel zu dumm«, erklärte ihr Mann in abschätzigem Tonfall. »Nächschdes Jahr heiratet sie d'r Christof. Und Punkt.«

Eva zog die Augenbrauen hoch. In dieser Familie hatte eine junge Frau bestimmt kein leichtes Leben. Doch ob sie deshalb gleich zur Mörderin geworden war? Und wenn ja, hatte ihr Vater damit zu tun?

Verwandte ersten Grades, ein Mann und eine Frau.

»Frau Pfänder, wo ist Ihre Tochter?«, versuchte Eva es noch einmal.

»Die holt Heu.«

»Draußen war niemand«, half Gerhard nach.

»Doch net hier! Drüben in Reichlingen haben wir einen Schuppen, direkt an unseren Wiesen.«

»Reichlingen, das liegt in Richtung Abtsgmünd, nicht?« Also weniger als vier Kilometer von den beiden Leichenfundorten entfernt. Es passte perfekt. »Bitte, Familie Pfänder, können wir die Wohnung Ihrer Tochter kurz sehen?« Eva achtete auf einen ruhigen Tonfall, obwohl ihr Herz immer schneller pochte.

Die Stimmung hatte sich spürbar verändert. Herr Pfänder antwortete leise: »Wenn Sie wollet. Das Zimmer isch gleich oben an der Treppe.«

Frau Pfänder blieb sitzen und hielt ihre Halskette mit einer Hand, während sie ihnen mit gerunzelter Stirn beim Aufstehen zusah.

»Sie können gern mit hochkommen«, beruhigte Eva sie und beeilte sich, gemeinsam mit Gerhard hinaus aus der Küche in den Gang zu kommen. Wer wusste schon, ob das renitente Paar sich doch noch darauf besinnen würde, dass sie die Beamten eigentlich gar nicht ins Haus hätten lassen müssen, ohne Durchsuchungsbescheid.

Keiner folgte ihnen, als sie die Holzstiegen hochgingen. Nur Frau Pfänder rief ihnen hinterher: »Da werdet Se bestimmt nix finden. So jonge Kerle könnet doch mit unserer Ute nix anfange.«

»Schade um die Kinder, die in so einer Familie aufwachsen«, brummte Gerhard, als er die Klinke der schlichten Holztür heruntergedrückte. Nicht abgeschlossen.

»Na, vielleicht mögen sie es hart, aber herzlich.« Eva versuchte, nicht auf die Pfoten der Katze zu treten, die sich zwischen ihre Beine drückte. Das Tier schien sich nicht entscheiden zu können, ob es schnurrend um Streicheleinheiten werben oder lieber fauchend sein Revier verteidigen sollte. Schließlich huschte es vor ihnen ins Zimmer und stellte sich, so breitbeinig es nur konnte, vor ihnen auf, machte dabei allerdings einen Buckel.

Aus dem Raum quoll ihnen ein schwerer Duft entgegen. Eva schnupperte. »Patchouli.«

»Gehörst du auch zur Luftverpesterfraktion der Räucherstäbchenesoteriker?«, stichelte Gerhard.

»Früher mal. Wie alt ist denn dieses Mädchen?« Eva drehte sich um und runzelte die Stirn.

»Ich schätze mal, bestimmt fünfundzwanzig.« Gerhard stand vor dem Schreibtisch, ein gerahmtes Foto in den Händen, das eine junge Frau zeigte.

Jetzt war Eva sich sicher. Dies war der Hof, es war diese Frau gewesen, die das Auto beladen hatte. Das Foto war auf einem Rummel aufgenommen, sie trug ein etwas zu enges Dirndl und um den Hals ein Lebkuchenherz. Wer war der Fotograf gewesen, wen lachte sie da an?

»Ihr habt euch damals kitschig-pinke Sonnenuntergänge übers Bett geklebt, heute finden sie bleiche Vampire sexy«, seufzte Gerhard.

»Lass mich raten – bei dir hing ein Bild von einem Motorrad, auf dem eine heiße Blondine in zerrissenen Hotpants in den blutroten Sonnenuntergang fährt, oder?«

Gerhard blieb ihr die Antwort schuldig, er hatte eine Tür entdeckt, die offensichtlich in ein Nebenzimmer führte. Ein kleines Schlafzimmer, fast eine Höhle mit Dachschräge und winzigem eingelassenen Dachfenster. Hier gab es gerade ausreichend Platz für ein Bett, eine Lampe und einen Kleiderschrank. Auf dem Nachttischchen befand sich ein sauber an der Wand aufgereihter Stapel mit Büchern, und auf einer blauen Serviette davor lag ein kleiner Strauß mit getrockneten Blumen.

»›Dark Dragons‹, kenne ich«, erklärte Gerhard in diesem Moment. Eva hielt eines der Bücher hoch, auf dem ein Drache, eine knapp bekleidete Kriegerin und ein ziemlich gut aussehender Krieger in voller Rüstung zu sehen waren. Wenn das mit Details sparende Ölbild auf dem Titel nicht täuschte, hatten die Akteure Fangzähne, die sich in ihre Unterlippen drückten.

»›Teil 3‹«, las Eva. »›Die Saga um Krieg, Liebe, Verrat und Auferstehung geht weiter.‹ Unglaublich.«

»Meine Jungs haben den ersten Band daheim. Sie behaupten aber, das sei Mädelszeug.«

»So wie die neuen ›Star Wars‹-Verfilmungen mit dem romantischen Anakin und seiner Padme?«

»Das ist doch was ganz anderes!« Gerhard folgte Eva zurück in den anderen Raum, wo er unter dem Schreibtisch verschwand und den Papierkorb zutage beförderte. »Und neu sind die auch nicht mehr. In diesem Jahrzehnt wird wieder ordentlich gekämpft für die nächsten zehn Folgen.« Zusammengeknüllte Blätter flogen durch den Raum.

»Was machst du da eigentlich, du alter Romantiker?«

»Wär doch gelacht, wenn wir hier nicht auch einen Liebesbrief fänden.«

Während es weiter unterm Schreibtisch raschelte, hob Eva einen Flakon vom Bücherregal. »Eau de roses« ... Daneben ein Tiegel mit Rosencreme, ein französisches Fabrikat, das sie nicht kannte. Sie schnupperte. Hatte Gantner nicht etwas von Rosenduft am Opfer erzählt? Rosen, Blüten ... Sie stellte den Flakon aufs Regal zurück und war mit einem Satz im Schlafzimmer neben dem Nachttisch. Gerhard kam ihr nach. »Was ist denn?«

Eva nahm das kleine, vertrocknete Sträußchen in die Hand. »Schwer zu erkennen. Eine Lilie?«

»Die Blume der Reinheit und der Unschuld«, flüsterte Gerhard. »Und das da sind Traubenhyazinthen und Margeriten.«

»Die Blumen, die die Toten mit auf den letzten Weg bekommen haben. Das ist doch kein Zufall.«

»Da sind aber auch noch andere Blumen dabei, Adonisröschen, Wicken und Schlüsselblumen. Und ein kleiner Kirschzweig. Vielleicht ist es von ihrem Freund?«

Ein Freund ... Hatte Utes Vater nicht von einem Christof gesprochen? Aber Hinweise auf einen möglichen Partner entdeckte Eva nicht. Kein Foto eines jungen Mannes an der Wand, keine offensichtlichen Geschenke, die herumstanden. Eva sah sich in diesem Mädchenzimmer um, das mehr an einen halbwüchsigen Teenager erinnerte als an eine junge Erwachsene.

»Sag mal, dieses Märchen von den Königskindern.«

»Interessiert es dich jetzt also doch?« Gerhard reckte das Kinn vor.

»Wie geht es weiter?«

»›Sie konnten beisammen nicht kommen, das Wasser war viel zu tief. Ach Liebster, könntest du –‹«

»Ja, danke. Die Stelle. Das Wasser war viel zu tief.« Eva legte den Finger an die Lippen. »Ein Fluss zwischen zwei Schlössern. Eine Grenze. Eine symbolische Wand.«

»Meinst du, dass ...« Gerhard sah sich um.

»... dass das Wasser auch hier viel zu tief ist. Diese junge Frau, Stella oder Ute, und den jungen Mann, die beiden trennt zu viel. Sie können nicht zueinanderfinden, aber trotzdem soll er sie erretten aus ihrer Tristesse. Der Mann erwartet die schöne Stella und findet die grobe Ute.«

»Und der einzige Ausweg ist der Tod. Wer sie verschmäht, ist zum Tode verdammt.«

»Oder sie sieht es romantischer: Der Königsjunge wartet die nächsten Jahre im Jenseits.« Eva schüttelte den Kopf. »Aber da hätte einer ja gereicht.«

Einen Moment lang betrachteten sie stumm die Poster der blassen Vampire an den Wänden. Kaum zu ertragen der Gedanke, dass ein junges Mädchen sein Leben für solche Tagträume wegwarf.

Sie brauchten Beweise, doch es fand sich nichts Auffälliges in den Schubladen, nichts im Stifteköcher, kein versteckter Hinweis unter dem Teppich, auch der Computer passwortgeschützt.

Gerhard durchwühlte den Schrank. Eher routinemäßig schaute Eva in den geflochtenen Strickkorb, in dem es sich die Katze bequem gemacht hatte. »Schhhh …« Sie winkte, und das Tier hüpfte unwillig heraus, um sich gleich darauf schnurrend an Evas Bein zu reiben.

Katzenhaare auf ihrer Hose. Eva stutzte. Die DNA eines Mannes. Die DNA einer Frau. Und Katzenhaare. Rosenduft. Blüten. Nähzeug. Und … ein Stück goldene Borte, das unter Wollresten herausschaute.

»Komm mal her.« Eva ging in die Hocke und drehte das Band zwischen ihren Fingern.

Die Eltern warteten am Fuß der Treppe.

»Wir müssen Sie mitnehmen«, sagte Eva.

Pfänder öffnete den Mund, doch schien er ob ihres barschen Tons so überrascht, dass er ihn wieder schloss. Gemeinsam mit seiner Frau ging er vor den Beamten her durch den Flur, die Hand auf seiner rechten Hüfte.

Erst an der Haustür drehte sich seine Frau um und stemmte abwehrend die Hände in die Kittelschürze. »Was wollet Sie jetzt überhaupt von uns? Mir könntet Sie au einfach rauswerfe aus unserem Haus.«

»Bitte bringen Sie uns zu der Scheune, in der Ihre Tochter das Heu holt.«

»Sie müsst au schon lang wieder da sein«, antwortete stattdessen der Vater. Mit Blick auf seine Frau fügte er hinzu: »Mich hat's eh g'wundert, dass sie welches braucht. Isch doch noch genug da.«

Gerhard sah Eva an. »Wir dürfen keine Zeit verschwenden.«

Sie verfrachteten das murrende Bauernpaar auf den Rücksitz.

Es war Gerhard, der plötzlich den Kopf hob. »Warte noch.«

»Lass uns losfahren.« Eher widerwillig verriegelte Eva den Wagen, nicht dass die Pfänders die Gelegenheit ergriffen und sich gegenseitig aufstachelten, sich doch noch davonzumachen. Wer wusste, inwieweit sie in die Morde involviert waren. »Wenn sie ein neues Opfer gefunden hat, dürfen wir keine Zeit vertrödeln.«

»Hast du das Stöhnen nicht gehört?« Gerhard ging bis zum Hang, der an das Grundstück anschloss, und trat über den niedrigen Zaun in das hüfthohe, ungemähte Gras hinein. »Hallo?«

Jetzt hörte Eva es auch. Ein leises Wimmern. Was auch immer es war, es klang nicht nach einem Tier.

»Ich komme zu Ihnen!« Einen Augenblick später war nicht mal mehr Gerhards Kopf zu sehen.

Eva kletterte über den niedrigen Zaun und folgte ihm. Derweil hatte sich ihr Kollege weiter unten bereits über einen Verletzten gebeugt. Der Mann musste den Hügel hinuntergestürzt sein. Eva schätzte ihn auf Anfang, Mitte dreißig. Er hatte kurzes braunes Haar, abstehende Ohren und vor Aufregung rote Flecken im Gesicht. Immerhin war er bei Bewusstsein. Langsam zog er sich mit Gerhards Unterstützung in die Hocke hoch.

Der Boden unter dem Gras war feucht. »Oh Mist!« Eva rutschte aus und ruderte die letzten Meter den Hang hinunter, fing sich wieder ab und landete schließlich doch neben den beiden in der Wiese. Sie wischte sich den Dreck vom Hosenbein. »Was ist passiert?«

»Mein Bein ...«

»Wie lange liegen Sie denn schon hier? Sie sind ja eiskalt.« Eva unterstützte Gerhard bei der Bergungsaktion und versuchte, nicht auf den Blutfleck zu schauen, der sich in Kniehöhe auf der Jeans der Mannes ausgebreitet hatte. Überhaupt hatte das ganze Bein eine unnatürliche Stellung. Mindestens einfach, im schlimmsten Fall mehrfach gebrochen, schätzte sie.

»Ich ... weiß nicht.« Seine Haut war bleich, sein Blick unfokussiert. Die Pupillen weiteten sich nicht, wie sie sollten, und waren unterschiedlich groß. Er hatte ein Schädel-Hirn-

Trauma davongetragen. Eva entschied sich, einen Rettungswagen zu rufen.

Ihnen lief die Zeit davon. »Komm, wir müssen weiter«, sagte sie zu Gerhard und beugte sich zu dem Mann hinunter. »Sie müssen es noch zehn Minuten aushalten, dann kommt der Arzt.«

Der Mann öffnete den Mund zu einem Flüstern. »Sie … sie meint es nicht so.«

»Sie meint es nicht so?«, wiederholte Eva lauter. »Reden Sie von Ute Pfänder?«

»Dann sind Sie Christof«, schloss Gerhard.

Der Verletzte nickte, langsam schien sein Bewusstsein zurückzukehren. »Christof Breuer. Ich hab doch gemerkt, dass sie etwas vor mir verbirgt. Vorhin hab ich sie überrascht. Irgendwas hat sie vorgehabt. Ute ist total ausgeflippt und hat mich rücklings hier runtergestoßen.«

»Und dann?«

»Dann ist sie weggefahren. Mit diesem komischen Samtkleid unter dem Arm, wie für einen Faschingsball.«

»Wir haben keine Zeit mehr.« Eva presste die Lippen zusammen. »Herr Breuer, halten Sie noch kurz durch. Gleich kommt Hilfe.«

Gerhard zog seine Jacke aus und legte sie dem Mann über den Oberkörper, dann stiegen sie den Hang hoch.

Im Wagen schien derweil ein Streit zwischen den Eheleuten entbrannt zu sein, doch als die Kommissare die Tür öffneten, war schlagartig Ruhe. Nur Herr Pfänder starrte Eva feindselig im Rückspiegel an und schnaufte hin und wieder angriffslustig.

Gerhard setzte das Sondereinsatzkommando über ihr Ziel in Kenntnis. »Kommt direkt an die Ortsausfahrt Reichlingen.«

»Sie werdet schon sehen, dass mei Tochter mit solche Sacha nix zu tun hat«, knurrte Pfänder von der Rückbank.

»'s isch a Frechheit, ons so rumzuführa wie a Stück Vieh. Ich werd mich über Sie beschwera.« Wie zum Beweis ballte die Bäuerin dazu eine Faust und hob ihren fleischigen Arm.

»Dürfen Sie gleich im Anschluss.« Eva warf einen Blick in den Rückspiegel und jagte den Wagen noch etwas schneller über die Landstraße. »Ihr Nachbar Christof liegt übrigens mit gebrochenem Bein unterhalb Ihrer Wiese.«

»Da vorne rechts und dann bis zum nächschda Ort«, schnappte Frau Pfänder, doch es klang gar nicht mehr so selbstsicher. Keiner der beiden fragte, ob ihre Tochter etwas mit dem Unfall des Jungbauern zu tun hatte.

Die Rauchfahne war schon von Weitem zu sehen. Vermutlich verbrannte wieder einer sein Gestrüpp und ein bisschen Abfall. Doch als sie näher kamen, wurde nicht nur Eva und Gerhard klar, dass der Rauch nicht von einem Feld kam.

»Bei ons brennt's!«, schrie Pfänder.

Seine Frau presste ihre Fäuste gegen den Mund. »Hoffentlich isch die Ute nicht da drin.«

Ein frommer Wunsch. Der blaue Combo parkte auf dem geteerten Platz davor. Eva raste etwas zu schnell die Auffahrt hoch und saß mit der Fahrzeugfront auf. Als sie parkte, schloss sie für einen Moment die Augen. Feuer. Bitte. Kein Feuer.

»Was ist mit dir? Raus!« Gerhard war aus dem Auto gehechtet und winkte sie vom Vorplatz zu sich.

Eva atmete nochmals tief ein. Weg mit diesen Bildern. Hier war keine dunkle Treppe, kein Keller. Sie war im Freien, konnte jederzeit weg. Jederzeit raus.

Sie stieg aus und schloss zu Gerhard auf. Der Brandherd war nirgends zu sehen, dafür überall beißender Rauch in der Luft, kleine Säulen, die aus den Brettern der Scheune drückten.

»Lassen Sie uns raus!«, hörte Eva Pfänders Stimme wie durch Nebel. Sie ging weiter.

Gerhard rüttelte an der Schuppentür. Verschlossen. Er holte Anlauf und warf sich mit der Schulter dagegen. Doch erst nach einem kräftigen Fußtritt war das Holz um das solide Schloss herum gesplittert.

Dichter Qualm und Hitze schlugen ihnen entgegen. Der Rauch war wie innerlich erleuchtet von einem eigenartigen Licht. Es musste vom Boden her kommen, doch sie konnten nichts erkennen.

Eva ging langsam näher, den Pulli übers Gesicht gezogen. Der Rauch nutzte den Zug, der durchs Türöffnen entstanden war, und gab nun wenigstens die Sicht in nächster Nähe frei. Doch der zusätzliche Sauerstoff verstärkte das Feuer auch.

»Der Brandherd ist da drüben!«, hörte sie Gerhard, doch Eva konnte nichts sehen, diesmal, weil ihre Augen so stark brannten, dass sie sie zukneifen musste.

»Und überall Kerzen! Oh Scheiße!«

Eva öffnete vorsichtig die Augen. Der Balken zu ihrer Linken war geschwärzt und hatte bereits Feuer gefangen. Das Holz glühte. Keine sieben Meter entfernt ein … Strohballenlager. Verdammt. Eva drückte die Panik weg. Hinter ihr war der Ausgang.

Hoffentlich kam bald die Verstärkung. Sie hielt sich nahe bei Gerhard, der sich den Stoff seines Ärmels ins Gesicht drückte. Mehr und mehr gab der konstante Durchzug nahe Details frei. Zu ihren Füßen standen Kerzen in kleinen Gläschen, überall Kerzen. Es mussten ein paar Dutzend sein, sie waren im Kreis aufgestellt. Eva machte einen Schritt über die Kerzen hinweg. Dann entdeckte sie die Schemen, die reglos am Boden lagen.

»Ute!« Eva und Gerhard sprinteten gleichzeitig los. Während Gerhard hustend die Kerzengläser mit dem Fuß zur Seite kickte, kniete Eva sich neben die am Boden Liegenden. Der Rauch brannte in ihrem Gesicht, den Augen, der Nase, den Lungen. Ruhig bleiben. Sie konnte jederzeit nach draußen. Nicht nachdenken.

Eva legte Daumen und Zeigefinger an den Hals des Mannes. Kein Puls. Sie wiederholte den Vorgang bei der Frau. Ihre Haut war kalt, aber Eva meinte, einen schwachen Puls zu spüren. Sie lebte! Erst jetzt bemerkte Eva, dass sie in etwas Feuchtem, Warmem kniete. Sie fasste mit der Hand auf den

Boden. Festgetretene Erde, hart wie Ton. Sie tastete, bis sie die klebrige Flüssigkeit spürte, die Wärme, die noch von ihr ausging. Blut.

»Schnell, sie muss raus!«

Alles drehte sich, als Eva durch den beißenden Rauch beobachtete, wie Gerhard die Beine der jungen Frau hochnahm. »Hilf mir doch!«, wies er sie an.

Sirenen heulten auf, und mit einem Mal erhellten zuckende blaue Lichtblitze das Innere der Scheune. Verstärkung. Endlich.

Eva kämpfte mit einem heftigen Hustenanfall, der ihren ganzen Körper erzittern ließ. Doch die Luft, die sie einatmete, brachte keine Linderung, brannte nur noch mehr in ihren Lungen. Sie durfte die Arme der Frau nicht loslassen.

Sie spürte Gerhards Hand, die sie zur Seite schob. »Raus mit dir, ich schaff das.«

Sie beobachtete, wie er unter die Achseln des stämmigen Mädchens fasste und sie zum Ausgang zog. Sie selbst blieb an Ort und Stelle stehen. Ihre Lungen brannten, aber sie konnte den toten Jungen nicht zurücklassen. Mit letzter Kraft packte sie ihn. Sein Gesicht war nicht zu erkennen, der Rauch hatte sich wieder wie ein dicker Stoff über den Boden gelegt. In seinem dunklen Haar schimmerte matt das Gold einer Krone.

Sie stöhnte auf. Er war schwerer als gedacht. Wieder ließ sie ein Hustenanfall verkrampfen.

»Wo sind Sie?« Eine tiefe Stimme vom Eingang her.

Als Eva sich drehte, nahm ihr der Schwindel den Rest der spärlichen Sicht.

»Hier!«, krächzte sie. Lichter tanzten vor ihren Lidern durch den Raum.

»Dahinten ist die Feuerquelle!«

Zwei Schemen von Vermummten stürmten an Eva vorbei. Sie blieb einfach stehen, hörte eine Trage klacken, nahm wahr, wie der Mann daraufgelegt und nach draußen gebracht wurde. Der Balken im Hintergrund hatte sich jetzt in eine brennende Fackel verwandelt. Immer noch starrte sie nur.

Alles um sie herum bewegte sich. Warum konnte sie sich nicht bewegen?

Eine Hand auf ihrem Arm löste die Starre. »Hallo? Ist sonst noch jemand hier drin?«

»Ich weiß nicht«, antwortete Eva. Sie spürte, wie sich ihre Beine in Bewegung setzten, als sie aus der Scheune geschoben wurde.

Draußen lehnte sie sich gegen eins der Einsatzfahrzeuge. Sie hustete und würgte, bis ihr gesamtes Inneres zu glühen schien. Sie atmete die klare Luft des heraufziehenden Abends ein, und langsam begann sie wieder klarer zu sehen.

Der kleine Vorplatz der Scheune und die Straße wurden erhellt von blinkenden Einsatzfahrzeugen und Notarztwagen. Beamte des SEK mit Sturmgewehren sicherten die Einfahrt unterhalb der Scheune, deren Dach inzwischen lichterloh brannte. Zwei Fahrzeuge sperrten die Straße ab, dazu der Krankenwagen, die Tragen, ein Arzt, der Ute Pfänder eine Infusion legte. Ein Feuerwehrmann, der per Funkgerät Verstärkung anforderte. Die Eltern, die stumm auf der Wiese standen und das Szenario reglos betrachteten, jeder für sich, gefangen in seinen eigenen Gedanken.

Ein weiterer Hustenanfall brachte Eva zurück ins Hier und Jetzt. Sie übergab sich ins Gras und stützte sich noch einen Moment auf, bis das Brennen in den Lungen erträglich wurde.

Ein Sanitäter hielt ihr eine Flasche mit kühlem, klaren Wasser an den Mund. »Brauchen Sie Sauerstoff?«, fragte er.

Eva schüttelte matt den Kopf und trank.

»Gut gemacht, Frau Kollegin.« Willners Glatzkopf tauchte neben ihr auf.

Gut gemacht. Das war bei ihm so viel wie ein Kompliment. Oder eine Entschuldigung. Sie schaute hoch und versuchte sich aufzurichten, während der Sanitäter ihren Puls nahm.

»Mit etwas Glück haben Sie und Vollrath zwei Menschenleben gerettet.«

»Zwei?«, fragte Eva, drückte sich vollends hoch und spürte ihre weichen Knie.

Willner nickte. »Ute Pfänder hat viel Blut verloren, aber wir haben die Blutung gestoppt. Der junge Mann ist bewusstlos, und wir werden die Ausmaße des Schadens, den sein Hirn genommen hat, erst in ein paar Tagen kennen. Aber er lebt.«

»Er lebt?« Eva konnte es nicht glauben.

»Jetzt haben wir aber noch ein Problem ...« Willner ließ die Pause wirken.

Eva schaute hinüber zum Krankenwagen, auf dessen Kante Gerhard mit benommenem Blick saß. »Welches Problem?«, fragte sie matt.

»Blutspuren hinter dem Schuppen.« Willner zuckte mit den Schultern, als ob er damit das Problem an Eva übergeben habe. Wortlos ging er zum Arzt hinüber.

Eva schaute ihm kurz hinterher, dann zog sie die kühle, reinigende Luft noch einmal tief in ihre Lungen hinunter. Langsam ging sie zur Wiese und spürte die Gischt des Wasserstrahls, den die Feuerwehrmänner weiter drüben auf das Holz des Schuppens gerichtet hatten. Sie schloss zu den beiden Beamten auf, die ein Stück vom Schuppen entfernt im Gras hockten.

»Die Spuren verlieren sich Richtung Wald«, hörte sie den einen sagen.

»Hier ist das Gras plattgedrückt.« Der zweite hatte Eva bemerkt und erklärte kurz, was sie bereits herausgefunden hatten. Eva entdeckte Gerhard, Willner hatte ihm die Hand auf die Schulter gelegt. Sie kamen herüber. Was war denn mit dem Chef los? So auf Tuchfühlung kam er ihr noch seltsamer vor als sonst.

»Da wird sie ihr Opfer niedergestreckt haben«, sagte Gerhard gerade.

»Und die Blutspuren, die zum Wald führen?«, fragte Willner.

»Das ist in der Tat eigenartig ... Da drüben liegt was im Gras.« Gerhard ging hinüber und hob etwas hoch. »Ein Halstuch. Voll mit Blut. Jemand hat versucht, eine Wunde abzubinden, wie es aussieht.«

»Hatte der Bentz nicht so eins um?«, überlegte Eva, als

sie den Beamten erreichte, der den Stoff mit Handschuhen anfasste und auseinanderzog.

»Was soll der denn hier am Tatort gemacht haben? Die Scheune war von innen verschlossen. Er hat die beiden bestimmt nicht auf dem Gewissen.«

»Die Blutspuren entfernen sich ja auch von dem Schuppen«, stellte Gerhard fest. »Aber dann –«

»Regina!«, unterbrach Eva ihn.

»Wo ist Ihre Kollegin überhaupt?«, fragte Willner scharf und drehte sich um.

»Das wissen Sie doch selber!« Eva verschränkte die Arme vor der Brust.

»Sie wird es doch wohl kaum ernst gemeint haben.« Willner hielt einen Moment lang inne, dann hob er eine Augenbraue. »Warum haben Sie sie nicht aufgehalten?«

Eva setzte an, sich zu verteidigen. Gerhard schüttelte den Kopf. Sie konnte seine unausgesprochenen Worte hören. *Lass es, das hat keinen Sinn.*

»Ja, dann also los!« Eva klatschte in die Hände. Immer noch brannten ihre Augen und die Lungen, aber wenn ihre Befürchtung stimmte, war Regina in Gefahr.

»Zu Bentz?«, fragte einer der Beamten.

»Ja, da wollte Frau Wernhaupt hin. Nach dem Auffinden seiner Spuren am zweiten Fundort war sie davon überzeugt, dass er der Täter ist. Oder zumindest mit drinhängt.«

»Ich rufe eine Streife, die den Wald durchkämmt, falls Bentz irgendwo liegen geblieben ist.« Gerhard war schon am Auto.

»Ihr kommt klar?« Willner wies seine Beamten vor Ort an und stieg in das vordere Einsatzfahrzeug, hinter dem sich eine Schlange von Autos gebildet hatte. Froh, endlich weiterfahren zu können, starteten einige ihre Motoren. Zumindest die, die gerade keine Fotos oder Videos mit dem Smartphone machten.

※※※

Die Tür zu Bentz' Waldhütte war verschlossen. Reginas Auto stand weiter vorn an einem Waldweg. Leer. Sie mussten sich beeilen, bevor die Dunkelheit hereinbrach.

Warum war alles still, wieso war Regina noch nicht wiederaufgetaucht und hatte den vermutlich schwer verletzten Bentz festgenommen? Überhaupt, hatte er es bis hierher geschafft mit seiner Verletzung? Was für ein Sturkopf sie war, und doch gab es nichts, was Eva sich im Moment mehr gewünscht hätte, als Reginas Stimme zu hören.

War es möglich, dass sie Bentz auf der Anhöhe bei der Scheune gestellt und überwältigt hatte? War es vielleicht nicht sein, sondern ihr Blut dort? Nein, diese These war zu unwahrscheinlich. Außerdem stand Reginas Auto hier, und es gab Blutspuren, die eindeutig nur in Bentz' Hütte hinein-, aber nicht mehr herausführten.

Sie nahm ihre Heckler vors Gesicht und drückte sich hinter ihren Kollegen unter dem Fenster vorbei. Die Beamten, die von hinten aufs Grundstück gekommen waren, sicherten ab. Niemand hier, auch in der Hütte war es dunkel.

Das Zwielicht machte Eva zu schaffen, doch die roten Schlieren im Eingang waren noch gut zu erkennen. Tannennadeln und frische Erde, an der Tür weitere Blutspuren, wie wenn sich eine Hand abgestützt hätte.

»Er ist da. Los!« Willner machte einen Schritt auf die Tür zu. Die anderen taten es ihm nach. In diesem Moment bemerkte ein Eichelhäher, dass sich Eindringlinge in seinem Wald befanden, und begann dies mit durchdringenden Krählauten zu vermelden.

»Verdammter Vogel!« Willner richtete die Pistole auf die Fichte, aus der der Lärm kam.

Einzelne Beamte kicherten nervös. Eva atmete tief ein und schloss für einen Moment die Augen. Im Haus blieb es ruhig. Zu ruhig, dafür, dass sich vermutlich ein Schwerverletzter darin befand. Und dann noch Reginas Auto. Hatte er sie überwältigt?

Willners Blick streifte sie. Eva hob den Kopf und ging an

ihm vorbei. Sie würde ihn ihre Angst nicht spüren lassen. Diesmal nicht. Das war sie auch Regina schuldig. Sie klopfte. Keine Reaktion.

»Da drin hat sich was bewegt«, flüsterte Gerhard vom Fenster her.

»Herr Bentz, kommen Sie raus. Wir können Ihnen helfen«, dröhnte Willners Bass. »Treten Sie zur Seite, Frau Brenner.«

Als der Sokoleiter seinen massiven Körper gegen die alte, selbst zusammengenagelte Tür warf, gab diese sofort nach. Das leise Wimmern hörten sie gleich darauf.

Eva drückte sich durch den schmalen Flur an Willner vorbei. Bentz hockte auf dem Boden des kleinen Wohnraums vor Regina. Ein Messer drückte in ihren Hals. Leider keins seiner selbst geschnitzten Holzmesser, sondern eine solide Edelstahlklinge. Reginas Hände waren auf dem Rücken gefesselt, blutige Schrammen bedeckten ihre linke Gesichtshälfte.

Die Panik in Reginas Augen schockierte Eva. Wie hatte sie sich verdammt noch mal überrumpeln lassen können? Und wie war Bentz mit dieser Verletzung überhaupt bis hierher gekommen?

Er zitterte stark, doch sein Gesicht zeigte eine Entschlossenheit, die keiner Worte bedurfte. Das linke Brillenglas war zersprungen, und eine gewaltige Menge Blut verklebte seinen Parka, aus einem beachtlichen Riss an der Schulter quoll verdreckte Füllwatte. Er musste viel Blut verloren haben, denn seine sowieso schon blasse Haut wirkte wächsern und bleich.

Ein Gedanke schoss Eva durch den Kopf. Hatte er Regina erst in seinem schlechten Zustand überwältigt – oder womöglich vorher schon gefangen gesetzt? Von der Zeit her konnte es passen; sie und Regina waren zeitgleich im Präsidium losgefahren. Vielleicht wollte er gerade aufbrechen, als Regina auf seinem Grundstück aufgetaucht war. Er hatte Regina überwältigt und dann Ute getroffen, während sie noch bei den Eltern waren. Und Ute hatte Bentz verletzt. Hatte Regina doch recht gehabt, und er war in die Morde verwickelt? Was war da draußen passiert?

Und jetzt hatte er also ihre Kollegin in seinen Fängen.
»Lassen Sie die Frau los! Wir holen den Sanitäter, der kann Ihnen helfen!«, beschwor ihn Eva.
»Ja klar. Und dann geht's wieder hinter Gitter.« Holger Bentz spuckte die Worte aus.
»Wo Sie einen Anwalt bekommen und eine gute Prognose. Herr Bentz, Sie haben doch nichts getan. Bisher zumindest.« Eva wusste genau, dass ihre Mimik die sanften Worte nicht unterstützte, nicht unterstützen konnte, weil sich ihr verdammter Kopf nicht ausschalten ließ. Dabei hatten ihre Angst und ihre schlechten Erfahrungen jetzt keinen Platz. Egal wie, sie musste Regina da schnellstmöglich rausholen.
In diesem Moment trat Willner neben ihr ins Zimmer.
»Stehen bleiben!«, kreischte Bentz und presste das Messer enger an Reginas Hals. Sie schrie auf, und Blut quoll unter dem Metall hervor. Ihr Körper bebte.
Der Sokoleiter hielt die Heckler vor sich und legte die Finger auf den Abzug. »Ich warne Sie!«
»Versuchen Sie's doch«, grinste Bentz und schob seinen Kopf weiter hinter die wimmernde Regina. Nicht die leiseste Reaktion in seinem Blick, keine minimale Spur von Panik in seiner Mimik. Er kannte keine Angst. Genau wie Regina gesagt hatte.
Gerhard legte von hinten seine Hand auf Evas Schulter. »Komm mit raus.«
Und Willner mit Bentz und Regina allein lassen? Egal, wie erfahren der Sokoleiter war, sein Temperament trieb ihn in eine einzige Richtung: vorwärts. Es gab diese private Beziehung zu Regina und ihrer Familie. Er würde nicht gerade diplomatisch vorgehen. Und wenn sich Eva einer Sache sicher war, dann dieser: So konnte er Bentz nicht beikommen. Zumal der sich geschickt hinter Regina verschanzt hielt, seine kalten Augen zeigten nun fast so etwas wie Amüsement.
Ihre Augen prüften die Situation: Sein Herz war durch Reginas Körper geschützt und sein Kopf zu nah neben ihrem. Ein Schuss wäre selbst auf diese paar Meter ein Risiko. Und

dass er Regina töten würde, wenn er verletzt wurde, stand außer Frage. Das Blut lief bereits an ihrem Schlüsselbein herunter. Die Frage, warum Bentz Regina nicht sofort beseitigt hatte, schob Eva zur Seite.

Aber da war noch etwas gewesen … Regina hatte es Eva erst vor Kurzem erzählt. Das Gespräch über den grauen Umschlag. Messer am Hals. War das nicht der Auslöser für Reginas Angststörung gewesen? Der kleine Tropfen, der das Fass zum Überlaufen gebracht hatte. Und nun war sie wieder in der gleichen Situation. Bei einem Mann, der nicht nur drohte, da war Eva sich sicher.

Es gab noch eine Möglichkeit. Hoffentlich täuschte sie sich nicht. Und hoffentlich spielte Willner mit.

Eva schob Gerhards Hand beiseite und steckte ihre Waffe zurück ins Holster. Dann hob sie ihre Hände und stellte sich frei vor ihren Chef. »Herr Bentz, glauben Sie mir eins: Ihre Freiheit hier ist das Beste, was Ihnen passieren konnte. Und allemal besser, als zurück in Haft zu gehen. Lassen Sie meine Kollegin frei.«

Bentz drückte das Messer unverändert in Reginas Hals, doch jetzt hatte sie seine Aufmerksamkeit. Ihre Hände zitterten. Davon durfte sie sich jetzt nicht ablenken lassen.

Sie öffnete den Mund, wie um weiterzusprechen. Dann nahm sie unvermittelt Schwung und sprang mit einem Satz auf Bentz. Sie kickte seinen Arm mit dem Messer nach unten und versetzte ihm einen Haken. Bentz' Arm flog zur Seite, das Messer löste sich aus seinem Griff und prallte gegen die Holzwand. In einer fließenden Bewegung ließ Eva sich auf Bentz fallen und stieß gleichzeitig ihre Kollegin zur Seite. Regina stöhnte, Eva hatte sie bei ihrem Angriff voll erwischt. Willner und Gerhard waren mit einem Satz da und überwältigten Bentz, der spitz aufschrie und keine nennenswerten Anstalten mehr unternahm, sich zu verteidigen.

»Respekt, Kollegin!« Willner, der bestimmt das Doppelte wog wie Bentz, saß auf dessen Rücken und legte die Hände des Mannes übereinander. Wieder quoll Blut aus Bentz'

Wunde an der Schulter, doch er machte keinen Mucks; einzig sein Gesicht verkrampfte sich für einen Moment.

Gerhard hockte neben Regina und löste den Kabelbinder um ihre Handgelenke. Sie hob den Kopf und sah zu Eva. »Danke. Hast du auf Risiko gespielt?«

Eva zuckte die Schultern. »Er ist Linkshänder und war verletzt. Als mir klar wurde, dass er fast keine Kraft mehr hat und das Messer mit der Rechten hält, habe ich es drauf ankommen lassen.«

Gemeinsam zogen sie die Kollegin hoch, die zum Glück nur leicht verletzt war. Regina ließ sich zurück auf das rudimentäre Palettensofa fallen und begann mit brüchiger Stimme zu erzählen.

Als sie hier auf das Grundstück gekommen war, hatte Bentz sie in einen Hinterhalt gelockt. Eva erinnerte sich nur zu gut an ihr erstes Zusammentreffen, als er wie von Zauberhand auf einmal neben ihr gestanden hatte. Danach hatte er Regina geknebelt und in der Hütte liegen lassen, gemeint, er würde jemanden holen, der sie später gemeinsam mit ihm töten würde.

Eva legte ihren Arm vorsichtig um die Kollegin. Noch schlimmer, als Regina im üblichen Modus ertragen zu müssen, war ganz klar dieser Zustand. Ihr Körper bebte unter Evas Umarmung, und die Dämme brachen. Regina begann unkontrolliert zu schluchzen.

»Alles vorbei«, beruhigte Eva sie und hörte, wie Bentz unter Flüchen von Willner aus der Hütte bugsiert wurde. Jetzt mussten sie nur noch auf die beiden angeforderten Krankenwagen warten.

Regina hatte sich an sie gekuschelt. So viel Nähe war Eva ein bisschen unangenehm, aber sie war sich sicher, dass Regina bald wieder auf dem Damm und so tough wie vorher sein würde. Vielleicht trafen sie sich demnächst bei der Psychologin, sollte Eva ihre Sitzungen auch wieder aufnehmen.

※※※

Auf der Rückfahrt zum Präsidium entdeckte Eva das Plakat, eine Veranstaltung im Tiefen Stollen. Da war sie das letzte Mal vor ein paar Jahren auf dem Weihnachtsmarkt gewesen. Sie fotografierte es, während sie in Wasseralfingen an einer Ampel warteten.

Mit einem Mal überfiel sie die ganze Müdigkeit, die sie in den letzten Tagen erfolgreich zurückgedrängt hatte. Sie lehnte sich zurück in ihren Sitz und gähnte. Gerhards leises Gespräch mit Willner wurde zum Hintergrundrauschen, und als sie beim Präsidium ankamen, wusste Eva nicht, ob sie vielleicht sogar für ein paar Minuten eingenickt war.

ZWÖLF

Eva hatte geschlafen wie ein Stein und fragte sich, ob ein solcher Schlaf wirklich seine Wirkung tat, denn ein stechender Kopfschmerz drückte immer noch in ihre Schläfen. Sie stieß die Tür zum Präsidium auf. Torben kam ihr auf dem Gang entgegen. »Ute Pfänder?« Sie deutete auf die dicke Akte, die er in Händen trug.

Er schüttelte den Kopf und zog geheimnisvoll die Augenbrauen nach oben. »Das sind Informationen zur Verbindung von Tim Trassmann.«

»Ich dachte, das wär abgeschlossen?«

»Für uns ja«, nickte er. »Ich bin auf dem Weg zum Betrug. Die Unterlagen haben es in sich. Geldflüsse, die plötzlich im Nirgendwo versinken, ein schlecht getarntes Schwarzgeldkonto über mehrere Millionen und so weiter. Beim DNA-Test sind ganz andere Dinge als erwartet zutage getreten. Eine der Damen hat sich entschlossen, im Namen ihres Liebsten Anzeige zu erstatten wegen Bedrohung. Die Mitglieder selbst lassen ja nichts raus, aber rüde Umgangsformen scheinen gegenüber kritisch Denkenden an der Tagesordnung zu sein. Das lohnt sich, sag ich dir! Die Kollegen sind schon ganz scharf drauf.«

Na, das war mal ein vielversprechender Montagmorgen. Fast ein bisschen schade, dass nun der Betrug übernahm. Eva grinste, als sie die Treppe hochstieg. Trassmann als das kleine Rädchen zu erleben, das er war, wenn ihn seine Hintermänner zusammenfalteten – beim Betrug hatten sie demnächst wenigstens etwas zu feiern. Was gab es bei einem Mordfall schon groß zu feiern?

»Ute Pfänder, sechsundzwanzig Jahre alt, ist das einzige Kind von Willhelm und Gudrun Pfänder. Sie hat viel Blut verloren und ist noch nicht vernehmungsfähig. Sie gibt vor,

Holger Bentz nicht zu kennen. Der will natürlich nicht mit uns sprechen, aber dazu hat er in Zukunft auch noch genug Zeit, diesmal sicher hinter Gittern.« Willner räusperte sich und bezog Aufstellung vor der Leinwand, ganz offensichtlich froh, die Führungsposition wieder für sich zu haben.

Regina wurde noch im Ostalb-Klinikum versorgt, hatte aber, vermutete Eva zumindest, keine schlimmeren Verletzungen davongetragen.

»Und Thilo Feldstett?« Eva dachte daran, wie es sich angefühlt hatte, seinen leblosen Körper zu berühren. Kein fühlbarer Puls. »Ist er …«

»Ich war eben in der Klinik«, erklärte Willner. »Er wurde ins künstliche Koma versetzt, die Ärzte haben es für sicherer befunden. Er hat eine schwere Rauchvergiftung wie die Pfänder, aber auch Hirnblutungen von dem Schlag, deren Ausmaß noch nicht sicher eingeschätzt werden kann. Die behandelnde Ärztin meint, er kommt durch. Und mit etwas Glück, ohne Schäden zurückzubehalten, wenn die Schwellung unter der Schädeldecke weiter zurückgeht.«

Eva spürte, wie Erleichterung ihren Körper durchflutete. Wenigstens einen hatten sie gerettet.

»Was hat Willner denn im Klinikum gewollt?«, flüsterte Gerhard.

»Regina besuchen«, vermutete Eva. Sofort regte sich das schlechte Gewissen. Vielleicht konnte sie in der Pause nach der Sokobesprechung auch kurz das Präsidium verlassen und nach ihr schauen.

»Gibt es womöglich noch weitere Tote?«, fragte ein Beamter.

Willner verneinte. »Wir haben drei Opfer innerhalb weniger Wochen. Morde, die antisozial motiviert sind, steigern sich in der Regel, sie werden häufiger und geschehen schneller hintereinander. Ich gehe davon aus, dass Ute Pfänder von Anfang an geplant hatte, sich selbst zu töten, aber sie hat den Mut oder Absprung nicht gefunden.«

»Vielleicht hatte sie noch Hoffnung«, überlegte Eva.

»Sie hat die Männer über ein Online-Datingportal gefunden. Die handgeschriebenen Briefe sind zwar bis auf den einen, den wir in Simon Bruhns Auto gefunden haben, verschwunden, aber ihre Online-Aktivitäten kann die IT lückenlos nachvollziehen. IT?«

Ein blasser junger Mann mit Brille stand auf, Eva kannte ihn von der Auswertung von Simons Festplatten. Er trat nach vorne zum Sokoleiter und klappte ein Notebook auf, dessen Anzeige er an die Wand warf. Das Bild von Loana aka Stella aka Ute erschien auf einer in Pastelltönen gehaltenen Internetseite.

»love@new«, las Eva vor.

»Genau. Vor fast genau einem Jahr hat sie ein Profil unter dem Namen Loana angelegt. Dieses Bild verwendete sie hierfür von Anfang an.« Er klickte weiter auf die Chatprotokolle. »Hier, am Anfang gibt es noch die üblichen Chatnachrichten, wobei man schon merkt, dass sie ziemlich schroff auf die übliche Internet-Anmache reagiert.« Der Kollege vergrößerte den Screenshot eines Chatprotokolls. »Hier ... typische Auszüge aus der Zeit um August 2017.«

Vom Aussehen her passte der junge Mann von damals zu ihren späteren Opfern.

»Hi Süße! Was geht?«, hauchte Gerhard. Vereinzeltes Gekicher war die Folge.

Eva verdrehte die Augen. Genau deshalb war das einfach nicht ihr Ding. »Und bei dir?«, fragte sie zurück, etwas neutraler.

»Ich wüsste gern, was du anhast«, kam Gerhard beziehungsweise der Typ im Chat gleich zum Punkt.

Inzwischen hatten sich alle Beamten zu ihnen gedreht und lauschten der Vertonung.

Eva versuchte nicht loszulachen, als sie antwortete: »Meinen Schlafanzug.«

Der Kerl im Chatprotokoll ließ nicht so schnell locker. »Und drunter?«, las Gerhard unbeeindruckt.

»Das geht dich, glaub ich, überhaupt nichts an.« Eva gab ihrer Stimme einen zickigen Unterton.

»Bist du immer so drauf? Mach dich mal locker.« Gerhard klang jetzt so wie einer seiner pubertierenden Söhne. Er hatte sich zurückgelehnt und schaute Eva abschätzig an, die Hände in seine Hüften gestemmt.

Eva prustete los wie eine Schülerin, die anderen Kollegen taten es ihr gleich. Auch Gerhard fiel in das kollektive Lachen mit ein.

»Ruhe!« Wieder war es Willner, der als Einziger im Raum trotz des abgeschlossenen Falls nicht lockerlassen konnte. »Ich glaube, wir brauchen keine weitere Vertonung. IT?«

»Äh, ja.« Der schmale Beamte schob seine Brille auf die Nase und klickte weiter. »Solche Chats haben wir noch ein paarmal, ein paar Herren haben ihr auch gleich Bilder geschickt.«

»Was für Bilder?«, fragte Torben, der sich inzwischen wieder zu ihnen gesellt hatte, scheinheilig und kicherte. Sogar Frau Schloh fiel mit ein. Überall war die abgefallene Anspannung zu spüren, nur der Chef, der die übliche Spaßbremse markierte, warf ihnen ermahnende Blicke über verschränkten Armen zu.

»Und weiter?«, fragte Willner.

»Danach hat sie nicht mehr zurückgeschrieben«, erklärte der IT-Profi.

»Vermutlich hat sie der Umgangston überfordert«, mutmaßte Gerhard.

»Genau, sie schien immer schneller genervt, auch in anderen, ähnlichen Chats. Dann gab es plötzlich eine Pause von etwa drei Monaten.« Er klickte sich durch eine Reihe Screenshots, bis er auf eine ziemlich leere Seite kam. »Und dann, Anfang März, nimmt sie plötzlich Kontakt zu Alexander Kanze auf. Sie hat ihn angeschrieben, nachdem er ihr ein Herz geschickt hat. Und sie hat fast sofort vorgeschlagen, Briefe zu schreiben, statt zu chatten.«

»Und Alexander war gleich verzaubert von diesem eigenartigen Wesen«, mutmaßte Gerhard, »eine sensible Seele zwischen all den tumben Dummbatzen.«

»Ja. Und dann ging es ziemlich schnell, sie scheint ihren Dreh gefunden zu haben. Nur noch ein kurzes ›Hallo‹, das schüchtern wirkende ›Ich kann auf Papier besser schreiben, und es wäre doch so romantisch, dass ...‹, und schwupps, hatte sie den Kerl an der Angel.«

»Gibt es die Frau auf dem Foto eigentlich wirklich?«, fragte Torben.

Der Kollege vom Cybercrime öffnete ein weiteres Fenster. Eva entdeckte das Foto des Mädchens und ein Gruppenbild, auf dem sie auch zu sehen war. »Die junge Frau lebt vermutlich irgendwo in Skandinavien. Diese besonderen Augen sind durch eine Fehlstellung entstanden, sie leidet unter einer Erbkrankheit namens Waardenburg-Klein-Syndrom. Die Seite wurde von einer Betroffenengruppe erstellt. Um dieses Foto zu finden, muss Ute Pfänder eine Weile gesucht haben. Sie hat es nur noch mit ein paar hübschen Filtern nachbearbeitet, das Bild aufgehellt und das Mädchen mit einer App geschminkt.«

Hinter der Glastür des Besprechungsraums erschien eine Gestalt, und die Tür wurde geöffnet.

»Regina!«, entfuhr es Willner und Eva gleichzeitig.

Die Kollegin kam auf einer Krücke herein, nickte beiläufig und lächelte in die Runde.

Torben stand auf und bot ihr seinen Stuhl an. Eva war hin- und hergerissen zwischen Freude und Schrecken. Tapfer hatte Regina die Lippen zusammengepresst, es war klar zu sehen, dass ihr das Gehen schwerfiel. Und doch zog sie die Mundwinkel nach oben.

Willner war zu ihr getreten und flüsterte auf sie ein. Er schien sich ernsthaft Sorgen zu machen. Der Chef und sein eigensinniges Ziehkind. Die beiden waren sich wirklich nicht unähnlich.

Regina schien genug von der Fürsorge zu haben. Sie legte ihre verbundene Hand auf Willners Arm und schob ihn sanft von sich. »Bitte macht nicht so viel Aufhebens um mich.«

Als ob das möglich war. Eva zwinkerte Gerhard zu.

Reginas Stimme klang schwach, und ihr dunkles, kurzes

Haar war nicht so schick zurückgegelt wie sonst. Ihr Blick richtete sich auf das Team. »Ich möchte mich bei euch bedanken. Bei dir, lieber Kurt, bei Gerhard, bei unserem Team. Aber allen voran bei dir, Eva.« Regina drehte den Kopf und lächelte. Dann setzte sie sich.

»Das war doch selbstverständlich.« Eva spürte ob der Aufmerksamkeit aller die Röte in ihre Wangen steigen. »Und was machst du jetzt hier, anstatt dich pflegen zu lassen?«

»In einer Klinik gemeinsam mit einem Psychopathen und einer Soziopathin? Na danke.« Regina lachte auf. »Da entlasse ich mich lieber selber.«

Eva dachte nach. »Sind alle im Klinikum Ostalb untergebracht?«

»Ute Pfänder, Holger Bentz, Thilo Feldstett. Und Christof Breuer.« Willner nickte. »Die beiden ersten, bis sie transportfähig sind und ins Justizvollzugskrankenhaus auf den Hohenasperg kommen.«

»Mit Breuer konnte ich heute Morgen länger sprechen«, berichtete Regina. Das hatte sie also gemacht, anstatt sich pflegen zu lassen. »Wie es aussieht, hat er nicht mehr in Utes Konzept gepasst. Er macht sich Vorwürfe, dass er nichts bemerkt hat. Er wollte heute unbedingt zu ihr. Hoffentlich können die Bewacher ihn abhalten.«

»Tja, wie es aussieht, hat er immer noch nicht ganz verstanden, dass ihre Pläne nicht dieselben sind wie seine.« Gerhard zuckte mit den Schultern.

Wo die Liebe hinfällt ... »Was wollte Bentz denn eigentlich von Ute?«, überlegte Eva laut.

Regina drehte sich zu ihr um. »Ich denke, er hat ihre Kaltblütigkeit bewundert. In ihr hat er sein Role model, sein Vorbild, gesehen. Sie kam mit Morden durch, die sie nicht einmal grob vertuscht hat. Sie hat nicht die geistige Reife, über ihre Taten nachzudenken oder auch nur ansatzweise zu verstehen, was sie tut. Sie handelt aus Impulsen. Er dagegen musste seine Neigung jahrelang unterdrücken. Und dann beobachtet er sie zufällig, vermutlich bei einem seiner Jagdstreifzüge durch den

Wald, findet vielleicht zuerst den Leichnam oder ertappt sie bei der Aufbahrung. Da zündet es bei ihm. Vielleicht ist er gar nicht zur Einsamkeit verdammt. Vielleicht kann er mit einer anderen Person zusammen das vollbringen, wovon ihn die Außenwelt ständig abhalten will, wovon ihm die Psychiater einreden, dass es abartig sei und er es unterdrücken soll. Was er nicht verstanden hat, war, dass ihre Mechanismen, ihre Triebfedern ganz andere waren als seine.«

Da war er wieder, der tiefe Einblick, den Regina tatsächlich in die Seelen der Intensivtäter zu haben schien. »Das heißt, die Spuren, die wir von Bentz gefunden haben ...«

»Stammten womöglich von seinem Beobachtungsposten, ja. Vielleicht stand er da im Gebüsch und hat mit sich gerungen, ob er sich zu erkennen geben soll oder nicht.«

»Und als Ute Thilo zum Schuppen gelockt hatte, war er dann so weit.«

Reginas Riecher war also nicht komplett falsch gewesen, nur der Ansatz hatte nicht gestimmt.

»Er scheint sie nicht mehr aus den Augen gelassen zu haben. Es war ja ganz offensichtlich, dass sie sich nicht ums Spurenverwischen schert.«

»Absicht?«

»Ich glaube nicht. Es war ihr schlicht egal, ich denke, sie ist nicht auf die Idee gekommen, dass man sie mit den Taten in Zusammenhang bringen würde. Sie denkt nicht so komplex, ihr fehlen der Charme und die Berechnung, mit denen andere Täter vorgehen. Das Töten der Männer war wohl nie ihr eigentliches Ziel. Sie wollte sie vielleicht für sich begeistern, aber so konnte es nicht funktionieren.«

»Und die DNA-Spuren?«

»Woher genau die männlichen Hautschüppchen und Katzenhaare stammen, die wir bei Alexander Kanze gefunden haben, muss noch geklärt werden. Utes Eltern machen sich gegenseitig Vorwürfe, an der missratenen Tochter schuld zu sein. Gut, dass das Mädchen nie wieder dahin zurückkommt.«

»Aber Verwandtschaft ersten Grades?«

»Das kann eigentlich nur ihr Vater sein. Wir überprüfen gerade den Combo der Pfänders, vermutlich kommen die bei Alexander gefundenen Spuren vom Beifahrersitz. Besonders sauber ist das Auto nicht, aber auf dem Hof haben wir weiter nichts Verdächtiges gefunden. Die Eltern sind aus dem Schneider.«

Während weitere kriminaltechnische Details verlesen wurden, glitt Evas Aufmerksamkeit immer wieder ab. Ihre Lungen schmerzten noch immer vom Einsatz in der Scheune, und sie freute sich auf ein bisschen Ruhe. Und Freizeit. Da erinnerte sie sich an das Plakat, das sie fotografiert hatte, und schickte das Bild ohne lange zu zögern an Tom. »Lasershow, Illumination des Tiefen Stollens zum einunddreißigjährigen Jubiläum. Magst du mit? Und vielleicht Abendessen in der Erzgrube?«

Sie hatte das Handy gerade wieder abgelegt, da brummte es schon.

»Neustart? Klingt gut.«

Danksagung

Die Wahrheit ist oft unwahrscheinlicher als die Fiktion. Den Psychopathen, der seinen Opfern Kronen aufgenäht hat, gibt es (allerdings nicht auf der Ostalb), das verschimmelte Pausenbrot im Mutlanger Vorgarten, das einen Großeinsatz ausgelöst hat, ebenfalls.

Doch sowohl bei Wahrem als auch bei Erfundenem braucht es Recherche und Unterstützung von unzähligen fleißigen Händen. Sie haben gemeinsam mit mir dieses Buch zu einem runden Ganzen werden lassen.

Zuerst möchte ich mich bei meinen Lektorinnen, Korrektorinnen und den anderen Mitarbeiterinnen und Mitarbeitern von emons: bedanken; für das Interesse am Stoff, für offene Ohren, Gespür und wertvolle Tipps. Besonders hervorheben möchte ich Frau Rahnfeld, die Lektorin Frau Czinczoll und meine Autorenkollegin bei emons:, Brigitte Glaser.

Für die liebevolle Unterstützung bedanke ich mich bei meiner Familie. Für konstruktive Vorschläge, Genauigkeit und Geduld ein großes Dankeschön an meine Testleserinnen Dorothea, Karin, Lisa, Petra und Roberta.

Vielen Dank für die fachlich kompetente Ermittlungsbetreuung (entschuldigt die spannungsbedingten Vereinfachungen): Bernhard, Martina, Konny, Herr Märkle.

Ein großes Dankeschön auch an meine Spezialeinheiten vor Ort: Angelika Wesner (www.sokocamping.de), Larissa & Familie Kollmann, Jessica, Bettina.

Und last but not least herzlichen Dank für die spontane und exklusive Führung in der Jakobuskapelle, liebe Frau Thamm.

Ein dickes Dankeschön geht ebenfalls an alle, die hier nicht namentlich erwähnt sind und die trotzdem zum Gelingen des Romans beigetragen haben.